PASSÉ PARFAIT

DU MÊME AUTEUR

Électre à La Havane

L'Automne à Cuba

LEONARDO PADURA

PASSÉ PARFAIT

Traduit de l'espagnol (Cuba)
par Caroline Lepage

Editions Métailié
5, rue de Savoie, 75006 Paris
2001

Titre original : *Pasado perfecto*

ISBN : 2-86424-377-6
ISSN : 0291-0154

Pour Lucía, avec amour et abjection

Il se retourna.
– Taisez-vous ! cria-t-il.
– Nous n'avons rien dit, dirent les montagnes.
– Nous n'avons rien dit, dirent les cieux.
– Nous n'avons rien dit, dirent les restes du vaisseau.
– Alors, c'est très bien, dit-il. Gardez le silence !
Tout était redevenu normal.

Ray Bradbury

Ne possédant plus
entre ciel et terre que
ma mémoire, que ce temps…

Eliseo Diego

Les faits rapportés dans ce roman ne sont pas réels, même si, comme la réalité elle-même l'a démontré, ils auraient tout aussi bien pu l'être.

Toute ressemblance avec des faits ou des personnes réels n'est donc que pure ressemblance, ou obstination de la réalité.

Dans ce roman, personne, de fait, ne doit se sentir visé. Personne, non plus, ne doit s'en sentir exclu, si d'une quelconque façon il y est impliqué.

L'Auteur

Hiver 1989

Il n'eut pas besoin de réfléchir pour comprendre que le plus difficile serait d'ouvrir les yeux. D'accepter sur ses pupilles la clarté du matin qui resplendissait sur les carreaux des fenêtres et peignait toute la pièce de sa glorieuse luminosité. Et de savoir alors que l'acte essentiel de soulever ses paupières revient à admettre qu'à l'intérieur de son crâne s'installe une masse glissante, toute prête à entamer une danse douloureuse au moindre mouvement de son corps. Dormir, peut-être rêver, se dit-il, répétant la phrase obsédante qui, cinq heures auparavant, l'avait accompagné au moment où, tombant sur son lit, il respirait le parfum profond et obscur de sa solitude. Dans une pénombre épaisse, il vit son image de pénitent coupable, agenouillé devant la cuvette des toilettes, déchargeant des cascades d'un vomi ambré et amer qui semblait ne jamais devoir s'arrêter. Mais la sonnerie du téléphone continuait à résonner, comme des rafales de mitraillette qui perforaient ses oreilles et trituraient son cerveau lacéré en une torture parfaite, cyclique, tout simplement brutale. Il s'y risqua. À peine remua-t-il les paupières qu'il dut les refermer : la douleur entra par ses pupilles, et il eut l'intime conviction qu'il voulait mourir en même temps que la terrible certitude que son désir ne serait pas exaucé. Il se sentit très faible, sans force pour lever les bras, pour presser son front entre ses mains et conjurer l'explosion que chaque sonnerie diabolique rendait imminente. Mais il décida de faire face à la douleur. Il leva un bras, ouvrit la main, parvint à la refermer sur le combiné du téléphone pour le reposer sur son socle et retrouver l'état de grâce du silence.

Il eut envie de rire de sa victoire, mais ne le put pas non plus. Il voulut se convaincre qu'il était réveillé, sans pouvoir en jurer. Son bras pendait d'un côté du lit, comme une branche cassée. Il savait que la dynamite logée dans sa tête lançait des bulles effervescentes et menaçait d'exploser à tout instant. Il avait peur, une peur trop bien connue et toujours oubliée. Il voulut également gémir mais sa langue avait fondu dans sa bouche. C'est alors que se produisit la deuxième offensive du téléphone. Non, non, putain, non, pourquoi ? Ça va, ça va, se lamenta-t-il en tendant la main vers l'écouteur. Avec des mouvements de grue rouillée, il le porta à son oreille puis le lâcha.

D'abord, ce fut le silence : le silence est une bénédiction. Puis il y eut la voix, une voix épaisse et sonore, qu'il trouva redoutable.

– Eh, eh, tu m'entends ? semblait-elle dire, Mario, allô Mario, tu m'entends ? Il n'eut pas le courage de dire que non, non, il n'entendait pas et ne voulait pas entendre, ou tout simplement que c'était une erreur.

– Oui, chef, parvint-il finalement à murmurer. Mais auparavant, il eut besoin d'inspirer jusqu'à ce que ses poumons se remplissent d'air, il dut obliger ses bras à travailler pour parvenir à la hauteur de sa tête, et faire en sorte que ses mains écartées pressent ses tempes pour soulager le vertige du manège qui s'était emballé dans sa tête.

– Eh ! Qu'est-ce que tu as ? Qu'est-ce qui t'arrive ? C'était plus un rugissement impie qu'une voix.

Il respira à nouveau profondément et eut envie de cracher. Il avait l'impression que sa langue avait grossi, ou peut-être que ce n'était pas la sienne.

– Rien, chef, j'ai la migraine. Ou un peu de tension, je sais pas…

– Écoute, Mario, ça va pas recommencer. Ici, l'hypertendu c'est moi, et arrête de m'appeler chef. Qu'est-ce que tu as ?

– Ben ça, chef, mal à la tête.

– Aujourd'hui tu as décidé de faire chier, c'est ça ? Très bien… Alors écoute : les vacances sont finies !

Sans prendre le risque d'y réfléchir, il ouvrit les yeux. Comme il l'avait imaginé, la lumière du soleil traversait les larges fenêtres, autour de lui tout était brillant et chaud. Dehors, peut-être le froid avait-il cédé, et il se pouvait même que ce soit une belle matinée. Mais il eut envie de pleurer ou quelque chose qui y ressemblait assez.

– Non, Vieux, je t'en supplie, me fais pas ça. C'est mon week-end. Tu l'as dit toi-même. Tu t'en souviens pas ?

– C'était ton week-end, mon petit gars, c'était. Personne t'a obligé à t'engager dans la police, pas vrai ?

– Mais, pourquoi moi, Vieux ? Alors que tu as plein de types là-bas, protesta-t-il en essayant de se redresser. La charge mobile de son cerveau se lança contre son front et il dut refermer les yeux. Une nausée tardive monta de son estomac et il découvrit, dans un élancement, son envie pressante d'uriner. Il serra les dents et chercha à tâtons ses cigarettes sur la table de nuit.

– Écoute, Mario, j'ai pas du tout l'intention de soumettre ça à un vote. Tu sais pourquoi c'est toi ? Parce que j'ai envie. Alors bouge ta carcasse : lève-toi.

– Tu serais pas en train de te foutre de moi, par hasard ?

– Mario, arrête… Je suis déjà en plein travail, tu comprends ? Mario perçut au son de sa voix que c'était vrai, qu'il était bien en train de travailler. Écoute : jeudi 1er janvier on a signalé la disparition d'un directeur d'entreprise du ministère de l'Industrie… Tu m'entends ?

– Je veux t'entendre, je te le jure.

– Continue à vouloir et ne jure pas pour rien. Sa femme a signalé sa disparition à neuf heures du soir et on a beau le chercher dans tout le pays, notre homme n'a toujours pas réapparu. Pour moi, ça sent mauvais. Tu sais aussi bien que moi que les directeurs d'entreprise, et qui ont le titre de vice-ministre pardessus le marché, ne s'envolent pas comme ça, dit le Vieux, parvenant à faire transparaître dans sa voix toute sa préoccupation. L'autre, qui avait fini par s'asseoir au bord du lit, s'efforça de calmer le jeu.

– Il est pas dans ma poche, sur la tête de ma mère !

– Mario, Mario, tu baisses tout de suite d'un ton – c'était une autre voix. On nous a confié l'affaire et je t'attends ici dans une heure. Si tu as de la tension, tu te fais une piqûre et tu te radines.

Il découvrit le paquet de cigarettes sur le sol. C'était la première joie de la matinée. Il était écrasé et avait triste mine, mais il le regarda avec tout son optimisme. Il se laissa glisser sur le bord du matelas jusqu'à se retrouver assis par terre. Il fourra deux doigts dans le paquet et la malheureuse cigarette lui parut être une récompense digne de son formidable effort.

– Tu as des allumettes, Vieux ? demanda-t-il au téléphone.

– Quel rapport, Mario ?

– Aucun. Tu fumes quoi aujourd'hui ?

– Tu peux même pas imaginer – la voix résonna, satisfaite et visqueuse. Un Davidoff, cadeau de mon gendre pour le nouvel an – il put se représenter le reste : le Vieux contemplant la cape sans nervures de son havane, aspirant la fumée ténue et s'efforçant de conserver intact le centimètre et demi de cendre qui rendait l'acte de fumer parfait. C'est déjà ça, pensa-t-il.

– Garde-m'en un, d'accord ?

– Tu fumes pas le cigare toi ! Achète-toi des *Populares*[1] au coin de la rue et amène-toi.

– Ouais, ouais, j'ai compris. Eh, comment il s'appelle le type ?

– Une minute… Voilà, Rafael Morín Rodríguez, directeur de l'entreprise d'import-export en gros du ministère de l'Industrie.

– Attends, attends, demanda Mario, en observant sa cigarette bien peu appétissante. Elle tremblait entre ses doigts, mais ce n'était pas forcément à cause de l'alcool. Je crois que je t'ai pas bien entendu. Tu as bien dit Rafael ?

– Rafael Morín Rodríguez. Ça y est, tu as noté ? Bon, maintenant il te reste plus que cinquante-cinq minutes pour arriver au Commissariat, dit le Vieux en raccrochant.

Le rot vint comme la nausée, furtivement. Un goût d'alcool fort et fermenté s'empara de la bouche du lieutenant de police Mario Conde. Par terre, près de son caleçon, il aperçut sa chemise. Il s'agenouilla lentement et avança à quatre pattes jusqu'à ce qu'il parvienne à en attraper une manche. Il sourit. Dans la poche, il trouva les allumettes et put enfin allumer sa cigarette, qui s'était humidifiée entre ses lèvres. La fumée l'envahit et après la découverte salvatrice de la cigarette maltraitée, ce fut la deuxième sensation agréable d'une journée qui commençait par des rafales de mitraillettes, la voix du Vieux et un nom presque oublié. Rafael Morín Rodríguez, se dit-il. S'appuyant sur le lit, il se mit debout. En chemin, ses yeux découvrirent dans la bibliothèque l'énergie matinale de *Rufino*, le poisson-combattant qui parcourait l'interminable rondeur de son bocal. « Quoi de neuf, *Rufo ?* » murmura-t-il en contemplant les images de son naufrage le plus récent. Il se demanda s'il devait ramasser le caleçon, suspendre la chemise, défroisser son vieux jean et mettre les manches de sa veste à l'endroit. Plus tard. Il donna un coup de pied dans le pantalon et en se dirigeant vers la salle de bains, il se souvint qu'il avait envie d'uri-

1. Marque de cigarettes ordinaires (NdT).

ner depuis un très long moment. Debout devant la cuvette, il étudia la pression du jet qui formait de la mousse de bière fraîche au fond. Mais ça n'en était pas, ça empestait : la puanteur amère de ses déjections remonta jusqu'à son nez bouché. Il vit tomber les dernières gouttes de son soulagement, ressentit dans ses bras et jambes la faiblesse d'une marionnette inutilisable, nostalgique d'un coin tranquille. Dormir, peut-être rêver… Si seulement il pouvait !

Il ouvrit l'armoire à pharmacie et chercha la boîte de Duralgine. La veille au soir, il avait été incapable d'en prendre une et à présent il le regrettait comme une erreur impardonnable. Il mit trois comprimés dans la paume de sa main et remplit un verre d'eau. Il lança les cachets au fond de sa gorge irritée par les contractions du vomissement puis il but. Il referma l'armoire ; le miroir lui renvoya l'image d'un visage qui ne lui sembla que très vaguement familier, et en même temps tout à fait caractéristique : le diable, se dit-il en appuyant les mains sur le lavabo. Rafael Morín Rodríguez, pensa-t-il. Il se souvint également que pour réfléchir, il avait besoin d'une grande tasse de café et d'une cigarette, ce qu'il n'avait pas. Il décida alors d'expier toutes ses fautes connues sous la froideur mordante de la douche.

– Putain de merde, quel désastre ! maugréa-t-il en s'asseyant sur le lit pour se badigeonner le front avec ce baume chinois, chaud et salvateur, qui l'aidait toujours à vivre.

Avec une nostalgie qui ne lui était déjà que trop familière, le Conde regarda la Calzada, les poubelles en éruption, les papiers des pizzas à emporter soulevés par le vent, le terrain vague où il avait appris à jouer au base-ball transformé en décharge où le garage du coin se débarrassait de tout ce qui ne servait plus. Et maintenant, où est-ce qu'on apprend à jouer au base-ball ? Il trouva la matinée belle et tiède à laquelle il s'était attendu ; c'était agréable de marcher, le goût du café flottant encore dans la bouche. Mais il aperçut un chien mort, la tête écrasée par une voiture, qui pourrissait près du conteneur. Il se dit qu'il fallait toujours qu'il voie ce qu'il y avait de pire, y compris un matin comme celui-là. Il déplora le sort de ces malheureux animaux, qui le faisait souffrir comme une injustice à laquelle lui-même n'essayait pas de remédier. Cela faisait trop longtemps qu'il n'avait pas de chien ; depuis la longue et agonisante vieillesse de *Robin*. Et il tenait la promesse qu'il s'était faite de ne plus recommencer à s'attacher à un animal. Jusqu'au jour où il s'était décidé pour la compagnie silencieuse des poissons combattants, qu'il s'entêtait à appeler *Rufino*. C'était le prénom de son grand-père, un éleveur de coqs de combats. Des poissons sans manies ni personnalités définies, qu'il pouvait substituer les uns aux autres, chaque fois que l'un d'eux venait à mourir. Le nouvel arrivant était de nouveau baptisé *Rufino* et confiné dans le même bocal où il allait orgueilleusement promener le bleu imprécis de ses nageoires d'animal de combat. Il aurait bien aimé que les femmes de sa vie passent aussi légèrement que ces poissons sans histoires. Mais les femmes et les chiens étaient terriblement différents des poissons, même des poissons combattants. Pire encore : avec les femmes, il ne pouvait pas faire les promesses abstentionnistes qu'il faisait aux chiens. Il pressentait qu'au bout du compte, il finirait par militer dans une société protectrice des animaux errants et des hommes lamentables avec les femmes.

Il mit ses lunettes de soleil et se dirigea vers l'arrêt d'autobus en se disant que l'aspect de ce quartier-là devait ressembler au sien : une espèce de paysage après une bataille presque dévastatrice. Il sentit que quelque chose était touché dans sa mémoire la plus affective. La réalité visible de la Calzada contrastait trop avec l'image sirupeuse du souvenir qu'il en avait ; une image dont il était arrivé à se demander si elle était effectivement réelle, s'il l'avait hérité de la nostalgie historique des fables de son grand-père ou si, simplement, il l'avait inventée pour apaiser le passé. Faut pas passer sa putain de vie à réfléchir, se dit-il. Il remarqua, en se promettant de ne pas renouveler ces excès éthyliques, que la douce chaleur du matin aidait les calmants dans leur mission de rendre poids, stabilité et quelques fonctions primaires au contenu de sa tête. Le sommeil lui brûlait encore les yeux lorsqu'il acheta ses cigarettes. Il trouva que la fumée complétait bien le goût du café. Il était redevenu un être capable de penser, et même de se souvenir. Il regretta d'avoir souhaité mourir et pour s'en convaincre, il se mit à courir pour atteindre l'inconcevable autobus, presque vide, qui lui fit soupçonner que l'année commençait dans l'absurdité. Et l'absurde n'avait pas toujours la bonté de se présenter sous les traits d'un autobus vide à cette heure de la matinée.

Il était une heure vingt, et ils étaient déjà tous là. Il n'en manquait évidemment pas un seul. Ils s'étaient divisés en groupes. Pourtant, ils étaient près de deux cents, que l'on pouvait reconnaître à leur aspect : sous les hibiscus, contre la grille, il y avait ceux de Varona, depuis longtemps maîtres de ce coin privilégié, le plus ombragé. Le lycée, pour eux, ça ne représentait guère plus que la traversée de la rue qui les séparait de leur ancienne école et hop ! Ils parlaient fort, ils riaient, ils écoutaient Elton John à fond sur une radio portable Meridian qui captait parfaitement la WQAM, from Miami, Florida, et ils avaient avec eux les nanas les plus belles de l'après-midi. Sans conteste.

Ceux de Párraga, frimeurs et rustiques, enduraient le soleil de septembre au milieu de la Plaza Roja. Je parie qu'ils étaient nerveux. Leur rodomontade les rendait prudents, ils étaient de ces types qui mettent des caleçons longs au cas où : un mec c'est un mec, et tout le reste c'est des histoires de pédés, affirmaient-ils. Ils observaient tout, en se passant leur mouchoir sur la bouche. Ils ne parlaient presque pas, et la plupart arboraient un blouson taché, la pelure habituelle emblématique de leur virilité. Les filles n'étaient vraiment pas mal du tout, elles auraient fait de bonnes danseuses de casino. Elles parlaient tout bas, comme si elles avaient peur, voyant tant de gens pour la première fois de leur vie. Ce n'était pas le cas de ceux de Santos Suárez. Ceux-là paraissaient différents, ils semblaient, je ne sais pas, plus raffinés, plus nets, plus soignés, plus propres, tirés à quatre épingles, avec leurs têtes de mecs à la mode et cet air d'avoir des papas et des mamans puissants. Ceux de Lawton étaient presque les mêmes que ceux de Párraga : des crâneurs pour la plus grande partie, qui regardaient tout avec méfiance, en se passant eux aussi leur mouchoir sur la bouche ; j'ai immédiatement pensé qu'on assisterait à des concours de frime.

Nous autres, ceux de mon quartier, on était les plus indéfinissables. La bande du Loquillo, Potaje, le Ñáñara et tous ces mecs-là auraient pu venir de Párraga, vu leurs fringues et le reste ; il y en avait d'autres qui avaient l'air d'être de Santos Suárez : le Pello, Mandrake, Ernestico et Andrés, peut-être à cause de leurs vêtements ; d'autres, de Varona, par l'assurance et la confiance avec laquelle ils fumaient et discutaient ; moi je ressemblais à un vrai con à côté du Conejo et d'Andrés, à essayer de tout voir, et déjà en train de rechercher dans la foule étrangère et inconnue la fille qui deviendrait ma petite amie : je voulais qu'elle soit châtain avec les cheveux longs, qu'elle ait de belles jambes, qu'elle soit très féminine mais pas fofolle. Il fallait qu'elle lave mon linge au camp et, bien sûr, que ce soit pas une petite bêcheuse pour que je n'aie pas besoin de me demander si elle voulait bien baiser ou pas ; bref, je ne la voulais pas pour me marier. Pourvu qu'elle soit de La Víbora ou de Santos Suárez ! Ces gens-là faisaient toujours des bringues à tout casser… je n'allais pas perdre mon temps avec Párraga ou Lawton et ce qu'on avait dans le quartier ne m'intéressait pas : c'était pas des vraies nanas, ni même des putes. Elles allaient jusqu'à emmener leurs mères dans les fêtes. Il fallait que ma petite amie soit dans ma classe. Sur la liste il y avait plus de filles que de garçons, presque le double. J'ai fait le calcul : ça faisait 1,8 fille par garçon – une entière et l'autre sans tête ou avec un nichon en moins, m'a dit le Conejo. Peut-être que c'était celle qui avait les yeux en amande, non, celle-là elle est de Varona et ces filles-là, elles ont déjà un mec ; c'est à ce moment-là que la cloche a sonné et que les portes du lycée de La Víbora, où il allait m'arriver tant de choses, se sont ouvertes, en ce 1er septembre 1972.

Nous étions presque enthousiastes d'entrer dans la cage. C'est fou l'effet que peut avoir la rentrée des classes : comme s'il n'allait pas y avoir assez de place pour tout le monde, quelques-uns se sont même mis à courir – évidemment, c'étaient quelques-unes – vers la cour où des piquets en bois numérotés indiquaient où devait se regrouper chaque classe. La mienne c'était la cinq, et de mon quartier, il n'y avait que le Conejo, qui était avec moi depuis la huitième. La cour s'est remplie. Je n'avais jamais vu tant de monde dans une même école, vraiment jamais, et j'ai commencé à observer les filles, pour faire une présélection des candidates. En les regardant, je ne sentais même pas le soleil, qui était pourtant salement chaud. C'est là que nous avons chanté l'hymne. Le directeur est monté sur l'estrade, sous le porche, à l'ombre, et il a commencé à parler dans le micro. La première chose qu'il a faite, ç'a été de nous menacer : les filles, jupes sous le genou et liseré réglementaire, c'est pour ça que le jour de l'inscription on vous a donné le ticket pour acheter l'uniforme ; les garçons, coupe de cheveux au-dessus des oreilles, pas de pattes ni de moustache ; les filles, le chemisier dans la jupe, avec col, sans fioritures, c'est pour ça que le jour de l'inscription… ; les garçons, des pantalons normaux, pas de tubes ni de pattes d'éléphant, ici c'est une école, pas un défilé de mode ; les filles, bas tirés, et non pas roulés sur les chevilles – et pourtant ça leur allait si bien comme ça, même les maigres ça les embellissait ; les garçons, à la première indiscipline, même pas encore trop grave, moyenne sans plus, à la disposition du Comité militaire, ici c'est une école et pas la maison de redressement de Torrens ; les filles, les garçons : interdit de fumer dans les toilettes que ce soit pendant la récréation ou à n'importe quel autre moment. Et c'était reparti pour : les filles, les garçons, etc.. Le soleil a commencé à me mordre tout le corps. Lui, il parlait à l'ombre. La seconde chose qu'il a faite ç'a été d'annoncer le président de la FEEM.

Ce dernier est monté sur l'estrade en arborant un sourire étincelant. Colgate, a dû penser le Flaco qui était derrière moi dans le rang… mais je ne le connaissais pas encore. Étant président des étudiants, il devait être en première ou en terminale. J'ai appris par la suite qu'il était en terminale. Il était grand, presque blond, avec des yeux très clairs – d'un bleu ingénu et pâle –, il avait l'air fraîchement réveillé, baigné, peigné, rasé, parfumé, et malgré la distance et la chaleur, si sûr de lui-même, quand, pour commencer son discours, il s'est présenté comme Rafael Morín Rodríguez, président de la Fédération des Étudiants de l'Enseignement Secondaire du Lycée « René O. Reiné » et membre du Comité municipal de la Jeunesse. Je me souviens de lui, du soleil qui m'a filé mal à la tête, et de la certitude que ce garçon était né pour être un dirigeant : il parla longtemps.

Les portes de l'ascenseur s'ouvrirent avec la lenteur d'un rideau de théâtre bon marché, et ce n'est qu'alors que le lieutenant Mario Conde comprit que sur cette scène-là en tout cas, il n'avait pas besoin de lunettes de soleil. Le mal de tête avait presque disparu. Mais l'image familière de Rafael Morín remuait en lui des souvenirs qu'il croyait perdus dans les recoins les plus obsolètes de sa mémoire. Le Conde aimait se souvenir : c'était, comme disait le Flaco, un putain d'incorrigible brasseur de souvenirs. En l'occurrence pourtant, il aurait préféré avoir autre chose à offrir à sa mémoire. Il avança dans le couloir, avec moins l'envie de travailler que celle de dormir, et lorsqu'il arriva au bureau du Vieux, il rajusta son pistolet, sur le point de glisser de la ceinture de son pantalon.

Maruchi, la secrétaire en chef du Vieux, avait quitté son poste de garde. Étant donné l'heure, il calcula qu'elle devait être en train de manger. Il frappa contre la vitre de la porte, ouvrit et vit le major Antonio Rangel derrière son bureau. Il écoutait attentivement quelqu'un qui lui parlait au téléphone. L'anxiété lui faisait passer son cigare d'un côté à l'autre de la bouche. Des yeux, il indiqua au Conde le dossier ouvert sur son bureau. Le lieutenant ferma la porte et s'assit en face de son chef, bien décidé à attendre la fin de la conversation. Le major fronça les sourcils, prononça un bref : entendu, entendu, oui, cet après-midi, et il raccrocha.

Il regarda, étonné, le bout abîmé de son Davidoff : il avait esquinté son cigare. Les cigares sont sensibles, avait-il l'habitude de dire. Et il n'avait certainement plus le même goût. Fumer et avoir l'air plus jeune étaient ses deux penchants avoués, et il y consacrait un soin d'artisan. C'est avec orgueil qu'il annonçait ses cinquante-huit ans, tout en souriant de son visage sans rides et en caressant son estomac de fakir. Il portait l'uniforme bien ajusté. Ses cheveux blancs sur les tempes donnaient l'impression de n'être qu'un caprice de jeunesse ; il partageait ses fins d'après-midi entre la piscine et le court de tennis, où son cigare l'accompagnait. Le Conde l'enviait profondément : il savait qu'à soixante ans – si j'y arrive ! –, lui, il serait vieux, perclus d'arthrite et maniaque. C'est pour cela qu'il jalousait la vigueur flagrante du major. Le cigare ne le faisait même pas tousser. Et pour couronner le tout, il maîtrisait parfaitement toutes les ruses des bons chefs : tantôt aimable et tantôt exigeant, à volonté. Le plus redoutable de tous ses atouts, c'était sans nul doute sa voix. La voix est le miroir de l'âme, se disait toujours le Conde quand il assimilait les différentes nuances de ton et de gravité par lesquelles le major passait au cours de ses conversations. Mais dans le cas présent, il avait en main un Davidoff esquinté et un compte à régler avec un subordonné : il prit l'une de ses pires combinaisons de voix et de ton.

– Je ne vais pas m'engueuler avec toi à propos de ce matin, mais je ne t'en passerai pas une de plus. Avant de te connaître, je ne faisais pas d'hypertension, et il n'est pas question que tu aies ma peau avec un infarctus. C'est exactement pour ça que je passe mon temps à la piscine et que je transpire comme un malade sur le court de tennis. Moi, je suis ton supérieur et toi, tu es flic, écris ça sur le mur de ta chambre pour que tu le saches même quand tu dors. La prochaine fois, je t'arrache les couilles, compris ? Et t'as vu l'heure ? Dix heures cinq…

Le Conde baissa les yeux. Deux bonnes blagues lui venaient à l'esprit, mais il savait que ce n'était pas le moment. En réalité, avec le Vieux, ça n'était jamais le moment. Ce qui ne l'empêchait pas de s'y risquer trop souvent.

– Tu m'as bien dit que c'est ton gendre qui t'a offert ce Davidoff, non ?

– Oui, une boîte de vingt-cinq, pour le nouvel an. Mais ne change pas de sujet, je te connais par cœur. Et il se remit à étudier, comme s'il n'y comprenait rien, l'agonie enfumée de son cigare. Ça y est, celui-là je l'ai gâché… Bon, je viens de parler avec le ministre de l'Industrie. Cette histoire le préoccupe beaucoup, je l'ai même senti presque affecté. Il dit que Rafael Morín est un cadre important de l'une des Directions du ministère, qu'il a travaillé avec de nombreux hommes d'affaires étrangers et qu'il faut éviter un éventuel scandale. Il marqua une pause en tirant sur son cigare. Voilà tout ce que nous avons pour le moment, dit-il en poussant le dossier vers son subordonné.

Le Conde le prit sans l'ouvrir. Il avait le pressentiment qu'il tenait là ce qui pourrait être un double de la terrible boîte de Pandore ; il aurait préféré ne pas être celui qui serait chargé de libérer les démons du passé.

– Pourquoi est-ce que c'est précisément moi que tu as choisi pour cette affaire ? demanda-t-il.

Le Vieux tira à nouveau sur son cigare. Il semblait espérer une imprévisible amélioration de son état. Une cendre pâle était en train de se former, régulière, salutaire, et il aspirait doucement, juste ce qu'il fallait à chaque bouffée pour que le feu ne s'emballe pas, afin de ne pas abîmer le corps sensible du cigare.

– Je ne vais pas te dire, comme ça m'est arrivé une fois, il y a longtemps, que c'est parce que tu es le meilleur, ou parce que tu as une veine de tous les diables et que les choses te réussissent bien. N'y pense même pas, tout ça c'est fini, O.K. ? Si je te disais que je t'ai choisi parce que j'ai envie, parce que je préfère te savoir dans le coin plutôt que chez toi en train de rêver à des romans que tu n'écriras jamais, ou parce que c'est une affaire de merde que n'importe qui peut résoudre ? Choisis l'idée qui te plaît le plus et mets une croix devant.

– Je choisis celle que tu ne veux pas me dire.

– Ça, c'est ton problème. On est d'accord là-dessus ? Écoute, dans chaque province on a un officier chargé des recherches concernant Morín. Tu as là un exemplaire de la déclaration de disparition, des ordres qui ont été donnés depuis hier et la liste des gens qui peuvent travailler avec toi. Je t'ai encore mis avec Manolo… Il y a les coordonnées du type, une photo et une petite biographie que nous a fait sa femme.

– Où il est dit que c'est un type irréprochable.

– Je sais que tu n'aimes pas les gens irréprochables mais là, tu l'as dans le cul. Ouais, ça a vraiment l'air d'être un homme irréprochable, un camarade de confiance, et personne n'a la moindre idée de l'endroit où il peut bien être, ou de ce qui lui est arrivé, même si moi j'envisage le pire… Bref. Et toi, ça t'intéresse pas du tout, alors ? tonna-t-il en changeant brusquement de ton.

– Sortie du pays ?

– Tout à fait improbable. En plus, ces derniers temps, il n'y a guère eu que deux tentatives, des échecs : le vent du nord est merdique.

– Les hôpitaux ?

– Évidemment rien, Mario.

– Les hôtels ?

Le Vieux fit non de la tête en appuyant ses coudes sur le bureau. Peut-être s'ennuyait-il ?

– Asile politique dans une maison de rendez-vous, un bordel, un bar clandestin ?

Il finit par sourire, tout juste un mouvement de lèvres sur son cigare.

– Va te faire foutre, Mario, mais souviens-toi de ce que je t'ai dit : la prochaine fois je bousille ta vie, avec procès pour désobéissance et tout le tremblement.

Le lieutenant Mario Conde se leva. Il ramassa le dossier de la main gauche, et esquissa un salut militaire après avoir remis son pistolet en place. Il commençait à se retourner quand le major Rangel essaya une autre de ses combinaisons de voix et de ton, cherchant cet équilibre rare qui lui permettait d'exprimer à la fois la persuasion et la curiosité.

– Mario, laisse-moi te poser deux questions – il appuya la tête sur ses mains. Pourquoi es-tu entré dans la police, mon garçon ? Allez, dis-le moi une fois pour toutes.

Le Conde regarda les yeux du Vieux comme s'il y avait

quelque chose qu'il n'avait pas compris. Il savait qu'avec son mélange de négligence et d'efficacité, il réussissait à le déconcerter, et il aimait jouir de cette toute petite supériorité.

– Je sais pas, chef. Ça fait douze ans que je mène l'enquête et je sais toujours pas pourquoi. Et l'autre question ?

Le major se leva et fit le tour de son bureau. Il lissa la vareuse de son uniforme, une veste avec des épaulettes et des galons qui semblait sortir tout droit de la teinturerie. Il regarda les chaussures, le pantalon, la chemise et le visage du lieutenant.

– Étant donné que tu es policier, quand te décideras-tu à t'habiller comme un policier ? Hein ? Pourquoi est-ce que tu ne te rases pas correctement ? Regarde-moi ça, on dirait que tu es malade.

– Ça fait trois questions, major. Vous voulez trois réponses ?

Le Vieux sourit et fit non de la tête.

– Non, je veux que tu retrouves Morín. En définitive, ça ne m'intéresse pas de savoir pourquoi tu es entré dans la police et encore moins pourquoi tu t'entêtes à porter ce pantalon décoloré. Ce qui compte pour moi, c'est que ça aille vite. Je n'aime pas que les ministres fassent pression sur moi, dit-il en lui retournant, à contrecœur, son salut militaire. Il revint à son bureau pour voir sortir le lieutenant Mario Conde.

OBJET : DISPARITION

Plaignante : Tamara Valdemira Méndez

Adresse privée : Santa Catalina, N°1187, Santos Suárez, La Havane.

Carte d'identité : 56071000623

Profession : Stomatologiste

Informations générales sur l'affaire : à 21h35, jeudi 1er janvier 1989, la plaignante se présente à cette antenne de police pour signaler la disparition du citoyen Rafael Morín Rodríguez, époux de la Plaignante et habitant à l'adresse citée plus haut, carte d'identité 52112300565. Signes particuliers : race blanche, cheveux châtain clair, yeux bleus, taille approximative 1,80 m. La Plaignante explique qu'aux premières heures du jour du 1er janvier, après avoir participé à une fête où ils avaient célébré le nouvel an avec leurs collègues de travail et amis, elle est rentrée chez elle accompagnée par ledit Rafael Morín

Rodríguez et qu'après avoir vérifié que leur fils dormait dans sa chambre avec la mère de la Plaignante, ils se sont dirigés vers leur chambre, ils se sont couchés et que le lendemain matin, quand la Plaignante s'est réveillée, le citoyen Rafael Morín n'était déjà plus chez lui, qu'au début elle n'y a pas prêté grande attention, parce qu'il avait l'habitude de sortir sans dire où il se rendait. Vers midi, un peu inquiète, la Plaignante a téléphoné à quelques amis et collègues de travail ainsi qu'à l'entreprise où travaille Rafael Morín Rodríguez, sans obtenir aucune information sur l'endroit où il se trouvait. Là, elle a commencé à s'inquiéter, car le citoyen Rafael Morín n'avait pas pris sa voiture personnelle (Lada 2107, immatriculée HA11034), ni celle de l'entreprise, qui était au garage. Et c'est dans l'après-midi, en compagnie du citoyen René Maciques Alba, collègue de travail du disparu, qu'ils ont téléphoné à plusieurs hôpitaux sans réponse positive et qu'ils sont ensuite allés dans ceux qu'ils n'avaient pu joindre au téléphone, obtenant le même résultat négatif. À 21 heures, la Plaignante et le citoyen René Maciques Alba se sont présentés à cette antenne de police dans le but de faire cette déclaration de disparition du citoyen Rafael Morín Rodríguez.

Officier de garde : Sergent Lincoln Capote.

Ordre de Déclaration : 16-0101-89 Chef d'antenne de police : premier lieutenant Jorge Samper.

En annexe 1 : Photographie du disparu.

En annexe 2 : Informations professionnelles et personnelles concernant le disparu.

Ouvrir enquête. Niveau 1 de priorité, délégation provinciale de Ciudad de La Habana.

Il imagina Tamara en train de faire sa déclaration. Il regarda encore une fois le portrait du disparu. C'était bien cela : un aimant qui remuait en lui de lointaines nostalgies, des jours qu'il avait bien souvent voulu oublier, des mélancolies ensevelies. La photo devait être récente, le papier brillait. Mais elle aurait aussi bien pu avoir vingt ans qu'il s'agirait toujours de la même personne. Sûr ? Certain : l'homme semblait immunisé contre les peines de la vie, cordial jusque sur les photos d'identité, toujours étranger à la sueur, à l'acné et à la graisse, à la menace obscure de la barbe, avec ce je-ne-sais-quoi d'un ange impeccable et parfait. Aujourd'hui, cependant, c'était un disparu, une enquête policière presque vulgaire, un travail de plus qu'il aurait préféré ne pas avoir à faire. Qu'est-ce qui se passe, bon sang ? se dit-il en quittant le bureau, sans la moindre envie de lire le dossier contenant les informations personnelles et professionnelles de l'irréprochable Rafael Morín. De la fenêtre de son box, il jouissait d'un tableau qu'il jugeait purement impressionniste, composé de la rue bordée de très vieux lauriers, comme une tache verte diffuse sous le soleil, mais capable de rafraîchir ses yeux endoloris, un monde insignifiant dont il connaissait chaque secret et chaque altération : un nouveau nid de moineaux, une branche qui commençait à mourir, un changement de feuillage observé à travers l'obscurité de ce vert perpétuel et délayé. Derrière les arbres, une église avec de hautes grilles et des murs lisses, quelques immeubles à peine visibles et, tout au fond, la mer, qu'on ne percevait que comme une lumière et un parfum lointain. La rue était vide, chaude, et sa tête à peu près vide aussi, tout juste un peu troublée. Combien il aimerait être assis sous ces lauriers, avoir à nouveau seize ans, un chien à caresser et une fiancée à attendre ! Alors, assis là, tout simplement, il jouerait à se sentir très heureux, comme il avait presque oublié qu'on peut l'être. Sans doute même parviendrait-il à reconstruire son passé, qui de la sorte deviendrait son futur, et à considérer logiquement ce que serait sa vie. Cela l'enchantait de l'envisager ainsi, car il pourrait s'attacher à la rendre différente... Cette longue chaîne d'erreurs et de hasards qui avaient façonné son existence ne pouvait pas se répéter, il devait bien y avoir un moyen de la corriger ou au moins de la briser et d'essayer une autre formule : une autre vie, en réalité. Son estomac semblait plus calme à présent, et il souhaitait avoir les idées claires pour se mettre à cette affaire qui venait du passé, prête à briser la tranquillité de l'aboulie qu'il avait rêvée pour le week-end. Il pressa le bouton rouge de l'interphone et demanda qu'on lui appelle le sergent Manuel Palacios. Peut-être que je pourrais être comme Manolo. Il se dit qu'heureusement il y avait des gens comme Manolo, capables par leur seule présence et leur optimisme de rendre agréable la routine des jours de travail. C'était un bon ami à la finesse éprouvée, à l'ambition raisonnable, que le Conde préférait à tous les sergents et auxiliaires d'enquête du Commissariat.

Il vit l'ombre qui grandissait sur la vitre de la porte, et le sergent Manuel Palacios entra sans frapper.

– Je croyais que tu n'étais pas encore arrivé..., dit-il en s'asseyant dans l'un des fauteuils en face du bureau du Conde. C'est pas une vie, frangin. Putain, t'as l'air crevé aujourd'hui !

– Tu peux pas imaginer la bringue d'hier soir. Terrible – et il se sentit frémir à ce seul souvenir. C'était l'anniversaire de la vieille Josefina et on a commencé par quelques bières que j'avais réussi à dégoter, après on a dîné avec du rouge, un vin roumain plutôt merdique mais qui passe bien, et le Flaco et moi on a fini englués dans une bouteille de vieux rhum qu'il était sensé offrir à sa mère. J'ai cru que j'allais mourir quand le Vieux m'a appelé.

– Maruchi dit qu'il était furax contre toi parce que tu lui as raccroché au nez – Manolo sourit en s'installant plus confortablement dans son fauteuil. Il avait à peine vingt-cinq ans et semblait de toute évidence menacé de scoliose : aucun siège ne convenait à ses fesses chétives, et il ne supportait pas de rester longtemps debout sans marcher. Il avait de longs bras et un corps sec aux mouvements d'animal invertébré : de tous les gens que connaissait le Conde, c'était le seul capable de se mordre le coude et de se lécher le nez. Il se mouvait comme s'il flottait et en le voyant, on pouvait penser qu'il était faible, voire fragile, en tout cas plus jeune qu'il n'en avait l'air.

– C'est qu'il est inquiet notre Vieux… Lui aussi il reçoit des coups de fil d'en haut.

– Ça doit être une grosse histoire, non ? Parce qu'il m'a appelé lui-même.

– Plus que grosse, cette histoire est lourdingue. Allez, emporte ça – dit-il en rangeant les pièces du dossier – et lis-le. On s'en va dans une demi-heure. Laisse-moi réfléchir à comment on va s'y prendre avec ce truc-là.

– Et tu réfléchis encore, Conde ? demanda le sergent. Il quitta le bureau en se déplaçant avec sa légèreté aérienne.

Le Conde regarda de nouveau vers la rue et sourit. Oui, il réfléchissait encore car il savait que ça, c'était une véritable bombe à retardement. Il s'approcha du téléphone, composa le numéro et le son métallique de la sonnerie lui remit en mémoire le souvenir d'un terrible réveil.

– Allô, entendit-il.

– Jose, c'est moi.

– Eh, comment tu vas ce matin, mon garçon ? lui demanda la femme qu'il sentit joyeuse.

– Vaut mieux pas que tu saches, mais ç'a été un bon anniversaire, non ? Comment va l'animal ?

– Il n'est toujours pas réveillé.

– Y en a qui ont de la chance.

– Qu'est-ce qui t'arrive ? D'où est-ce que tu appelles ?

Il soupira et tourna une fois de plus les yeux vers la rue avant de répondre. Le soleil continuait à chauffer dans le ciel limpide ; c'était un samedi de rêve. Deux jours plus tôt, il avait bouclé une affaire de trafic de devises qui l'avait épuisé en interrogatoires interminables, et il avait cru pouvoir dormir tous les matins jusqu'à lundi. Mais il avait fallu que ce type disparaisse maintenant.

– De la couveuse, Jose, se lamenta-t-il, faisant référence à son petit bureau. On m'a fait lever tôt. Je te jure, ma vieille, y a pas de justice pour les justes.

– Alors tu viens pas déjeuner ?

– J'ai bien peur que non. Eh, c'est quoi ce que je flaire dans le téléphone ?

La femme se met à rire. Elle perd pas une occasion de se moquer, la bougresse.

– Ce que tu perds, mon garçon.

– *Something special ?*

– Non, *nothing special*[1], mais quelque chose de très bon. Écoute bien : les *malangas* que tu as rapportées, bouillies, puis accommodées dans leur jus. J'y ai mis pas mal d'ail et de l'orange amère ; quelques bonnes petites tranches de porc qui restaient d'hier. Figure-toi qu'elles sont presque cuites par la marinade. Il y en a deux pour chacun ; j'ai mis les haricots noirs à feu doux, ils sont délicieux, exactement comme vous les aimez ; maintenant je vais y ajouter un petit filet de l'huile d'olive argentine que j'ai achetée au magasin ; j'ai déjà baissé le feu sous le riz où j'ai aussi mis de l'ail, comme t'a dit de faire ton ami nicaraguayen. Et la salade : laitue, tomates et petits radis. Ah, et puis, le flan au coco râpé avec du fromage... T'es pas mort, mon petit Conde ?

– Putain de merde, Jose, dit-il, ressentant un brusque rappel à l'ordre dans son abdomen maltraité. C'était un fanatique des tables abondantes. Il aurait donné sa vie pour un menu comme celui-là. Il savait que Josefina était en train de préparer ce repas spécialement pour lui et pour le Flaco. Et il fallait qu'il le rate. Eh, allez, je veux plus discuter avec toi. Passe-moi le Flaco, réveille-le, qu'il se lève, cet ivrogne de merde...

1. En anglais dans le texte (NdT).

– Qui se ressemble… Josefina rit et posa le téléphone. Ça faisait vingt ans qu'il la connaissait et même dans les pires moments il ne l'avait jamais vue fataliste ou vaincue. Le Conde l'admirait et l'aimait, parfois d'une façon plus tangible que sa propre mère avec laquelle il n'avait jamais eu ni l'identification ni la confiance que lui inspirait la mère de Carlos le Flaco[1] ; lequel, à présent, n'était plus maigre.

– Je t'écoute, annonça le Flaco. Sa voix était profonde et poisseuse, aussi horrible que la sienne quand le Vieux l'avait réveillé.

– Je vais te faire passer ta cuite, moi, annonça Mario en souriant.

– Putain, j'en ai rudement besoin, parce que je suis raide. Eh, sauvage, on s'en refait plus jamais une comme celle d'hier soir, je le jure sur la tête de ta mère.

– T'as mal à la tête ?

– C'est la seule chose qui me fait pas mal, répondit le Flaco. Il n'avait jamais mal à la tête et Mario le savait parfaitement : il pouvait boire n'importe quelle quantité d'alcool, à n'importe quelle heure, mélanger le vin, le rhum, la bière et tomber ivre mort, mais il n'avait jamais mal à la tête.

– Bon, revenons à nos moutons. On m'a appelé ce matin…

– Du boulot ?

– On m'a appelé ce matin du boulot, continua le Conde, pour me refiler une affaire urgente. Une disparition.

– Sans blague, Baby Jane a encore disparu ?

– C'est ça, continue à déconner, mon pote, mais moi je vais te laisser sur le cul : le disparu en question n'est ni plus ni moins qu'un directeur d'entreprise, vice-ministre, et l'un de tes amis, en plus. Il s'appelle Rafael Morín Rodríguez.

Long silence. Je lui en ai mis plein la gueule, pensa-t-il. Il a même pas dit « ben putain, alors ».

– Flaco ?

– Ben putain, alors. Qu'est-ce qui s'est passé ?

– Ce que je t'ai dit, il a disparu, il a été rayé de la carte, il s'est envolé comme Matías Pérez[2] et personne ne sait où il est.

1. Littéralement : *Maigre* (NdT).

2. Matías Pérez était un Espagnol qui, à la fin du XIXe siècle, tenta l'expérience de faire voler un aérostat en partant de La Havane, devant une foule nourrie. Il s'éleva et disparut dans les airs corps et biens (NdT).

Tamara l'a signalé le 1er au soir et il n'a toujours pas refait surface.

– On ne sait rien ? – l'attente augmentait à chaque question. Le Conde imaginait parfaitement la tête que devait faire son ami. Au milieu des manifestations d'étonnement du Flaco, il parvint à lui raconter les détails qu'il connaissait sur l'affaire Rafael Morín.

– Et maintenant, qu'est-ce que tu vas faire ? demanda le Flaco après avoir digéré l'information.

– La routine. Pour l'instant j'en ai pas la moindre idée. Interroger des gens et tout ça, comme d'habitude, je sais pas.

– Alors c'est à cause de Rafael que tu viens pas déjeuner ?

– Dis-donc, en parlant de ça… Dis à Jose qu'elle me garde ma part, qu'elle aille pas la donner à n'importe quel petit branleur crevant la dalle qui passerait par là. Aujourd'hui, je rapplique dès que j'ai fini.

– Et tu me racontes, hein ?

– Et je te raconte. Comme tu peux imaginer, je vais voir Tamara. Je lui passe le bonjour de ta part ?

– Mes meilleurs vœux. Elle, pour le coup, elle a commencé l'année avec une nouvelle vie ! Dis-donc, sauvage, tu me diras aussi si la jumelle est toujours aussi bien. Je t'attends ce soir.

– Attends, attends, s'empressa le Conde. Quand tu auras dessaoulé, réfléchis un peu à cette histoire parce que après, faudra qu'on cause.

– Et qu'est-ce que tu crois que je vais faire ? À quoi est-ce que je pourrais bien penser d'autre ? On en reparle plus tard.

– Bon appétit, frangin.

– Je fais la commission à la vieille, mon frère, dit-il en raccrochant. Mario Conde se dit que décidément, la vie, c'est de la merde.

Aujourd'hui, Carlos le Flaco n'est plus maigre, il pèse plus de deux cents livres, il dégage une odeur aigre comme tous les gros et le destin s'est acharné sur lui. Mais quand je l'ai connu, il était si maigre qu'on aurait dit qu'il allait se casser d'un moment à l'autre. Il s'est assis devant moi, à côté du Conejo, sans savoir que nous allions occuper ces trois pupitres, près de la fenêtre, tout le temps que nous passerions au lycée. Il avait une espèce de bistouri très aiguisé pour tailler les crayons et je lui ai dit : « Eh mec, le maigre, là, prête-moi ton couteau » ; depuis ce jour, je l'ai appelé le Flaco, même si je ne pouvais pas imaginer qu'il allait devenir mon meilleur ami et qu'un jour il ne serait plus maigre.

Tamara était assise deux rangs devant le Conejo, et personne ne savait pourquoi on avait mis sa sœur jumelle dans une autre classe alors qu'elles venaient de la même école, qu'elles avaient le même âge, le même nom de famille, jusqu'au même très beau visage. Hein, pourquoi ? Mais après on s'en est félicités, car Aymara et Tamara se ressemblaient tellement que peut-être on n'aurait jamais vraiment su laquelle était laquelle. Quand le Flaco et moi on est tombés amoureux de Tamara, on a failli cesser définitivement d'être amis, et c'est Rafael qui est venu clore la question : elle ne serait ni pour le Flaco ni pour moi. Il s'est déclaré à Tamara, et deux mois après la rentrée ils étaient ensemble ; le genre collé-serré, qui se retrouve à la récréation et discute pendant les vingt minutes, la main dans la main, les yeux dans les yeux, et tellement indifférents aux rumeurs du monde qu'ils ne pouvaient s'empêcher de se bécoter n'importe où. Je les aurais tués.

Le Flaco et moi, on est restés amis et on a continué à être amoureux d'elle. On pouvait partager notre frustration en pensant à toutes les horreurs qu'on souhaitait à Rafael : ça allait de la jambe cassée à bien pire. Et quand on était carrément au fond du trou, on s'imaginait qu'on se fiançait avec Tamara et Aymara – peu importait alors qui allait avec qui, même si on voulait toujours tous les deux Tamara ; je ne sais d'ailleurs pas pourquoi, puisqu'elles étaient très belles toutes les deux –, on se mariait et on vivait dans des maisons aussi jumelles que les sœurs : tout exactement identique, l'une à côté de l'autre. Comme on était très distraits, parfois on se trompait de maison, de sœur, et le mari d'Aymara était avec Tamara et vice-versa, pour une juste compensation de la réalité ainsi que pour notre plus grand plaisir. Par la suite on avait des jumeaux qui naissaient le même jour – quatre à la fois – et les médecins, qui eux aussi étaient distraits, confondaient les mères et les enfants, disant : deux ici, deux là. Comme en plus ils grandissaient ensemble, ils tétaient le sein de n'importe laquelle des mères, pour ensuite se tromper de maison sans arrêt. C'est comme ça qu'on passait des heures entières avec ces conneries : jusqu'à ce que les enfants soient grands et se marient avec des quadruplées qui se ressemblaient aussi et ça devenait le grand bordel… jusqu'à ce que Josefina baisse la radio en rentrant du travail : Je ne sais pas comment vous faites pour supporter ce zinzin toute la sainte journée, protestait-elle. Vous allez devenir sourds, putain, disait-elle, mais elle nous faisait quand même un milk-shake – parfois à la mangue, parfois à la mamey ou même au chocolat.

Le Flaco était encore maigre la dernière fois que nous avons joué à nous marier avec les jumelles. On était en troisième année au lycée. Il sortait avec Dulcita et Cuqui m'avait déjà largué, quand Tamara a annoncé en classe qu'elle et Rafael allaient se marier et qu'ils nous invitaient tous. La réception avait lieu chez elle – et même si chez elle les fêtes étaient géniales, on s'est juré qu'on n'irait pas. Ce soir-là, on a pris notre première cuite mémorable : à cette époque un litre de rhum, ça pouvait encore être trop pour nous deux. Josefina a dû nous passer sous l'eau, nous donner une cuillère de belladone pour contenir nos vomissements, et il a même fallu qu'elle nous pose un sac de glace sur les couilles…

Le sergent Manuel Palacios enclencha la marche arrière, appuya sur l'accélérateur et les pneus maltraités gémirent quand la voiture fit demi-tour pour sortir du parking. Il parut moins fragile quand, assis au volant, il regarda vers la porte du Commissariat pour voir le visage impassible du lieutenant Mario Conde : peut-être qu'il n'était pas parvenu à l'impressionner avec cette manœuvre que même Gene Hackman dans *French Connection* n'aurait pas réussi. Bien qu'il soit jeune et qu'on dise de lui qu'il serait dans quelques années le meilleur enquêteur du Commissariat, le sergent Manuel Palacios exhibait une immaturité rampante quand une femme ou un volant lui tombait entre les mains. La phobie du Conde quant à l'exercice – pour lui bien trop complexe – de diriger avec les mains, suivre des yeux ce qui se trouvait à l'avant et à l'arrière du véhicule, tout en accélérant, en changeant les vitesses ou en freinant avec les pieds, permettait à Manolo d'être l'éternel conducteur dans les affaires que le Vieux insistait pour leur confier à tous les deux. Le Conde avait toujours pensé que ce concubinage voituresque, grâce auquel il faisait l'économie d'un chauffeur, était la raison pour laquelle le major Rangel les associait si fréquemment. Au Commissariat, certains disaient que le Conde était le meilleur enquêteur de tout l'effectif et que le sergent Palacios le dépasserait bientôt. Mais ils n'étaient que peu à concevoir l'affinité née entre la parcimonie étouffante du lieutenant et la vitalité écrasante de ce sergent presque famélique, au visage d'enfant, qui avait certainement triché pour être admis à l'académie de police. Le Vieux seul avait compris que ces deux-là pouvaient s'entendre. En définitive, ils avaient l'air d'y parvenir.

Le Conde s'approcha de la voiture. Il marchait la cigarette aux lèvres, la veste ouverte, cachant ses cernes derrière des lunettes de soleil. Il semblait préoccupé quand il ouvrit la portière et s'installa sur l'autre siège, à l'avant.

– Bon, alors, on va chez la femme ? demanda Manolo prêt à se mettre en route.

Le Conde garda le silence quelques instants. Il rangea ses lunettes dans la poche de sa veste, sortit la photo de Rafael Morín du dossier et la posa sur ses jambes.

– Cette tête, ça te dit quoi ?

– La tête ? Ben, celui qui s'y connaît en psychologie, c'est toi, moi j'aimerais d'abord l'entendre avant de me faire une opinion.

– Et pour le moment, qu'est-ce que tu penses de tout ça ?

– Je sais pas encore, Conde. C'est pas banal. Enfin, je veux dire, rectifia-t-il en regardant le lieutenant, c'est foutrement bizarre, non ?

– Continue, encouragea le Conde.

– Écoute, pour l'instant l'accident est exclu, et il n'y a pas de preuves évidentes de fuite à l'étranger ; c'est en tout cas ce que prétendent les derniers rapports que je viens juste de voir, même si je n'irais pas jusqu'à parier là-dessus. Je ne crois pas non plus à un enlèvement, parce que je ne trouve pas ça beaucoup plus logique.

– Laisse tomber la logique et continue.

– Bon, un enlèvement ça me paraît pas logique parce que je vois pas trop ce qu'on peut tirer de lui. J'ai pas vraiment l'impression qu'il soit parti avec une femme ou quelque chose comme ça, hein ? Parce qu'il se serait bien douté qu'il allait y avoir tout ce bordel, et il a pas l'air du genre à faire des folies pareilles. Il pourrait y perdre son poste, pas vrai ? Il me reste une solution avec deux possibilités : qu'on l'ait tué par hasard, peut-être pour lui voler quelque chose ou parce qu'on l'a pris pour quelqu'un d'autre, ou qu'on l'ait refroidi parce qu'il était vraiment impliqué dans une embrouille, j'ignore de quelle nature.

Et l'autre truc que j'ai en tête est presque absurde : ce serait qu'il se soit caché à cause de quelque chose. Mais si c'est le cas, je pige pas pourquoi il n'a rien trouvé pour retarder la déclaration de sa femme à la police. En inventant un voyage en province ou n'importe quoi d'autre… Mais pour moi, ce type pue la charogne de bord de route. Pour le moment il n'y a pas d'autre solution que d'enquêter de tous les côtés : chez lui, à son travail, dans son quartier, je sais pas, chercher un sens à tout ça.

– Ce mec me fait chier, dit le Conde, le regard fixé sur la rue qui s'ouvrait devant lui. On va chez lui. Rejoins Santa Catalina par Ranchos Boyeros, allez.

Manolo démarra. Les rues étaient toujours désertes sous la lourdeur d'un soleil enhardi, invitant au repos de la mi-journée qui approchait. Dans le ciel on n'apercevait que quelques nuages hauts et sales qui s'accumulaient à l'horizon. Le Conde s'efforça de penser au déjeuner de Josefina, à la partie de baseball du soir, au mal que ça lui faisait de fumer autant de cigarettes chaque jour. Il cherchait à chasser le mélange de mélancolie et d'excitation qui l'assaillait tandis que la voiture s'approchait de la maison de Tamara.

– Et toi, t'es en vacances ou quoi ? Qu'est-ce que tu en penses, Conde ? demanda Manolo quand ils eurent dépassé le Teatro Nacional.

– Je pense plus ou moins comme toi, c'est pour ça que je disais rien. Je crois pas qu'il soit caché ou qu'il aille tenter une sortie illégale du pays. J'en suis convaincu, dit-il en observant à nouveau la photo.

– Qu'est-ce qui te fait penser ça ? C'est à cause du poste qu'il a occupé, c'est ça ?

– Ouais, c'est à cause de son poste. Il voyageait à l'étranger presque dix fois par an… Mais c'est surtout parce que je le connais depuis près de vingt ans.

Manolo se trompa dans les vitesses et la voiture faillit caler. Il accéléra à fond et, dans une secousse, parvint à maintenir le moteur en marche. Il sourit en secouant la tête puis regarda son compagnon.

– Me dis pas que c'est un ami à toi.

– C'est pas ce que j'ai dit. J'ai dit que je le connaissais.

– Depuis vingt ans ?

– Dix-sept, pour être exact. Je l'ai entendu pour la première fois en 1972, il nous faisait un discours au lycée de La Víbora. C'était le président de la FEEM.

– Et quoi d'autre ?

– Bah, je veux pas t'influencer, Manolo. La vérité c'est que j'ai jamais pu saquer ce mec, mais maintenant ça n'a plus d'importance. Ce qui compte c'est qu'il réapparaisse vite pour que je puisse aller dormir.

– Tu es sûr que ça n'a plus d'importance ?

– Grouille-toi, attrape le vert, coupa-t-il en désignant le feu tricolore au croisement de Boyeros et de Calzada del Cerro.

Le Conde alluma une autre cigarette, toussa deux fois et rangea la photo de Rafael Morín dans le dossier. Le souvenir de Tamara leur annonçant qu'elle épousait Rafael avait ressuscité avec une violence inattendue. À présent il pouvait voir les trois rayures blanches de la jupe de son uniforme, les bas roulés sur ses chevilles et les cheveux coupés en une masse à l'ovale symétrique. Après avoir terminé le lycée, ils s'étaient juste revus à quatre ou cinq reprises et chaque fois, rien qu'à la regarder, il avait à nouveau ressenti dans sa poitrine la sensualité enveloppante de cette femme. Ils avançaient dans La Calzada de Santa Catalina, mais le Conde ne voyait pas les maisons où habitaient quelques-uns de ses anciens camarades de classe, ni les jardins bien tenus ni la paix de ce quartier éternellement tranquille où il avait assisté à tant de fêtes avec le Conejo et le Flaco. Il pensait à une autre fête, celle des quinze ans de Tamara et de Aymara, presque au début de la première année au lycée, le 2 novembre, précisa sa mémoire. Il se rappela combien la maison où habitaient les jeunes filles l'avait impressionné. La cour ressemblait à un jardin anglais bien entretenu où il y avait suffisamment de place pour loger de très nombreuses tables sous les arbres, sur le gazon et près de la fontaine où un antique angelot sauvé de quelque ruine coloniale pissait dans les iris en fleurs. Il y avait même assez de place pour que les Gnomos jouent et fassent danser plus de cent couples : c'était le meilleur, le plus célèbre et le plus cher des groupes de combos de La Víbora. Et aussi des fleurs pour chacune des filles, des plateaux pleins de croquettes – à la viande –, de gâteaux – à la viande – ainsi que des petites boulettes frites au fromage auxquelles il ne fallait même pas rêver en ces années de queues perpétuelles. Les parents des jumelles, à cette époque ambassadeurs à Londres, et auparavant à Bruxelles, à Prague puis à Madrid, savaient recevoir ; le Flaco, le Conejo, Andrés et lui affirmaient aujourd'hui encore qu'ils n'avaient jamais assisté à plus belle fête. Il y avait même une bouteille de rhum sur chaque table. « On se croirait à l'étranger », avait proclamé le Conejo. Eux aussi, ils trouvaient. Par la suite, il avait compris qu'une réception aussi grandiose aurait plu même à Gatsby le Magnifique. Jouant les conquérants, Rafael Morín avait dansé toute la nuit avec Tamara. Le Conde pouvait encore se rappeler les mouvements de la robe à broderies blanches de la jumelle, flottant sur l'inévitable *Danube bleu*, qui pour lui fut plutôt noir, en passant par toutes les nuances de gris possibles.

– Arrête-toi là, ordonna-t-il au sergent alors qu'ils traversaient la Calle Mayía Rodríguez. Il jeta son mégot par terre. Sur le trottoir d'en face, juste au coin, s'élevait la maison à deux étages où vivaient les jumelles, une construction spectaculaire, brillante avec ses larges baies en verre fumé et ses murs de briques rouges. Elle était entourée d'un jardin tenu avec un soin professionnel, taillé à la hauteur précise évitant de cacher la haie de sculptures en ciment dans le style de Lam.

– Ça alors, c'était là ! s'exclama Manolo. Chaque fois que je passais par ici, je regardais cette maison et je me disais que j'aimerais avoir la même. J'ai même pensé que dans une maison comme ça il ne devait jamais y avoir d'histoires avec la police, et donc que je pourrais pas voir l'intérieur.

– Non, c'est sûr que c'est pas une maison pour des policiers…

– On la lui a donnée à lui, c'est ça ?

– Non, pas cette fois. Elle était aux parents de sa femme.

– Comment est-ce que ça peut bien être, de vivre dans une maison comme ça ? Hein, Conde ?

– Différent… Bon, Manolo, maintenant écoute-moi. J'ai une idée que j'aimerais creuser : le soir du 31, Rafael Morín a disparu après être allé à cette réception. Là-bas, il a pu se passer quelque chose qui ait à voir avec tout ça, parce que moi, j'emmerde le hasard, et amen. Maintenant, je veux te demander une faveur.

Manolo sourit en frappant le volant de ses deux mains.

– Conde qui demande des faveurs ? Professionnelles ou personnelles ? Bon allez, je vais te faire plaisir.

– Écoute, tiens ta langue et laisse-moi mener tout seul l'interrogatoire de Tamara. Elle aussi je la connais depuis longtemps, et je crois que comme ça je pourrai mieux m'en occuper. Voilà la faveur. C'est beaucoup te demander ? Tout ce qui te vient à l'esprit tu me le diras après. D'accord ?

– D'accord, Conde, pas de problème, pas de problème, dit le sergent, se préparant à faire ce sacrifice dans la mesure où il assisterait à ce qu'il devinait être un règlement de comptes avec le passé. Tandis qu'il fermait la voiture à clé, Manolo regarda le Conde traverser la rue et se perdre au milieu de la haie de crotons, puis la tête d'un cheval effrayé grandeur nature qui ressemblait plus à du Picasso qu'à du Lam. Quoi qu'il en soit, cette maison restait par trop inaccessible à un policier.

Ses yeux sont comme deux amandes polies, classiques, un peu humides, juste ce qu'il faut pour suggérer que ce sont de vrais yeux et qu'ils peuvent même pleurer. Ses cheveux, frisés artificiellement, tombent en une mèche en forme de spirale sur son front, et mangent presque ses sourcils, épais et très hauts. Sa bouche essaye de sourire, et de fait, elle sourit ; ses dents d'animal en pleine santé, blanches et éblouissantes, méritent la récompense d'un rire total. Elle ne fait pas ses trente-trois ans, se dit-il face à son ancienne camarade de classe. On ne dirait pas qu'elle a eu un enfant. Elle peut toujours faire des pas de danse, même si maintenant on la sent bien plus maîtresse de sa profonde beauté : elle est pleine, massive, inquiétante, à l'apogée de son charme et de ses formes. Elle pourrait encore porter la jupe du lycée et le chemisier près du corps, pense-t-il en rajustant son pistolet à sa ceinture. Il présente le sergent Manuel Palacios qui a les yeux exorbités, et le Conde ressent l'envie de s'en aller au moment où il s'installe dans le canapé près de Tamara et où elle offre un siège à Manolo.

Elle porte une robe ample et douce, jaune vif. Il se rend compte que ça ne change rien : même enveloppée de cette couleur agressive, c'est la femme la plus belle qu'il ait connu… lorsqu'elle se lève, il n'a plus envie de partir, mais il voudrait tendre les bras.

– La vie a de ces détours, hein ? dit-elle. Attendez, je vais vous apporter du café.

Elle se dirige vers le couloir et il observe le mouvement de ses fesses prisonnières sous le jaune très fin de l'étoffe. Il aperçoit sur ses cuisses le bord mince de la culotte et croise le regard de Manolo, qui respire à peine. Il se souvient que ce cul d'anthologie fut la cause de bien des larmes quand son professeur de danse lui avait conseillé un changement inévitable dans sa vie artistique : le tremblement de terre de ses hanches, la surcharge de chair de ses fesses et la rondeur de ses cuisses n'avaient rien d'une sylphide ou d'un cygne, mais plutôt tout d'une oie pondeuse. Elle lui suggéra une reconversion immédiate vers l'art de la rumba des rues, suante et arrosée d'eau-de-vie.

– Triste destin, non ? soupire-t-il. Manolo hausse les épaules. Il s'attend à en apprendre plus sur cette inexplicable tristesse, quand elle revient et l'oblige à la regarder.

– Mima vient juste de le faire, il est encore chaud, assure-t-elle en leur offrant une tasse de café. Incroyable, Conde en personne. Maintenant tu dois être quelque chose comme major ou capitaine ? Hein, Mario ?

– Lieutenant. Et parfois je me demande bien comment, dit-il en goûtant le café, mais il n'ose pas ajouter, sacré café, putain, le spécial amis sans doute. C'est pourtant le meilleur café qu'il ait bu ces dernières années.

– Qui aurait dit que tu entrerais dans la police ?

– Personne, personne je crois.

– Mais c'était un cas ce garçon, explique-t-elle à Manolo en le regardant à nouveau. Tu n'as même jamais été un élève exemplaire, tu ne participais pas aux activités. Tu t'échappais avant le dernier cours pour écouter les épisodes de Guaytabó. Je m'en souviens encore.

– Mais j'avais des bonnes notes.

Elle sourit, elle ne peut pas s'en empêcher. Le flot des souvenirs qui coule entre eux passe sur les mauvais moments, érodés par le temps, et ne s'arrête que sur les jours agréables, les épisodes mémorables ou les événements qui ont été embellis avec le temps. Elle, ça paraît incroyable, elle est même encore plus belle.

– Et tu n'écris plus, Mario ?

– Non, plus maintenant. Mais un de ces jours... dit-il, se sentant mal à l'aise. Et ta sœur, qu'est-ce qu'elle devient ?

– Aymara, elle est à Milan. Elle est partie pour cinq ans avec son mari, qui est représentant et négociant pour le *SIME*[1]. Son nouveau mari, tu sais ?

– Non, je ne savais pas, mais c'est très bien.

– Mario, et le Conejo ? Je ne l'ai plus jamais revu.

1. *SIME :* Ministère de l'Industrie sidérurgique, mécanique et électronique (NdT).

– Rien de spécial, il a terminé sa formation d'enseignant, mais il s'est débrouillé pour quitter l'Éducation. Il est à l'Institut d'Histoire et continue à réfléchir à ce qui aurait pu se passer si on n'avait pas tué Maceo, si les Anglais n'avaient pas quitté La Havane, et à toutes ces tragédies historiques qu'il s'invente.

– Et Carlos, comment ça va ?

Elle dit : Carlos, quand lui n'a que l'envie de se perdre dans son décolleté. Carlos le Flaco affirmait que Tamara et Aymara avaient des mamelons larges et sombres. Il suffit de regarder leurs lèvres, disait-il, elles ressemblent à celles des noires. Selon sa théorie, les mamelons et les lèvres étaient directement proportionnels en couleur et en volume. Dans le cas de Tamara, ils avaient toujours cherché à vérifier cette idée : ils attendaient qu'elle se penche pour ramasser son crayon, ils la surveillaient pendant les cours d'Éducation Physique, mais elle faisait partie de celles qui mettaient toujours des soutiens-gorge. Et aujourd'hui, est-ce qu'elle en porte un ?

– Il va bien, ment-il. Et toi ?

Elle lui prend la tasse des mains et la pose sur la table en verre, près d'une photo de mariage artistique où Tamara et Rafael, souriants, en habits de mariés, enlacés et heureux, se regardent dans l'ovale d'un miroir. Il se dit qu'elle devrait répondre qu'elle va bien, mais qu'elle n'ose probablement pas : son mari a disparu, peut-être qu'il est mort et elle est angoissée. Mais en réalité elle a l'air très bien. Elle finit par dire :

– Je suis très inquiète, Mario. J'ai un pressentiment, je ne sais pas…

– Quel genre de pressentiment ?

Elle hoche la tête et sa mèche de cheveux rebelle danse sur son front. Elle est nerveuse, se frotte les mains ; il y a de l'anxiété dans ses yeux toujours paisibles.

– Assez mauvais, répond-elle en regardant vers l'intérieur de la maison silencieuse. Tout ça est bien trop bizarre pour que ce ne soit pas d'assez mauvais augure, non ? Tu sais, Mario, tu peux fumer si tu veux – et elle lui attrape un cendrier immaculé sur l'étagère inférieure de la petite table en verre. Il est en Murano bleu violet moucheté d'argent. Il allume sa cigarette en se disant que c'est une hérésie de salir un tel cendrier.

– Et vous, vous ne fumez pas ? demande-t-elle à Manolo. Le sergent sourit.

– Non, merci.

– Incroyable, Tamara, dit le Conde en souriant. Ça faisait quinze ans que je n'étais pas venu dans cette maison et tout est exactement pareil. Tu te souviens quand j'ai cassé ce vase, là ? Il était en porcelaine, je crois, non ?

– En céramique de Sargadelos – elle s'adosse contre le dossier du canapé en essayant de remettre en place la mèche de cheveux qui lui cache le front.

Toi aussi, ma petite, les souvenirs te tuent, pense-t-il. Il aimerait se sentir comme lorsque tout le groupe entrait dans cette maison digne d'un décor de cinéma, pour se réunir dans la bibliothèque sous le prétexte d'étudier. Il y avait toujours des sodas, très souvent même des chocolats, l'air conditionné et des rêves communs : le Flaco, le Conejo, Cuqui, Dulcita, le Conde, tous auraient un jour une maison comme celle-là, lorsqu'ils seraient médecins, ingénieurs, historiens, économistes, écrivains, et toutes ces choses qu'ils allaient devenir et qu'ils n'étaient pas tous devenus. Il n'en peut plus des souvenirs. C'est pourquoi il enchaîne :

– J'ai déjà lu ta déclaration à la police. Tu peux m'en dire un peu plus ?

– Je ne sais pas, ça s'est passé exactement comme ça, affirme-t-elle, après un moment de réflexion, tout en croisant ses jambes puis ses bras. Elle est encore souple, remarque-t-il. On est rentrés du réveillon, je me suis couchée la première et j'étais à moitié endormie quand il est venu me rejoindre. Je lui ai demandé s'il se sentait mal. Il avait pas mal bu pendant la soirée. Quand je me suis levée, pas la moindre trace de Rafael. Jusque dans l'après-midi je ne me suis pas véritablement inquiétée, parce qu'il s'en allait souvent sans dire où il allait, mais ce jour-là il ne travaillait pas.

– Où est-ce que tu dis que le réveillon a eu lieu ?

– Chez le vice-ministre qui s'occupe de l'entreprise de Rafael. À Miramar, près de la *diplotienda*[1] de la Quinta et de la 42.

– Qui était invité ?

– Eh bien, laisse-moi réfléchir – elle demande du temps et recommence à s'acharner sur son infatigable mèche. Évidemment les hôtes, Alberto et sa femme. Il s'appelle Alberto

1. *Diplotienda :* boutique destinée aux possesseurs de devises étrangères (NdT).

Fernández, ajoute-t-elle en voyant le Conde sortir un carnet de la poche de son pantalon. Alors comme ça tu as toujours ton calepin dans la poche de derrière ?

– Vieille manie, se défend-il en secouant la tête. Il n'imaginait pas que quelqu'un puisse se souvenir de cette habitude, même pas lui, sans doute. Combien de choses aurais-je à me rappeler, se demande-t-il. Tamara sourit. Il repense au poids des souvenirs et se dit qu'il ne devrait peut-être pas être là. S'il en avait parlé au Vieux, il l'aurait probablement remplacé. Il est soudain convaincu que le mieux serait de lui demander à être relevé. Non, il ne devrait pas être en train de chercher un homme qu'il n'a pas envie de retrouver, ni rester là, à discuter avec la femme de cet homme. Une femme qui, outre sa nostalgie, éveille son désir. Il dit pourtant :

– Je n'ai jamais aimé me balader avec une mallette.

– Tu te souviens du jour où tu t'es battu dans la cour du lycée avec Isidrito, le garçon de Managua ?

– Ça me fait encore mal. Qu'est-ce qu'il m'avait mis, ce *guajiro* – et il sourit à Manolo, génial dans son rôle d'auditeur marginal.

– Et pourquoi est-ce que vous vous êtes battus, Mario ?

– Figure-toi qu'on a commencé à parler de base-ball, pour savoir qui était le meilleur, si c'était Andrés, Biajaca et les gars de mon quartier ou ceux de Managua, jusqu'à ce que je me foute en boule et que je lui dise que tous ceux qui étaient pas de mon quartier étaient des fils de pute. Et évidemment, il est sorti de ses gonds.

– Mario, si Carlos ne s'était pas interposé, je crois bien qu'Isidrito t'aurait tué.

– On aurait perdu un bon policier – il sourit et décide de ranger son bloc. Écoute, le mieux c'est que plus tard, tu me fasses une liste des invités, en me disant ce que chacun fait et si tu sais comment les joindre. Tous ceux qui te reviennent en mémoire. En plus du vice-ministre, il y avait d'autres personnalités ?

– Eh bien, il y avait le ministre, mais il est parti assez tôt, vers onze heures, parce qu'il avait d'autres obligations.

– Est-ce qu'il a un peu parlé avec Rafael ?

– Ils se sont salués, mais ils n'ont pas beaucoup parlé. Eux tous seuls, je veux dire.

– Hum, hum. Et est-ce qu'il a discuté avec quelqu'un en tête à tête ?

Elle réfléchit en fermant presque les yeux. Il détourne le regard. Il préfère jouer avec la cendre de sa cigarette et finit par écraser le mégot. À présent il ne sait que faire du cendrier, craignant de répéter l'histoire du vase de Sargadelos. Mais il ne peut s'empêcher de percevoir l'odeur de Tamara : elle sent le propre, le maquillage, la lavande de prix, la terre humide et surtout la femme.

– Avec Maciques, son chef de cabinet, je crois. Mais ils passent tous les deux leur vie à ça, à parler du travail ; et moi, dans les réceptions, je dois supporter la femme de Maciques ; si tu la voyais, mon Dieu, elle est plus raide qu'un manche à balai... Enfin, non, il faudrait que tu l'entendes surtout. L'autre jour elle a découvert que le coton, c'est mieux que le polyester et bien sûr, elle dit qu'elle adore la soie...

– Je vois le genre. Avec qui d'autre il a parlé ?

– Voyons... Rafael est resté un moment sur le balcon et quand il est revenu à l'intérieur, Dapena arrivait, un Galicien qui vient régulièrement à Cuba pour affaires.

– Attends, demande-t-il en reprenant son carnet. Un Galicien ?

– Oui, c'est ça, un Galicien de Galice. Son nom complet, c'est José Manuel Dapena. Il fait quelques affaires plus ou moins liées avec l'entreprise de Rafael, mais surtout avec le ministère du Commerce extérieur.

– Et tu dis qu'ils ont parlé tous les deux ?

– Écoute, Mario, je les ai vus revenir ensemble du balcon, je ne sais pas s'il y avait quelqu'un d'autre.

– Tamara, dit-il. Il commence à jouer avec le poussoir de son stylo, produisant un clic-clac monotone. C'est comment, ces réceptions ?

– Quelles réceptions ? s'étonne-t-elle. Elle paraît ne pas comprendre.

– Ces réceptions auxquelles vous allez, vous, avec des ministres, des vice-ministres et des hommes d'affaires étrangers, comment sont-elles ?

– Je ne comprends pas, Mario. Mais enfin... elles sont comme n'importe quelle soirée : on discute, on danse, on boit, je ne vois pas où tu veux en venir. Laisse ton stylo tranquille, s'il te plaît, demande-t-elle. Il sait qu'elle est mal à l'aise.

– Et personne ne se saoule, ne dit de gros mots, ne pisse depuis les balcons ?

– J'ai pas envie de plaisanter, Mario, je te jure – elle se

frotte les paupières, mais elle n'a pas l'air fatigué. Quand elle retire ses mains, ses yeux brillent davantage.

– Excuse-moi, dit-il en rangeant son stylo dans la poche de sa chemise. Parle-moi de Rafael.

Cette fois, la question la fait soupirer. Elle secoue la tête en signe de dénégation à l'égard de quelque chose qu'elle seule connaît, et détourne les yeux vers la baie vitrée qui donne sur le jardin intérieur. Très théâtral, juge-t-il en suivant son regard. Il aperçoit à peine la couleur artificielle, légèrement foncée, des fougères qui grandissent, exubérantes, par-delà les vitres fumées.

– J'aurais préféré un autre policier, tu sais. Avec toi, je ne sais pas, ça m'est difficile.

– Pour moi aussi, avec toi et avec Rafael. En plus, si ton mari n'avait pas disparu, je serais chez moi en train de bouquiner, sans avoir à travailler jusqu'à lundi. Alors maintenant ce qu'il faut c'est qu'on le retrouve rapidement. Et pour ça tu dois m'aider, d'accord ?

Elle fait mine de se lever, mais reprend sa place sur le canapé. Sa bouche n'est plus à présent qu'une ligne droite, la bouche d'une personne contrariée, qui s'adoucit quand elle regarde vers le sergent Manuel Palacios.

– Qu'est-ce que je peux bien te dire à propos de Rafael ? Toi aussi tu le connais… Il vit pour son travail. Ce n'est pas en s'amusant qu'il est parvenu à ce poste. Le pire c'est qu'il adore travailler comme une bête. Je crois que c'est un bon responsable, oui, sincèrement, en plus tout le monde le dit. On le sollicite tout le temps et il sait tout faire. Lui-même, il dit qu'il est un homme à succès. Il passe son temps à voyager à l'étranger, surtout en Espagne et au Panamá, pour signer des contrats, faire des achats, il a l'air d'être bon en affaires. Est-ce que tu imagines Rafael en homme d'affaires ?

Il ne l'imagine pas non plus et observe l'équipement audio qui occupe tout un angle de la pièce : table de lecture avec tourne-disques, double cassette, CD, équaliseur, amplificateur et deux enceintes avec des baffles de Dieu sait combien de puissance. Il se dit qu'avec ça, la musique, c'est vraiment de la musique.

– Non, je ne l'imagine pas, non, dit-il et il demande : D'où est-ce qu'il sort ce bloc audio ? Ça vaut plus de mille dollars…

Elle regarde à nouveau Manolo puis observe ouvertement son ancien camarade de classe.

– Qu'est-ce qui te prend, Mario ? Pourquoi ces petites questions ? Écoute, tu sais bien que personne ne travaille comme un fou simplement pour le plaisir. Tout le monde cherche quelque chose et… Ici, quand on peut se permettre de manger de la viande on ne se contente pas de riz aux œufs.

– Oui, celui à qui Dieu a donné…

– Qu'est-ce qui te gêne, Mario ?

Il tend la main vers son stylo mais le laisse à sa place.

– Rien, rien, ne t'inquiète pas, d'accord ?

– Si je m'inquiète. Si tu devais voyager pour ton travail, est-ce que tu ne le ferais pas, est-ce que tu n'achèterais pas des choses à ta femme et à ton fils, dis-moi ? demande-t-elle en cherchant le soutien de Manolo. Le sergent, la tasse toujours à la main, hausse à peine les épaules.

– Moi, j'ai faux sur les deux plans : je ne voyage pas à l'étranger, et je n'ai ni femme ni enfant.

– Mais tu es jaloux, c'est ça ? lui dit-elle doucement en contemplant à nouveau les fougères. Il sait qu'il a touché un point sensible chez Tamara. Pendant des années, elle avait essayé d'avoir l'air comme les autres, mais sa naissance lui pesait trop et elle finissait toujours par être différente : ses parfums n'avaient jamais été les eaux de Cologne bon marché que se mettaient les autres. Elle était allergique et ne supportait que certaines lavandes masculines. Ses habits de fête du samedi ressemblaient à ceux des autres, mais ils étaient en tissu indien. Elle savait tousser, éternuer, bâiller en public, et elle seule comprenait parfaitement les paroles des chansons de Led Zeppelin ou de Rare Earth. Il pose le cendrier sur le canapé et prend une autre cigarette. C'est la dernière du paquet, et comme d'habitude il panique en voyant tout ce qu'il a fumé. Mais il se dit que non, qu'il n'éprouve pas la moindre jalousie.

– Peut-être, admet-il pourtant en allumant sa cigarette. Il comprend qu'il n'a pas le courage de discuter avec elle. Mais c'est ce que j'envie le moins à Rafael, je te jure – il sourit en regardant Manolo. Grand bien lui fasse !

Elle a fermé les yeux et il se demande si elle a bien saisi les nuances de sa jalousie. Elle est plus près de lui, et il peut la sentir tout son saoul quand elle lui prend la main.

– Excuse-moi, Mario, lui dit-elle, mais je suis… Je me sens très tendue. C'est logique, avec toute cette histoire, ajoute-t-elle en retirant sa main. Alors, tu voulais une liste ?

– Camarade, camarade, interrompt soudain le sergent

Manuel Palacios en levant la main, comme s'il demandait la parole du fond de la classe, et sans oser regarder le Conde. Je sais ce que vous ressentez, mais vous devez nous aider.

– Je croyais que c'était ce que j'étais en train de faire, non ?

– Bien sûr, bien sûr. Mais moi, je ne connais pas votre mari… Avant le 1er janvier, est-ce que vous l'avez trouvé bizarre ? A-t-il fait quelque chose d'inhabituel ?

Elle porte la main à son cou et le caresse un instant, comme si elle l'aimait infiniment.

– En soi, Rafael était un peu bizarre. C'était dans son caractère. Très lunatique, il s'angoissait pour un rien. Si j'avais dû voir quelque chose de bizarre, comme vous dites, peut-être que le 30 il était contrarié, il m'a expliqué qu'il était fatigué à cause de tous les bilans de fin d'année. Mais le 31, ç'a été presque le contraire, et je crois qu'il a apprécié le réveillon. Mais son travail le préoccupait toujours.

– Et il n'a rien dit, il n'a rien fait qui ait attiré votre attention ? poursuivit Manolo sans regarder le lieutenant.

– Non, pas que je sache, non. D'ailleurs, le 31 il est allé déjeuner avec sa mère et il a passé presque toute la journée là-bas.

– Excuse-moi, Manolo, coupa le Conde en observant le sergent qui se frottait les mains. Une fois lancé, il était capable de continuer à poser des questions pendant une heure. Quoi qu'il en soit, Tamara, je veux que tu réfléchisses à ce qu'il a pu faire au cours de ces derniers jours et qui pourrait avoir un rapport avec ce qui se passe. Tout est important. Des choses qu'il ne disait pas ou ne faisait pas habituellement, s'il a parlé avec quelqu'un que tu ne connais pas, je ne sais pas… Il est également important que tu me prépares cette liste. Aujourd'hui, tu as prévu d'aller quelque part ?

– Non, pourquoi ?

– Pour rien, pour savoir où tu seras. Quand j'aurai fini au Commissariat, je peux passer ici pour récupérer la liste et on en rediscutera. Ça ne me pose pas de problème, c'est sur mon chemin.

– D'accord, je t'attends et je te fais la liste, ne t'inquiète pas, promet-elle. Elle lutte à nouveau contre la mèche rebelle.

– Écoute, dit-il en arrachant une feuille de son bloc. S'il y a la moindre chose, tu peux me joindre à ces numéros.

– D'accord, bien sûr, assure-t-elle ; elle prend le papier, et son sourire est un véritable cadeau. Eh, Mario, tes cheveux commencent à se faire rares sur le front. Ne me dis pas que tu vas devenir chauve ?

Il sourit, se lève et se dirige vers la porte. Il fait tourner la poignée et cède le passage à Manolo. À présent, il se tient face à Tamara et la regarde dans les yeux.

– Bon, voilà qu'en plus, je serai chauve, se lamente-t-il. Il ajoute : Tamara, ne sois pas mal à l'aise avec moi. J'ai un boulot à faire et ça, tu le comprends, n'est-ce pas ?

– Je comprends, Mario.

– Alors, dis-moi une chose : en dehors de toi, à qui profiterait la mort de Rafael ?

Elle est surprise mais sourit immédiatement. Elle oublie la mèche invincible et répond :

– Quel genre de psychologue aurais-tu fait, Mario ? Me profiter, à moi… Un équipement audio et la Lada qui est en bas ?

– Je ne sais pas, je ne sais pas, admet-il, levant la main en signe d'au revoir. Avec toi, je me plante à tous les coups – et il sort de la maison dans laquelle il n'était pas entré depuis quinze ans ; il sait qu'il repart blessé. Il ne veut pas la voir sur le seuil, en train de s'essayer à un adieu. Il se dirige vers la rue et traverse sans faire attention à la circulation.

– Quand on marche, on n'a plus froid, dit-il en s'installant dans la voiture. Il ne peut pas s'en empêcher : il regarde vers la maison et reçoit le geste d'adieu de cette femme qui l'observe depuis la porte, près d'un agressif arbuste en béton.

– Y'a des valseuses qui voudraient bien danser…

– Qu'est-ce que tu racontes, toi ?

– Je raconte qu'il faut que tu fasses attention, Conde, bien attention.

– Et d'où ça sort ça, Manolo ? Tu vas m'engueuler ?

– Moi, t'engueuler ? Non, Conde, tu es trop vieux et tu es flic depuis suffisamment longtemps pour savoir ce qui te convient ou non. Mais elle me convainc pas.

– Ah oui, et qu'est-ce qui te gêne ? Vas-y !

– Je sais pas, mec, mais sincèrement je la sens pas trop. Elle est trop maligne pour moi. Pour toi aussi d'ailleurs… Mais enfin, toute maligne qu'elle est, mets-toi à la place de cette femme, avec son mari disparu, peut-être mort ou embarqué dans Dieu sait quelle histoire…

– Hum, hum.

– Tu la trouves pas légèrement… du genre « moi je m'en fous un peu » ?

– Et ça, d'après toi, ça veut dire qu'elle est coupable de quelque chose ?

– Allez, putain, quand la mule a décidé de dire non…

– Eh, comment veux-tu que je te comprennes si tu me parles pas clairement…

– Clairement, hein ? Tu veux que je te parle clairement ? Alors écoute, Conde, il n'y a qu'à te voir pour comprendre que tu baves quand tu vois cette bonne femme. Et il n'y a qu'à la regarder, elle, pour se rendre compte qu'elle le sait parfaitement. Tout ça serait pas un problème s'il n'y avait pas l'embrouille du mari au beau milieu. Comme je te l'ai déjà dit, il y a quelque chose que je sens mal.

– Tu crois qu'elle sait quelque chose ?

– Ça se pourrait bien… Je sais pas, mais fais attention, mon pote. D'accord ?

– D'accord, sergent.

Il dit « sergent » en tendant le bras pour lui ordonner de stopper la voiture.

– Arrête, arrête, lui demanda-t-il en voyant un véhicule de patrouille stationné près du trottoir, et deux policiers qui emmenaient un homme. Il savait de quoi il retournait, mais il montra sa plaque aux agents par la fenêtre. Qu'est-ce qui s'est passé ?

– Il était saoul, couché là, lui expliqua l'un des policiers en désignant le porche de l'église San Juan Bosco. On le conduit à l'antenne de police jusqu'à ce qu'il soit plus frais, ajouta-t-il. L'homme lui échappa presque des mains.

– Bien, aidez-le, le Conde fit un geste de salut et demanda à Manolo de continuer. À cette heure-là il ne faisait pas froid, mais le Conde sentit qu'il avait la chair de poule. Il se souciait autant des ivrognes perdus que des chiens errants. Sans s'en rendre compte, il se passa les doigts dans les cheveux pour vérifier l'observation de Tamara. Est-ce qu'en plus je suis en train de devenir chauve ? Il profita de ce que la voiture s'était arrêtée au feu rouge, devant la pub Coca-Cola, pour se regarder un instant dans le miroir du rétroviseur. Peut-être bien que oui.

– Manolo, dit-il sans regarder son compagnon, on va avancer le boulot. Dépose-moi au ministère du Commerce extérieur pour que je me renseigne sur ce Dapena, le Galicien, et sur l'endroit où on peut le trouver si on en a besoin. Toi, vas voir Maciques et parle un peu avec lui. Enregistre-moi l'entretien et vas-y mollo, s'il te plaît. Dernièrement je trouve que tu pousses un peu. Après on se retrouve au Commissariat… Mais tu vas quand même pas me dire que t'aimerais pas t'envoyer une femme comme elle ?

« … vous demander si je pouvais enregistrer notre entretien/il n'y a pas de problème, camarade, si c'est mieux pour vous…/bon, vous vous appelez René Maciques Alba et vous travaillez comme chef de cabinet de Rafael Morín Rodríguez, le citoyen qui a disparu de chez lui le 1er janvier/oui, camarade, le 1er janvier…/et depuis combien de temps travaillez-vous avec lui ?/… eh bien, c'est presque l'inverse, laissez-moi vous expliquer, j'étais chef de cabinet de l'ancien directeur de l'entreprise et quand on a nommé le camarade Rafael je suis resté au même poste, vous voyez ? c'était il y a deux ans et demi, en juin 87, et je me souviens presque du jour en question…/comment étaient vos relations avec lui ?/… avec Rafael ?… bon, oui, allez, même si c'est moche de le dire, lui et moi nous avions des relations d'amitié, cela depuis le début, or qu'est-ce que je peux bien vous dire d'un ami… c'était un dirigeant parfait, soucieux de son travail et de ses subordonnés, le genre de personne qui se fait aimer, responsable…/est-ce que vous avez la moindre idée au sujet de sa disparition ?/… une idée ? une idée… non, non, sincèrement, lui et moi nous sommes allés au réveillon chez le camarade Alberto, le vice-ministre/quel est son nom complet ? vice-ministre de quoi ?/… ah, bien sûr, Alberto Fernández-Lorea, vice-ministre de l'Industrie, il s'occupe de tout ce qui a trait au domaine commercial du ministère, et comme je vous l'ai dit, nous sommes allés chez lui, à Miramar, chacun avec sa femme, et nous sommes restés là-bas à peu près de vingt-deux heures à deux ou trois heures du matin, le temps passe vite comme ça, quand on est à une réception, et Rafael et moi nous avons discuté un moment et nous avons convenu de nous voir lundi pour préparer les contrats qu'il faut envoyer au Japon pour une affaire urgente/quel genre d'affaire ?/… quel genre ?… un achat, vous voyez ? des roulements à bille et sans doute d'autres choses en rapport avec le plastique et l'informatique, car vous savez, dans ce domaine les Japonais proposent de très bons prix, n'est-ce pas ?/et vous dites que vous n'avez rien remarqué de bizarre ce jour-là ?/… écoutez, non… j'ai beau y réfléchir, je crois que non, il a dansé, il a mangé, il a bu, il a pas mal mangé, ça c'est sûr, il disait que le vice-ministre faisait les meilleures grillades de porc du monde/et au niveau de l'entreprise, un quelconque problème ?/… non, non, sûr et certain… le bilan de fin d'année a été très bon, peut-être un peu de souci au sujet de la quantité de travail que nous avions ces jours-ci, ça oui, il était toujours préoccupé à cause de ça, mais c'est normal étant donné ses responsabilités, non ? en plus, avec les problèmes qu'il y a dans les pays socialistes, pour nous, ça va être de plus en plus compliqué, vous savez…/est-ce que vous avez la moindre idée de l'endroit où il peut se trouver ?/écoutez, hein, lieutenant, c'est bien ça ?/sergent/oui, sergent, je ne comprends pas ce qui se passe, il menait une vie tout à fait normale/alors quels problèmes avait-il dans l'entreprise ?/… dans l'entreprise ?… dans l'entreprise aucun, sergent, je vous l'ai déjà dit, Rafael tenait tout en ordre, très bien/et y avait-il beaucoup de femmes dans sa vie ?/comment ça beaucoup ? qui vous a dit ça, sergent ?/personne, ce que je veux savoir c'est où se trouve Rafael Morín, y avait-il beaucoup de femmes dans sa vie ?/non, de mon côté je ne sais rien de sa vie privée…/mais vous étiez amis oui ou non ?/oui, oui nous l'étions, mais plutôt des amis de travail, vous comprenez ? de loin en loin une visite chez lui, il passait chez moi, c'est tout/est-ce que quelqu'un dans l'entreprise lui en voulait de quelque chose ?/… dans quel sens ? pour vouloir lui nuire ou quelque chose dans le genre ?/oui, dans ce sens-là/… non, je ne le crois pas, il devait bien y avoir, comme toujours, quelques rancuniers ou quelques envieux, parce que ça, à La Havane, ça court encore plus les rues que les moineaux, oui, c'est vrai, mais ce n'était pas un homme à se faire des ennemis ; en tout cas dans le travail, c'est-à-dire là où moi je le connaissais bien/qui est José Manuel Dapena ?/… ah, oui, Dapena, un homme d'affaires espagnol/quel rapport a-t-il avec Rafael ?/… eh bien, laissez-moi vous expliquer, Dapena est dans les chantiers navals à Vigo, et nous, nous avons juste fait quelques importations grâce à lui, parce qu'il n'avait pas beaucoup à voir avec notre activité, mais plutôt avec les gens de la pêche/et que faisait-il au réveillon ?/eh bien au réveillon, il était invité, n'est-ce pas ?/invité par qui ?/par le maître de maison, bien sûr, enfin je suppose/et quelles relations entretenaient Rafael et Dapena ?/écoutez, pour être franc, elles étaient purement commerciales et je ne sais pas si je dois vous dire ça, mais.../dites, je vous en prie/... il se trouve qu'un jour Dapena a fait des avances à la femme de Rafael.../et il y a eu des problèmes ?/non, non, n'allez pas vous imaginer cela, un simple malentendu, mais après ça, Rafael ne le portait plus trop dans son cœur/et vous, êtes-vous ami de l'Espagnol ?/non, ami non, et même la vérité c'est que je ne l'aimais pas beaucoup après ce qui s'est passé avec Tamara, oui, l'épouse du camarade Rafael, le Galicien fait partie de ces gens qui croient que, parce qu'ils ont des dollars, ils sont Dieu le Père/qu'est-ce qui s'est passé avec le précédent directeur de l'entreprise ?/... eh bien... mais qu'est-ce que ça a à voir ?... excusez-moi, sergent... rien, un petit peu la belle vie, comme on dit vulgairement, il s'est servi au passage et vous savez bien ce que c'est.../et Rafael, il n'était pas comme ça ?/Rafael ? non, allons donc, au contraire, au contraire, pour autant que je sache.../pour autant... c'est-à-dire ?/... il était différent, je veux dire/à quelle heure avez-vous quitté le réveillon ?/ah... oui, vers trois heures/et vous êtes partis ensemble ?/non... oui, enfin bon... presque ensemble, je suis parti et je l'ai quitté alors qu'il était en train de dire au revoir au camarade vice-ministre et.../et quoi ?/non, non, rien, et je suis parti.../donc vous dites que vous n'avez pas la moindre idée de ce qui a pu arriver au citoyen Rafael Morín ?/non, sergent, non... »

René Maciques devait avoir dans les cinquante ans, être un peu chauve et porter des lunettes plutôt rondes, comme celles d'un bibliothécaire modèle, imagina le Conde, les yeux fixés sur le magnétophone. Le travail de Manolo mettait en relief la rhétorique bureaucratique de l'homme et son éthique stricte consistant, jusqu'à preuve du contraire, à toujours défendre son chef, où qu'il soit... au moins tant qu'on ne sait pas où il a bien pu se fourrer, se dit-il. Néanmoins, la sphère des relations et amitiés de Rafael, l'enregistrement de l'entrevue avec Maciques et sa propre conversation avec Tamara mettaient en évidence un élément important pour son enquête : Rafael Morín était toujours le même homme irréprochable qu'il avait connu, et lui, il ne devait pas se laisser aller aux préjugés : ses souvenirs, c'étaient les cicatrices de blessures qu'il croyait refermées depuis bien longtemps et une affaire en cours, c'était une autre histoire. Dans les enquêtes il y a des antécédents, des évidences, des pistes, des soupçons, des prémonitions, des illuminations, des certitudes, des faits statistiques et comparables, des empreintes, des documents et beaucoup de hasard, mais rien d'aussi trompeur et erroné que les préjugés.

Il se leva et se dirigea vers la fenêtre de son box. Il avait tellement observé cette parcelle de paysage qu'elle était devenue sa vue préférée. À présent, les feuilles des lauriers remuaient légèrement, agitées par la brise venue du nord qui apportait une tache de nuages sombres et lourds approchant à l'horizon. Deux religieuses vêtues de leurs uniformes d'hiver foncés sortaient de l'église et abordaient une coccinelle VW avec un naturel tout simplement post-moderniste. Son estomac vide dansait avec les feuilles des lauriers, mais il ne voulait pas songer à la nourriture. Il pensait à Tamara, à Rafael, à Carlos le Flaco, à Aymara qui vivait à Milan et à Dulcita Dieu sait où, à la fête spectaculaire pour les quinze ans des jumelles. Il s'évoquait lui-même, dans ce bureau glacé en hiver et si chaud l'été, en train de contempler les feuilles d'un laurier en s'acharnant à retrouver quelqu'un qu'il aurait voulu ne jamais rechercher. Tout était parfait.

Il appuya le bout de ses doigts sur le carreau froid de la fenêtre et se demanda ce qu'il avait fait de sa vie : chaque fois qu'il remuait le passé, il avait le sentiment de n'être personne et de ne rien avoir. Trente-quatre ans et deux mariages ratés. Il avait quitté Martiza pour Haydée et Haydée l'avait quitté pour Rodolfo. Il n'avait pas su aller la chercher alors qu'il était encore amoureux d'elle et qu'il aurait été prêt à lui pardonner presque tout : il avait eu peur et avait préféré se saouler tous les soirs pendant une semaine pour, au bout du compte, ne pas réussir à oublier cette femme et le fait terrible qu'il avait été un cocu magnifique, son instinct de policier ne l'ayant pas alerté d'un crime qui durait depuis plusieurs mois déjà avant son dénouement. Parfois, il avait la voix enrouée par les deux paquets de cigarettes qu'il s'envoyait chaque jour ; il savait qu'en plus d'être chauve, il finirait avec un trou dans la gorge et un mouchoir à carreaux autour du cou, comme un cow-boy à l'heure du goûter, parlant peut-être avec un petit appareil qui lui ferait une voix de robot en acier inoxydable. Il ne lisait déjà presque plus et avait même oublié l'époque où il s'était juré, en regardant la photo de cet Hemingway qui avait été l'idole la plus adorée de sa vie, qu'il serait écrivain, rien d'autre qu'écrivain, et que tout le reste, ce n'était que des événements appréciés au titre d'expériences vitales. Des expériences vitales. Des morts, des suicidés, des assassins, des contrebandiers, des proxénètes, des putes, des violeurs et des violés, des voleurs, des sadiques et des tordus de tout poil, de toutes catégories, sexes, âges, couleurs, de toutes provenances sociales et géographiques. Bon nombre de fils de pute. Et des empreintes, des autopsies, des prélèvements sur le terrain, du plomb dispersé, des ciseaux, des couteaux, des barres de fer, des cheveux et des dents arrachés, des visages défigurés. Ses expériences vitales. Des félicitations à la fin de chaque affaire résolue et une terrible frustration, un dégoût et une impuissance infinis à la fin de chaque cas classé sans solution. Dix années passées à se vautrer dans les cloaques de la société avaient fini par conditionner ses réactions et ses perspectives, par ne lui révéler que le côté le plus amer et difficile de la vie. Elles avaient même réussi à imprégner sa peau de cette odeur de pourriture dont il ne se débarrasserait plus jamais... Ce qu'il y avait de pire, c'est qu'il ne la sentait plus que quand elle était particulièrement agressive, parce que son flair s'était définitivement émoussé. Tout était parfait, aussi parfait et agréable qu'un bon coup de pied dans les couilles.

Qu'est-ce que tu as fait de ta vie, Mario Conde ? se demanda-t-il comme chaque jour, et comme chaque jour il voulut faire faire marche arrière à la machine du temps, dissoudre un par un ses propres torts, ses erreurs et ses excès, ses colères et ses haines, se dénuder de son existence manquée et trouver le point précis où il pourrait recommencer. Mais est-ce que ça a un sens ? s'interrogea-t-il encore. Maintenant que je suis même en train de devenir chauve. Il se fit la même réponse que d'habitude : où est-ce que j'en étais ? Ah, oui, je ne dois pas me laisser aller aux préjugés. Mais c'est que j'adore les préjugés, se dit-il. Il appela Manolo.

La nouvelle s'intitulait « Les Dimanches » : c'était une histoire non seulement réelle, mais aussi autobiographique. Ça commençait un dimanche matin au moment où la mère du personnage (ma mère) venait le réveiller, « Debout, mon garçon, il est sept heures et demie », et il comprenait que ce matin-là il ne pourrait pas prendre son petit-déjeuner, ni rester encore un moment au lit, ni aller jouer au base-ball après... parce que c'était dimanche et qu'il devait aller à l'église, comme tous les dimanches, pendant que ses amis (« ils iront en enfer », disait sa/ma mère) passaient cette unique matinée sans école à traînailler dans le quartier, à organiser des parties de base-ball à main nue ou à la batte dans la ruelle du coin, et dans le terrain vague de la carrière. Ça me paraissait très anticlérical. J'avais lu Boccace et le prologue expliquait ce que signifie être anticlérical. Vu que l'obligation d'aller à l'église m'avait, moi aussi, rendu anticlérical parce que je voulais jouer au base-ball, j'ai donc eu l'idée d'écrire cette nouvelle, mais sans y apparaître comme un anticlérical avoué, plutôt suggéré, ou pour mieux dire, immergé, comme l'iceberg dont parle Hemingway. Voilà le texte que j'ai apporté à l'atelier d'écriture.

C'est incroyable de se sentir écrivain ! Même si, en réalité, l'atelier avait l'air d'une véritable cour des miracles. Il y avait de tout : depuis les deux seuls pédés avoués du lycée, Millán et Pancho le petit noir, jusqu'à Quijá, le capitaine de l'équipe de basket qui composait de très longs sonnets ; depuis Adita Vélez, si fine, si belle et si délicate qu'il était impossible de l'imaginer dans l'acte quotidien de couler un bronze, jusqu'à Miki-les-belles-minettes, le joli cœur du lycée, qui n'avait pas encore écrit une ligne de sa vie et ne cherchait là qu'une poupée à lever ; depuis Afón le noir, qui n'allait presque jamais en classe, jusqu'à Olguita la prof de littérature, qui dirigeait tout ça, en passant par moi et le Cojo, l'inventeur et l'âme de cet atelier. Les gens disaient de lui « Celui-là, sûr que c'est un poète », parce qu'il avait publié quelques vers dans *El Caimán Barbudo*, et qu'il portait des chemises blanches à col dur et à manches longues retroussées jusqu'au coude. En fait, ce n'était pas parce qu'il était poète ou quoi, mais parce qu'il n'avait pas d'autres chemises blanches pour aller au lycée. Il finissait les ultimes gloires des cols et des cravates qu'avait portés son père en tant que représentant de commerce au Venezuela dans les années cinquante, juste au moment où le Cojo était né. Ce qui en faisait donc un Vénézuélien, mais de La Víbora. C'est lui qui avait eu l'idée de faire le journal de l'atelier littéraire et qui a été à l'origine, sans le vouloir, d'un bordel monstre.

On se réunissait le vendredi après-midi sous les caroubiers de la cour d'éducation physique et Olguita, la prof, apportait une thermos géante de thé glacé. Il nous fallait bien toute la soirée pour nous assassiner à coups de poèmes et de nouvelles : on était ultra critiques avec les autres, cherchant toujours à disséquer les choses, le cadre historique, si c'était idéaliste ou réaliste, quel était le thème et quel était le sujet, ce genre de bêtises qu'on nous enseignait dans les salles de cours, comme si on voulait nous dégoûter de la lecture. Olguita, elle, n'en parlait jamais et nous lisait toutes les semaines un chapitre de *Marelle*. On voyait qu'elle aimait beaucoup ce livre parce qu'elle nous disait, presque en larmes : c'est ça, la littérature ! J'en étais arrivé à tellement l'associer à Maga que j'en étais quasiment tombé amoureux. Pourtant, je sortais avec Cuqui, j'étais amoureux de Tamara, Olguita arborait un visage constellé de petits trous, et elle avait dix ans de plus que moi. Elle avait dit oui, que c'était une bonne idée de publier tous les mois un journal avec les meilleures choses de l'atelier.

Voilà le sujet d'une autre engueulade : les meilleures choses. Parce qu'on écrivait tous d'excellentes choses et qu'il aurait fallu un livre entier pour que tout puisse tenir. C'est à ce moment-là que le Cojo a dit que dans le numéro zéro – et j'ai été surpris par cette histoire de numéro zéro, alors qu'en réalité c'était le premier, parce que zéro c'est zéro et que je ne pouvais pas m'ôter de la tête quelque chose comme un journal avec des pages blanches, ou mieux, dans le cas présent, comme le journal qui ne devait jamais exister – on devait être très rigoureux. Pour cette fois, par un vote de confiance, c'est lui et Olguita qui ont choisi les choses. Ils ont pris « Les Dimanches », et je ne me sentais plus péter à l'idée que j'allais devenir un écrivain pour de vrai. Le Flaco et Jose ont été vraiment très contents, et le Conejo vraiment très jaloux : j'allais enfin être publié ! Dans le numéro zéro, il y avait aussi deux poèmes du Cojo – il aurait eu tort de se priver –, un de la nana du Cojo – idem –, une nouvelle de Pancho, le petit pédé noir, une critique d'Adita sur la pièce de théâtre de la troupe du lycée, une autre nouvelle de Carmita et un éditorial d'Olguita pour présenter le numéro zéro de *La Viboreña*, le journal littéraire de l'atelier littéraire « José Martí » du lycée René O. Reiné. Quelle connerie !

La feuille de chou devait faire dix pages et le Cojo avait réussi à dégoter un paquet de mille feuilles, ce qui faisait cent exemplaires ; pour les couper et les photocopier Olguita avait demandé à la direction. Et moi, jusqu'à ce qu'elle soit prête, je rêvais toutes les nuits de voir *La Viboreña* pour réaliser que ça y était, que j'étais un écrivain pour de vrai. On a passé une nuit entière à assembler et à agrafer des feuilles. Le lendemain matin, on s'est installés devant la porte du lycée pour la distribuer aux gens. Le Cojo n'a pas retroussé les manches de sa chemise, ça le faisait ressembler à un garçon de café. Olguita nous regardait de l'escalier : elle était fière et contente, la dernière fois que je l'ai vue rire.

Le lendemain matin, le secrétaire est passé dans chaque classe pour nous convoquer chez le directeur à deux heures. On était tellement écrivains et tellement naïfs qu'en plus de félicitations et autres encouragements moraux pour ce journal si novateur, on s'attendait à recevoir des diplômes, quand le directeur nous a dit de nous asseoir. Il y avait là, déjà assis, la responsable d'espagnol, qui n'était jamais venue à l'atelier, la secrétaire à la Jeunesse et Rafael Morín, qui respirait comme s'il souffrait un peu d'asthme.

Le directeur, qui l'année suivante ne serait plus directeur à cause du scandale du Waterlycée, a déversé un flot de paroles : que voulait dire cette devise du journal : « Le Communisme sera une aspirine aussi grande que le soleil » ? Le socialisme était-il, par hasard, un mal de tête ? Que prétendait faire la petite camarade Ada Vélez avec sa critique de la pièce sur les prisonniers politiques au Chili ? Détruire les efforts de la troupe de théâtre et le message de l'œuvre ? Pourquoi tous, absolument tous les poèmes du journal étaient-ils des poèmes d'amour, et pourquoi n'y en avait-il pas un seul consacré à l'œuvre de la Révolution, à la vie d'un martyr, enfin à la patrie ? Pourquoi la nouvelle du petit camarade Conde portait-elle sur un thème religieux en éludant une prise de position contre l'Eglise, contre son enseignement scolastique et rétrograde ? Et surtout, a-t-il ajouté, nous nous étions comportés comme si nous nous étions grisés, et il s'est arrêté devant la maigre Carmita. On voyait que la pauvre tremblait. Eux, ils remuaient tous la tête en acquiesçant. Pourquoi publiait-on une nouvelle signée de la camarade Carmen Sendán ayant pour thème une petite fille qui se suicide par amour ? (il a dit thème et non pas sujet). Est-ce que, par hasard, c'est cette image-là que nous devons donner de la jeunesse cubaine d'aujourd'hui ? C'est ça l'exemple que nous proposons, au lieu d'exalter la pureté, le dévouement, l'esprit de sacrifice qui doit primer chez les nouvelles générations… ? Et c'est à ce moment-là que le bordel monstre a éclaté.

Olguita s'est levée, elle était très rouge : permettez-moi de vous interrompre, cher camarade directeur, a-t-elle dit en jetant un regard à la responsable d'espagnol qui a accusé le coup et s'est mise à se curer les ongles, puis au directeur qui, lui, a soutenu son regard. Mais il faut que je vous dise quelque chose : et elle lui a dit énormément de choses. N'était-ce pas absolument contre toute éthique qu'elle n'apprenne qu'ici le sujet de la réunion (elle a dit sujet, non pas thème), qu'elle était totalement en désaccord avec cette méthode qui ressemblait tellement à l'Inquisition, qu'elle ne comprenait pas comment il était possible de faire preuve d'un tel manque de compréhension à l'égard des efforts et des initiatives des étudiants, que seuls des troglodytes politiques pouvaient interpréter les travaux du journal de cette façon et comme je vois qu'il n'y a pas de dialogue possible à partir de ces accusations et de cette perspective stalinienne que vous proposez et que la camarade d'espagnol ici présente approuve manifestement, faites-moi la faveur de me notifier mon congé car je ne peux pas rester dans ce lycée, même s'il y avait des élèves aussi sensibles, aussi gentils et aussi courageux que ces enfants – et elle nous a désignés du doigt avant de sortir du bureau de la direction. Je n'ai jamais oublié qu'elle était toujours très rouge, qu'elle pleurait et que c'était comme si elle n'avait plus de petits trous sur le visage, parce qu'elle était devenue la femme la plus belle du monde.

Nous, on est restés pétrifiés, jusqu'à ce que Carmita se mette à pleurer et que le Cojo regarde le tribunal qui nous jugeait. À ce moment-là, Rafael s'est levé, souriant et tout, et il s'est placé à côté du directeur. Camarade directeur, a-t-il dit, après ce malheureux incident, je crois qu'il est bon de parler avec les étudiants ; ce sont tous en effet d'excellents camarades, et je crois qu'ils vont comprendre ce que vous leur avez expliqué. Toi, Carmita, commença-t-il en posant une main sur l'épaule de la maigre, tu n'as certainement pas pensé aux conséquences de cette nouvelle idéaliste, mais il faut rester vigilant à ce sujet, n'est-ce pas ? Je pense que le mieux, c'est de démontrer que vous pouvez faire un journal à la hauteur de notre époque, dans lequel soient exaltés la pureté, le dévouement, l'esprit de sacrifice qui doivent primer chez les nouvelles générations (*sic*), n'est-ce pas, Carmita ? Et la pauvre Carmita a dit oui, sans savoir qu'elle disait oui pour toujours, que Rafael avait raison. Moi, j'en suis même arrivé à me demander si je ne me trompais pas, mais je ne pouvais pas oublier Olguita et ce qu'ils avaient dit à propos de ma nouvelle. C'est là que le Cojo s'est levé : avec votre permission, a-t-il dit, si on avait la moindre plainte à formuler à son égard, on n'avait qu'à le faire sous forme de critique à son comité de base. Et il est sorti aussi. Ça lui a valu une année de limitation de ses droits et une putain de mauvaise réputation. Il a toujours cherché le conflit et s'est invariablement montré sournois en plus d'être suffisant : il croit que parce qu'on lui a publié quelques petits poèmes, a lancé la responsable d'espagnol en le regardant sortir… Et moi, j'ai eu envie de mourir comme ça ne m'est plus jamais arrivé depuis. J'avais peur. Je ne pouvais pas parler mais je ne comprenais pas quelle était ma faute, puisque je n'avais rien écrit de plus que ce que je ressentais et ce qui m'était arrivé quand j'étais petit, c'est-à-dire que je préférais jouer au base-ball au coin de la rue plutôt que d'aller à la messe. Par chance, j'ai gardé cinq exemplaires de *La Viboreña* qui n'a jamais atteint le numéro un, qui devait être celui de la démocratie, parce qu'Olguita, bonne et belle comme elle l'était, avait imaginé qu'on pourrait le faire en choisissant, par le vote, les meilleurs fruits de notre abondante récolte littéraire.

– Tu as déjeuné ? Manolo acquiesça en se frottant légèrement l'estomac. Le Conde se dit que c'était une mauvaise idée de rester là sans rien manger. Bon, maintenant, j'ai besoin que tu ailles à l'ordinateur et que tu fasses la liste de toutes les enquêtes, je dis bien toutes, qui ont été ouvertes à La Havane ces cinq derniers jours et que…

– Mais toutes-toutes ? demanda Manolo en s'asseyant face au Conde, disposé à discuter son ordre. Il le regarda fixement, dans les yeux, et la pupille de son œil gauche commença à se déplacer vers son nez jusqu'à presque aller se perdre derrière la cloison nasale.

– Eh, me reluque pas comme ça… Tu me laisses finir ? Je peux parler ? intervint le lieutenant. Il posa son menton entre ses mains, et observa avec résignation son subordonné tout en se demandant une fois de plus si Manolo louchait.

– Ouais, ouais, concéda l'autre, adoptant une dose de la résignation de son chef. Il détourna le regard vers la fenêtre et son œil gauche avança lentement vers sa position normale.

– Écoute, mon vieux, pour voir par quel bout on va prendre cette histoire, il faut savoir si elle a un lien avec quelque chose d'autre… avec je sais pas quoi d'ailleurs. C'est pour ça que je veux que tu cherches ces informations dans l'ordinateur, et qu'avec ton brillant cerveau tu fasses une sélection de tout ce qui pourrait avoir un rapport avec la disparition de Rafael Morín. Il va peut-être en sortir quelque chose.

– Je comprends, à l'aveuglette, quoi !

– Ah, Manolo, fais pas chier, c'est comme ça, un point c'est tout. Allez, je te vois dans une heure.

– Tu me vois dans une heure ! Dans une heure ? Tu m'envoies chasser les mouches au Péloponnèse et tu m'as même pas raconté ce que tu as appris sur l'Espingo.

– Rien. J'ai parlé au chef de la sécurité du ministère du Commerce extérieur et il semble que le Galicien soit plus clean que la Sainte Vierge. Il va un peu aux putes, se montre assez radin avec les filles, mais le type m'a sorti le couplet de l'ami de Cuba qui a fait des bonnes affaires avec nous, rien d'anormal.

– Et tu vas parler avec lui ?

– Tu sais que j'aimerais bien, hein ? Mais je crois que le Vieux ne va pas nous fournir l'avion pour aller jusqu'à Cayo Largo. Notre homme s'y trouve depuis le 1er janvier au matin. On dirait que tout le monde est parti le 1er janvier au matin...

– Moi, je crois qu'on devrait le voir, après ce qu'a dit Maciques...

– Il ne revient pas avant lundi, alors il faut qu'on attende. Bon, dans une heure ici, mon vieux.

Manolo se leva. Il bâilla à s'en décrocher la mâchoire et se plaignit mollement.

– Avec le sommeil qui me prend après le déjeuner...

– Dis-donc, tu sais ce qui m'attend moi, tout de suite ? insista le Conde en appuyant sur l'interrogation. Il fit une pause pour s'approcher du sergent. Je dois aller parler avec le Vieux pour lui dire qu'on n'a pas la queue d'une idée... Tu veux qu'on échange ?

Souriant, Manolo amorça sa retraite.

– Non, vas-y toi, c'est pas pour rien que tu gagnes cinquante pesos de plus que moi. Tu m'as dit dans une heure, c'est ça ? – il accepta la mission et sortit du box sans écouter le hum-hum avec lequel le lieutenant prenait congé.

Le Conde le regarda fermer la porte et se mit à bâiller. Il pensa qu'à cette heure-là, il pourrait être en train de faire une longue sieste, pelotonné et bien au chaud, après s'être empiffré avec le repas de Jose. Ou peut-être qu'il serait en train d'entrer dans un cinéma. Il adorait cette obscurité en plein milieu de la journée, et voir des films très abjects et émouvants, comme *La*

Maîtresse du lieutenant français, Des gens comme les autres, Nous nous sommes tant aimés. Y'a pas de justice, se dit-il en ramassant le dossier et son piteux carnet de notes. S'il avait cru en Dieu, il se serait certainement recommandé à Lui avant d'aller voir le Vieux les mains vides.

Il quitta son box et avança dans le couloir qui conduisait à l'escalier. Le dernier bureau du couloir, le plus grand et le plus frais de tout l'étage, était éclairé, et il décida d'y faire une escale nécessaire. Il frappa contre la vitre, ouvrit et vit les épaules voûtées du capitaine Jorrín qui regardait lui aussi vers la rue, l'avant-bras appuyé sur le cadre de la fenêtre. Le vieux loup du Commissariat se retourna à peine et dit : entre, Conde, entre, tout en conservant la même posture.

– Tu crois que je dois partir à la retraite, Conde ? demanda l'homme. Le lieutenant sut qu'il avait mal choisi son moment. Et dire que c'est à moi qu'on demande conseil, pensa-t-il. Jorrín était le vétéran des enquêteurs du Commissariat, une espèce d'institution à laquelle le Conde et beaucoup de ses collègues se remettaient comme à un oracle, à la recherche de conseils, de présages et de prédictions d'une incontestable utilité. Parler avec Jorrín tenait d'une sorte de rite incontournable dans chaque enquête difficile, mais Jorrín vieillissait et cette question en était le terrible signe.

– Qu'est-ce qui vous arrive, maestro ?

– Je suis en train de me convaincre moi-même que je dois prendre ma retraite, mais j'aimerais savoir ce qu'en pense quelqu'un comme toi.

Le capitaine Jorrín se retourna mais demeura près de la fenêtre. Il semblait fatigué ou triste, peut-être abattu par quelque chose qui le tourmentait.

– Ce n'est pas qu'il y ait un quelconque problème avec Rangel, c'est pas ça. Ces temps-ci, on est même plutôt amis. Le problème c'est moi, lieutenant. C'est que ce boulot va avoir ma peau. Ça fait déjà presque trente ans que je mène cette lutte et je crois que je n'en peux plus, que je n'en peux plus, répéta-t-il en baissant la tête. Tu sais sur quoi je suis en train d'enquêter, là ? Sur la mort d'un gosse de treize ans, lieutenant. Un enfant brillant. Il se préparait pour participer aux olympiades latino-américaines de mathématiques. Tu imagines ? On l'a tué hier matin, devant chez lui, pour lui voler sa bicyclette. Il a été roué de coups par plusieurs personnes. Il est arrivé mort à l'hôpital, on lui avait fracturé le crâne, les deux bras, plusieurs côtes et je sais pas combien d'autres trucs encore. Comme si un train l'avait écrasé. Mais c'était pas un train, c'étaient des types qui voulaient son vélo. C'est quoi ça, Conde ? Comment c'est possible une telle violence ? Je devrais m'être habitué à ces choses-là, non ? Eh bien, je ne me suis jamais habitué, lieutenant, jamais, et elles me touchent de plus en plus, elles me font de plus en plus mal. C'est un sacré putain de boulot que le nôtre, pas vrai ?

– C'est vrai, dit le Conde en se levant. Il avança et s'arrêta devant son collègue. Mais bordel, capitaine, qu'est-ce qu'on peut y faire ? Ce sont des choses qui arrivent...

– Mais il y a des gens autour de nous qui ne s'imaginent même pas ces choses-là, lieutenant – il mit fin au réconfort que lui offrait le Conde en regardant à nouveau par la fenêtre. Ce matin je suis allé à l'enterrement du gamin et je me suis rendu compte que j'étais trop vieux pour continuer là-dedans. Putain, je sais pas, moi, mais qu'on tue encore un gosse pour lui voler son vélo... je sais pas, moi, je sais pas.

– Je peux vous donner un conseil, maestro ?

Jorrín resta silencieux, signe d'assentiment. Le Conde savait que le jour où le vieux Jorrín abandonnerait son uniforme, il entrerait dans une agonie irréversible qui le conduirait à la mort. Mais il savait aussi qu'il avait parfaitement raison, et il s'imagina lui-même dans vingt ans, à la recherche des assassins d'un enfant. Il se dit que c'était trop...

– Je n'ai qu'une chose à vous dire et je crois que c'est exactement celle que vous m'auriez dite si j'étais à votre place. Trouvez d'abord ceux qui ont tué le gamin et ensuite demandez-vous à nouveau si vous devez prendre votre retraite, dit-il en se dirigeant vers la porte. Il tourna la poignée et ajouta : Qui nous a obligés à devenir flics, hein ? – et il sortit dans le couloir pour trouver l'ascenseur, oppressé par l'angoisse que lui avait transmise le maestro. Il regarda sa montre et constata, affolé, qu'il était à peine deux heures et demie. Il avait l'impression d'avoir traversé une très longue matinée faite de minutes paresseuses, d'heures molles et difficiles à surmonter. Il eut sous les yeux une montre de Dalí. Il entra dans le bureau du Vieux et demandait à Maruchi s'il pouvait le voir, quand la sonnerie de l'interphone se mit à grésiller. D'un geste de la main, la jeune femme lui fit signe d'attendre. Elle pressa le bouton rouge. Une voix de boîte de conserve rouillée, bégayante à cause de la mauvaise qualité de la communication, voulut savoir si le lieutenant Mario Conde se trouvait dans le coin, et sinon où il était passé, il n'y avait jamais moyen de mettre la main dessus. Maruchi le regarda, changea de touche et répondit :

– Je l'ai là, devant moi – elle revint à l'autre bouton.

– Eh bien, préviens-le qu'il a un appel de Tamara Valdemira… je lui passe là-bas ?

– Dis-lui que oui, sinon elle va me mordre, dit le Conde en s'approchant du téléphone gris.

– Passe-la ici, Anita, demanda Maruchi. Elle relâcha la touche. Puis elle rappuya pour ajouter : Je crois que cette affaire intéresse Conde.

Le lieutenant mit la main sur le combiné et le timbre retentit. Il regarda la secrétaire en chef du Vieux tandis que le téléphone lançait sa deuxième sonnerie, mais il ne souleva pas l'écouteur.

– Je suis nerveux, confessa-t-il à la jeune femme. Elle haussa les épaules : Qu'est-ce que tu veux que j'y fasse ? Il attendit la fin de la troisième sonnerie et répondit : Oui, allô – Maruchi se mit à l'observer.

– Mario ? Mario ? C'est moi, Tamara.

– Oui, je t'écoute, qu'est-ce qui se passe ?

– Je ne sais pas, une bêtise, mais peut-être que ça peut t'intéresser.

– J'ai cru qu'on avait retrouvé Rafael… Alors, alors ?

– Non, c'est juste que j'étais en train de jeter un coup d'œil dans la bibliothèque, et j'ai vu le répertoire de téléphone de Rafael, il était là, près du poste, et bon… Je ne sais pas si c'est une bêtise…

– Mais viens-en au fait, bon sang, demanda-t-il en regardant à nouveau Maruchi : toutes les mêmes, lui fit-elle comprendre dans un soupir.

– Rien de particulier, mon ami, si ce n'est que le répertoire était ouvert à la page des Z.

– Sans blague, me dis pas que Rafael c'est Zorro, et que c'est pour ça qu'on le trouve pas ?

Elle resta un moment silencieuse.

– Tu ne peux pas t'en empêcher, c'est ça ?

Il sourit en disant :

– Parfois je peux pas… Bon, qu'est-ce qu'il y a avec le Z ?

– Rien, si ce n'est qu'il n'y a que deux noms, c'est tout : Zaida et Zoila, chacun avec son numéro.

– Et c'est qui celles-là ? s'enquit-il, manifestement intéressé.

– Zaida, c'est la secrétaire de Rafael. L'autre, je ne sais pas.

– Tu es jalouse ?

– Qu'est-ce que tu vas t'imaginer ? Il me semble que je suis un peu vieille pour ce genre de démonstration.

– Il n'est jamais trop tard… Il avait l'habitude de laisser son répertoire à cet endroit ?

– Non, c'est justement pour ça que je t'ai appelé. Il l'avait toujours dans sa serviette, et la serviette est à sa place, près de la bibliothèque du fond.

– Voyons, donne-moi les numéros, dit-il en demandant du regard à Maruchi de prendre note. Zaida, 327304, c'est le Vedado, ça. Et Zoila 223171, ça c'est Playa. Hum, hum, fit-il, tout en lisant les notes de Maruchi. Et donc tu n'as pas la moindre idée de qui est cette Zoila ?

– Non, absolument pas.

– Dis-moi, et la liste ?

– Je suis en train de la faire. C'est pour ça que je suis venue dans la bibliothèque… Écoute, Mario, maintenant je suis encore plus inquiète qu'avant.

– Bon, Tamara, laisse-moi voir ce que je peux tirer de ces numéros. Après, je passe chez toi. D'accord ?

– D'accord, Mario, je t'attends.

– Hum, hum, à plus tard.

Il prit le papier que lui tendait la secrétaire et l'étudia un instant. Zaida et Zoila, ça lui évoquait un duo mexicain de *rancheras* mélancoliques. Il aurait dû interroger Tamara sur le genre de relations que Rafael et Zaida entretenaient, mais il n'avait pas osé. Il nota les noms et les numéros sur son bloc et, souriant, il demanda à Maruchi :

– Ma puce, appelle les gens d'en bas et dis-leur de me chercher les adresses correspondant à ces deux numéros, tu veux bien ?

– Je veux bien, accepta la jeune femme en secouant la tête devant l'inévitable.

– Les femmes complaisantes me tuent. Je te revaudrai ça dès que j'aurai touché ma paye… Et le chef ?

– Vas-y. Il t'attend, comme d'habitude, lui dit-elle en pressant le bouton noir de l'interphone.

Il frappa légèrement et ouvrit la porte. Derrière son bureau, le major Antonio Rangel présidait à la cérémonie de l'allumage d'un cigare. La flamme du briquet à gaz subtilement inclinée, il faisait tourner le cigare et à chaque mouvement de ses doigts correspondait une paisible exhalaison de fumée bleue qui flottait à la hauteur de ses yeux, l'entourant d'un nuage compact et parfumé. Fumer était une partie transcendante de sa vie. Tous ceux qui connaissaient sa passion fétichiste pour les bons havanes ne l'interrompaient jamais pendant qu'il en allumait un et, chaque fois qu'ils le pouvaient, ils lui offraient des cigares de marque, quelle que soit l'occasion : anniversaire et anniversaire de mariage, fête des pères et nouvel an, naissance d'un petit-fils ou diplôme d'un de ses enfants… Le major Rangel se constituait ainsi une réserve de collectionneur orgueilleux, dans laquelle il choisissait la marque en fonction des différentes heures de la journée, la robustesse suivant son état d'esprit, et la taille selon le temps qu'il pourrait lui consacrer. Ce ne fut qu'après avoir fini d'allumer son havane, puis observé avec une satisfaction de professionnel la couronne parfaite de la cendre au bout du cigare, qu'il se redressa sur sa chaise et regarda celui qui venait d'arriver.

– Tu voulais me voir, non ?

– J'ai le choix ? Allez, assieds-toi.

Quand on est comme ça, tendu, et qu'on sent qu'on n'arrive pas bien à réfléchir, le mieux c'est d'allumer un havane, mais pas l'allumer pour l'allumer et avaler la fumée… Non, l'allumer pour le fumer pour de vrai, car il n'y a que de cette façon que le cigare te livre toutes ses bontés. En fumant comme ça, en faisant autre chose, je gâche ces Davidoff 5000 Gran Corona de 14,2 centimètres, qui méritent pourtant d'être fumés de façon réfléchie, ou simplement qu'on prenne la peine de s'asseoir pour fumer et discuter une heure, le temps que doit durer un cigare. Celui que j'ai allumé ce matin, ç'a été un désastre : premièrement parce que le matin n'a jamais été le meilleur moment pour un cigare de cette classe, deuxièmement parce que je ne m'en suis pas occupé comme il se doit et que je l'ai maltraité. Après, j'ai eu beau faire tout mon possible, je n'ai pas réussi à le sauver : on aurait dit que je fumais un pauvre cigare d'*amateur** c'est vrai, je t'assure. Je ne comprends

* Tous les mots en italique marqués d'un astérisque sont en français dans le texte.

pas comment tu peux préférer fumer deux paquets de cigarettes par jour plutôt qu'un havane. Ça te fait du mal. Je ne te dis pas que ça doit forcément être un Davidoff 5000, un bon Corona, un Roméo et Juliette Cedros numéro 2, par exemple, ni un Montecristo numéro 3, ou un Rey del Mundo quelle qu'en soit la taille, mais au moins un bon cigare à la cape foncée, qui tire bien et qui se consume régulièrement : c'est ça la vie, Mario, ou en tout cas ce qui y ressemble le plus. Kipling disait qu'une femme n'est rien de plus qu'une femme, mais qu'un bon *puro*, comme on appelle les cigares en Europe, c'est autre chose. Et moi je te dis que ce type avait complètement raison, parce que si je ne m'y connais pas beaucoup en femmes, pour ça, sûr que je m'y connais. C'est la fête des plaisirs et des sens, mon vieux : ça réjouit la vue, ça réveille l'odorat, ça arrondit le toucher et ça crée ce bon petit goût qui va si bien avec une tasse de café après le repas. Le cigare a même sa musique pour l'oreille. Écoute, je le remue entre les doigts et il geint comme s'il était en rut. Tu l'entends ? Maintenant, passons aux plaisirs complémentaires : voir une cendre de deux centimètres bien formée ou encore retirer la bague quand tu as fumé le premier tiers. C'est pas ça la vie ? Me regarde pas avec cette tête, tout ça est parfaitement sérieux, plus que tu ne le crois. Fumer, c'est bel et bien un plaisir, surtout si tu sais fumer. Ce que tu fais toi, c'est un vice, une grossièreté. C'est pour ça que tu deviens un vrai rustre et que tu déprimes. Dis-toi bien une chose, Mario : c'est une affaire comme une autre et tu vas la résoudre. Mais ne laisse pas le passé t'encombrer de préjugés, OK ? Écoute, pour que tu te sortes de cette mauvaise passe, je vais faire une exception. Bien, tu sais que je n'offre jamais de cigare à personne, eh bien je vais te donner un de ces Davidoff 5000. Je vais dire à Maruchi qu'elle t'apporte du café et tu vas l'allumer, comme je t'ai dit de le faire. Après tu m'en diras des nouvelles. Tu serais vraiment un sacré con si ça ne t'aidait pas à vivre… Maruchi !

Samedi 30-12-88

Vol à main armée entreprise Commune de Guanabacoa. Gardien grièvement blessé. Auteurs arrêtés. Classé.

Tentative d'homicide, Commune de La Lisa. Auteur arrêté : José Antonio Evora. Victime : épouse de l'auteur. État grave.

Déposition : reconnaît sa culpabilité. Mobile : jalousie. Classé.

Agression et vol, Parc de los Chivos, La Víbora, Commune de 10 de Octubre. Victimes : José María Fleites et Ohilda Rodríguez.

Auteur : Arsenio Cicero Sancristóbal. Arrêté le 1-1-89. Classé.

Homicide. Victime : Aureliana Martínez Martínez. Demeurant au 21, N° 1056, e/ A et B, Vedado, Commune de Plaza. Mobile : inconnu. En cours.

Disparition : Porté disparu : Wilfredo Cancio Isla. Affaire en cours : éventuel trafic de drogue. Disparu retrouvé dans une maison fermée. Accusé de violation de domicile. Arrêté au cours d'une enquête pour possibles connexions avec les milieux de la drogue. Vol à main armée…

Il ferma les yeux et se pressa les paupières du bout des doigts. La conversation avec Jorrín avait altéré l'hypersensibilité qu'il n'avait pas perdue après tant d'années de métier, et qui l'aidait à se représenter mentalement chacune des affaires. Cette liste de délits inutiles remplissait trois pages d'ordinateur. Il se dit que La Havane était décidément en train de devenir une grande ville. Il tira doucement sur le cigare que lui avait offert le Vieux. Ces derniers temps, se dit-il, les vols et les agressions étaient en progression constante, les malversations autour de la propriété de l'État semblaient ne plus pouvoir être endiguées et le trafic de dollars ou d'œuvres d'art se révélait être beaucoup plus qu'une mode passagère. C'est un bon cigare, d'accord, mais tout ça n'a rien à voir avec Rafael. Des dizaines de plaintes par jour, d'affaires qu'on ouvrait, qu'on classait ou sur lesquelles on continuait à enquêter, des rapports insolites qui reliaient entre eux un simple bar à bières clandestin avec un établissement de paris illicites, ce même établissement avec la falsification de bons d'essence, et la falsification en question avec un chargement de marijuana, et la drogue avec un véritable magasin d'équipement électroménager de différentes marques acquis en dollars et dont la piste n'était pas facile à remonter… Si seulement ce cigare pouvait m'aider à réfléchir ! Parce que, depuis que le Vieux avait entendu son histoire avec Rafael Morín et Tamara Valdemira, il avait besoin de réfléchir. Tu sais, j'ai été amoureux comme un chien de cette femme. Mais il y a vingt ans de ça, non ? avait répliqué le major qui avait ajouté :

– Ne va surtout pas t'imaginer que je vais te retirer cette affaire. J'ai besoin que tu mènes à bien cette enquête, Mario, c'est pas pour le plaisir que je t'ai appelé ce matin. Tu sais bien que je n'aime pas déranger les gens pour des bricoles et que je ne suis pas assez romanesque pour inventer des tragédies là où il n'y en a pas. Mais je trouve que cette histoire de disparition sent mauvais. Maintenant, ne me déçois pas. Mais fais attention, Mario, fais attention... Réfléchis et dis-toi bien que dans tout ça il doit y avoir un truc, et que tu es le seul à pouvoir le trouver, c'est clair ?

– À quoi est-ce que tu penses, Conde ? lui demanda le sergent Manuel Palacios. Le Conde vit tournoyer les quelques lucioles nées dans ses yeux à cause de la pression de ses doigts.

Il se leva et retourna à la fenêtre de ses méditations et de ses mélancolies. Il restait encore trois heures avant que la nuit tombe et le ciel s'était couvert, annonçant peut-être le retour de la pluie et du froid. Il avait toujours préféré le froid pour travailler, mais cette obscurité prématurée le déprimait et lui ôtait le peu d'envie de travailler qui lui restait. Il n'avait jamais autant souhaité en finir avec une affaire. Les pressions venues d'en haut, que le Vieux ne manquait pas de lui transmettre, le désespéraient. En outre, l'image des fesses de Tamara remuant sous la robe jaune provoquait en lui presque de la souffrance. Et voilà qu'il avait reçu une mise en garde : « fais attention ». Tout le monde semblait voir un danger. Le pire, cependant, c'était qu'il se sentait désorienté, et cela l'accablait : il était aussi perdu que Rafael et il n'aimait pas travailler comme ça. Le major avait approuvé ses premières démarches. Il lui avait donné l'autorisation de parler avec l'homme d'affaires espagnol et d'enquêter dans l'entreprise... Oui, il se pourrait bien qu'il y ait quelque chose là-bas, lui avait-il dit. Il lui avait également permis d'interroger un certain nombre de gens, de consulter les papiers avec les spécialistes d'économie et de comptabilité du Commissariat. Il fallait juste qu'il attende lundi. Or le major ne voulait pas que ça traîne jusque-là. Mais en fumant ce cigare à la saveur soyeuse, il s'était convaincu que la disparition de Rafael Morín ne devait rien au hasard et qu'il fallait reprendre tous les chemins logiques qui pouvaient le conduire au commencement de la fin de cette histoire. Le réveillon et l'entreprise, l'entreprise et le réveillon lui semblaient représenter deux sentiers confluents.

– Tamara a appelé et elle m'a parlé de quelque chose qui

pourrait bien être une piste, finit-il par dire à Manolo. Il fit allusion au répertoire. Le sergent lut les noms, les numéros, les adresses des deux femmes et demanda au lieutenant :

– Tu crois vraiment que ça peut mener quelque part ?

– Zaida, la secrétaire, m'intéresse. Je voudrais aussi savoir qui est Zoila. Dis-moi, tu sais combien tu as de noms commençant par Z dans ton répertoire, toi ?

Manolo haussa les épaules en souriant. Non, il ne savait pas.

– Dans les dictionnaires, à Z il y a à peine huit ou dix pages et presque personne ne porte un nom qui commence par Z, observa le Conde en ouvrant son propre répertoire. Moi, j'ai rien d'autre que Zenaida, tu te souviens de Zenaida ?

– Conde, laisse tomber, cette fille-là c'est pour un autre genre de trucs qu'on la sonne.

Le lieutenant referma son répertoire et le rangea dans le tiroir de son bureau.

– Les femmes, c'est toujours pour un autre genre de trucs… Ouais, allez, vaut mieux qu'on aille voir les Z… Alors va chercher la voiture.

La soirée du samedi n'allait pas se révéler particulièrement folichonne. Une pluie fine et froide qui durerait jusqu'à l'aube avait commencé à tomber. On pouvait sentir le froid jusque dans la voiture fermée. Le Conde eut la nostalgie du soleil puissant qui avait accompagné son réveil, le matin même. Avec la pluie, les rues avaient été désertées. Une apathie grise dominait une ville qui vivait dans la chaleur et se recroquevillait sous cette timide froideur et un peu d'eau. Sur une seule journée, le languissant hiver tropical allait et venait, et il était difficile de savoir en quelle saison on se trouvait : un hiver de merde, se dit-il en observant toute la calle Paseo, assombrie par ses rangées d'arbres, balayée par un vent marin qui emportait papiers et feuilles mortes. Personne n'osait occuper les bancs de l'allée centrale de l'avenue que le Conde considérait comme la plus belle de La Havane, et qui présentement était la propriété exclusive d'un acharné qui faisait son footing du soir, engoncé dans un ciré. Quelle volonté ! Une soirée comme celle-là, lui, il se serait fourré au lit, un livre entre les mains et le sommeil serait venu dès la troisième page. Une soirée comme celle-là, il le savait aussi, le froid et la pluie énervaient les gens condamnés à l'enfermement. Les épouses les plus paisibles transformaient en point d'honneur féminin la moindre poussée machiste de leur mari et y répondaient par un coup de manche à balai sur la tête, entre la poire et le fromage et sans aucun remords. Par chance, la saison de base-ball reprenait justement ce soir après la trêve des confiseurs. Mais il se dit que la pluie empêcherait peut-être le match d'avoir lieu. Les *Industriales*, son équipe favorite, à l'origine de tant de ses angoisses et insomnies, devaient jouer au stade Latino americano contre les *Vegueros*, pour déterminer qui accéderait au *play-off* final du championnat, étant donné que le *Habana* était déjà qualifié. Il aurait aimé pouvoir aller au stade. Il avait besoin de cette thérapie de groupe, qui ressemblait tant à la liberté, dans laquelle on pouvait dire n'importe quoi, traiter de pute la mère de l'arbitre ou même de trou du cul l'entraîneur de sa propre équipe… puis sortir de là, triste de la défaite ou euphorique de la victoire, mais relaxé, aphone et revigoré. Dernièrement, le Conde était l'incarnation même du scepticisme : il allait jusqu'à s'efforcer de ne plus regarder le base-ball du tout, parce que ces *Industriales* de malheur jouaient décidément de plus en plus mal, et qu'en plus ils semblaient avoir été abandonnés par la chance. En dehors de Vargas et de Javier Méndez, les autres faisaient l'effet de petits joueurs de deuxième division, avec des jambes trop faiblardes pour véritablement pouvoir aller en finale et gagner. Il avait oublié Zaida et Zoila lorsqu'ils débouchèrent sur le Malecón. Le crachin saumâtre venu de la mer se mêlait à celui qui tombait du ciel et Manolo lâcha un « putain de merde ! » à voix haute en se disant que ce soir, inévitablement, il devrait laver la voiture avant de la rendre.

– Ça fait longtemps que tu es allé au stade, Manolo ?

– Quel stade, de quoi tu me causes, Conde ? Où est le rapport ? Regarde l'état de cette bagnole, quel con, j'aurai dû prendre par Línea, se lamenta-t-il alors qu'ils tournaient dans la G en direction de la Quinta. Ils s'arrêtèrent devant un immeuble et descendirent de voiture.

– Le stade te guérirait de ces colères.

Le lieutenant Mario Conde vérifia sur ses notes que Zaida Lima Ramos habitait bien ici, au sixième étage, appartement 6D, tout en observant depuis le vestibule Manolo qui se mouillait en essayant de démonter l'antenne de la radio. Son explication le fit sourire :

– Prévention des délits, lieutenant. Le mois dernier, devant chez moi, on m'en a baisé une, dit Manolo. Ils s'avancèrent vers l'ascenseur où ils furent accueillis par une affichette : En panne.

– Ça commence bien, hein ? constata le Conde en se dirigeant vers l'escalier, à peine éclairé par de rachitiques ampoules sur le palier de certains étages seulement. Tandis qu'il grimpait, il haletait et respirait par la bouche. Il sentait son rythme cardiaque s'accélérer faute d'air et les muscles de ses jambes se tuméfier à cause de l'exercice. Un instant, il pensa que le coureur de fond de la calle Paseo avait bien raison, et au cinquième étage, il s'appuya contre la rampe de l'escalier, regarda Manolo, puis les deux volées d'escaliers qui restaient encore avant d'arriver jusqu'à la porte du sixième. Il implora de la main, attends, attends, il avait besoin de respirer : personne ne peut prendre au sérieux un enquêteur de police qui frappe à la porte la langue pendante, au bord des larmes et quémandant un verre d'eau, par pitié ! Il voulait s'asseoir et, machinalement, il sortit une cigarette de la poche de sa veste. Mais la raison l'emporta. Il la plaça entre ses lèvres sèches, sans l'allumer, avant d'attaquer les dernières marches de l'interminable escalier.

Ils pénétrèrent dans le couloir, également plongé dans l'obscurité, et c'est tout au bout qu'ils trouvèrent le 6D. Le Conde décida d'allumer sa cigarette avant de frapper.

– On la travaille comment ? voulut savoir Manolo avant d'entamer la conversation.

– Ce qui m'intéresse, c'est notre homme à son bureau, alors on va aller dans ce sens-là. Tranquillement, comme si de rien n'était, hein ? Mais si c'est nécessaire, tu joues les perspicaces un peu incrédules.

– On enregistre ?

Il réfléchit un instant, appuya sur la sonnette et répondit :

– Pas encore.

La femme eut un mouvement de surprise en les voyant. Elle attendait sûrement quelqu'un et la présence de ces deux inconnus, en cette soirée de samedi pluvieux et froid, échappait à tous ses calculs. Bonsoir, dirent les policiers avant de se présenter. Elle répondit que oui, qu'elle était bien Zaida Lima Ramos. Sa voix tremblait un peu. Elle les fit entrer, de plus en plus mal à l'aise, tout en s'efforçant de lisser ses cheveux en désordre. Elle était peut-être couchée, elle avait l'air ensommeillée. Ils lui expliquèrent la raison de leur visite : son chef, le camarade Rafael Morín, avait disparu.

– Je suis déjà au courant, fit-elle en s'installant dans le fauteuil. Elle s'assit en serrant bien les jambes et tenta de tirer sur sa jupe qui lui arrivait à peine aux genoux. Le Conde remarqua qu'elle avait les cuisses velues, avec quelques légers tourbillons de poils partant vers le haut. Il essaya de retenir l'autre tourbillon, celui qui montait dans son imagination. La femme avait entre vingt-cinq et trente ans, de grands yeux noirs, une large bouche charnue de mulâtresse bien faite, au point que, même décoiffée et sans maquillage, elle parut résolument belle au Conde. La salle de séjour de l'appartement était petite, mais arrangée avec soin. Tout brillait. Dans les étagères qui couvraient le mur opposé au balcon, le Conde remarqua la présence d'un téléviseur couleur Sony, d'un magnétoscope Béta, d'un magnétophone stéréo et des *souvenirs** typiques de différents pays : une mosaïque de Tolède, une statuette mexicaine, une réplique en miniature de Big-Ben et une autre de la Tour de Pise, pendant que Zaida expliquait que Maciques l'avait appelée le 1er janvier dans l'après-midi. On cherchait Rafael mais elle, elle n'avait pas la moindre idée de l'endroit où il pouvait se trouver. Elle lui avait téléphoné à plusieurs reprises, la dernière fois aujourd'hui même, ce matin. Elle était inquiète : on ne savait rien de nouveau à propos de Rafael ?

– Joli appartement, commenta le lieutenant qui, sous prétexte de chercher un cendrier, regarda plus librement autour de lui.

– Peu à peu, les femmes accumulent des petites choses, dit-elle en souriant. Elle semblait nerveuse : … et elles font tout leur possible pour vivre dans un endroit agréable. Le problème, c'est mon fils. Avec ses amis, ils mettent toujours tout en l'air.

– Tu as un fils ?

– Oui, il a douze ans.

– Douze ou deux ? demanda le Conde, réellement surpris.

– Douze, douze, précisa-t-elle. Il vient juste de sortir avec quelques copains de l'immeuble. Figurez-vous qu'avec ce froid ils se sont mis en tête d'aller manger des glaces à Coppelia !

– Les Chinois, ils disent… Enfin, je sais pas si c'est le cas de tous les Chinois, mais celui que je connais parce que c'est le père de l'une de nos collègues, il dit que c'est bon de manger des glaces quand il fait froid – il sourit, tandis que Manolo gardait le silence propre à son personnage. Si ça pouvait toujours être le cas…

– Vous voulez du café ? demanda Zaida. Elle avait froid, ou peut-être peur et froid à la fois. Elle ne savait pas si elle devait croiser les bras ou continuer à lutter contre sa jupe trop courte.

– Non, merci, Zaida. En réalité on ne voulait pas te déranger longtemps. Tu attendais de la visite, n'est-ce pas ? On voulait juste que tu nous parles un peu de ton chef, de ce que tu pourrais savoir : tout peut nous être utile pour le retrouver.

Je ne sais pas, ça me semble si incroyable, si impossible que Rafael ait disparu, j'espère que je me trompe, mais j'ai un mauvais pressentiment... Je ne veux même pas y penser. Parce qu'il ne s'est pas caché, n'est-ce pas... ? Je ne sais pas moi... mais pourquoi il irait se cacher ? Pas vrai ? Ça n'a pas de sens, tout ça c'est très bizarre. Ça fait trois jours que j'y réfléchis, et je ne comprends pas. Laissez-moi fermer les fenêtres du balcon, il fait froid tout d'un coup, et c'est un vrai congélateur cette maison, la mer est juste là, et j'ai un peu mal à la tête, je crois que c'est d'avoir tellement dormi... Bon, je crois que je connais bien Rafael, figurez-vous que ça fait quelque chose comme neuf ans que je travaille avec lui, oui, en effet, j'ai commencé dans les magasins centraux du ministère, c'est lui qui m'a donné la place de dactylo. Il m'a beaucoup aidée, je n'avais pas d'expérience et ça c'était quand le père du petit est parti avec le Mariel[1], je ne m'en suis rendu compte qu'une fois qu'il était déjà arrivé là-bas. Ç'a été une folie comme ça, sans rien me dire, hop, il s'est retrouvé à Miami, il est parti avec un oncle, il avait tout préparé en cachette et il ne m'a même pas fait confiance à moi, n'a même pas dit au revoir à son fils, enfin, terrible... Mais à quoi bon vous raconter ça. Comme je me débrouillais un peu en dactylographie, j'avais été jusqu'au bout du lycée, mais avec le bébé encore petit et, bon, tout ça c'est des problèmes personnels, je sais pas, ma mère était toujours fâchée contre moi parce que j'étais tombée enceinte avant de me marier, et un monsieur du quartier, du Comité, m'a dit qu'à son travail, dans les magasins, on avait besoin d'une dactylo et que c'était pas difficile, que c'était des tableaux, des cartes et ce genre de choses, rien de plus. Ah, je perds toujours le fil. Bon, il se trouve que j'ai commencé et que comme les

1. Nom usuel donné à la troisième grande vague de départs de Cubains vers Miami, en 1980, du nom du port de La Havane. (NdT)

choses se sont arrangées avec ma mère, je me suis inscrite au cours du soir de secrétariat. Rafael m'a beaucoup aidée. Il me donnait tous mes samedis pour que je règle mes problèmes et que je passe du temps avec le petit, parce qu'entre le travail et l'école toute la sainte journée, pendant deux ans… Quand j'ai eu mon diplôme, j'ai occupé la place de secrétaire, qui était déjà vacante mais qu'il m'avait gardée, parce qu'au bout du compte, je faisais déjà ce travail depuis un moment. Figurez-vous que Rafael, moi, je l'ai toujours considéré comme un véritable ami. Je sais pas à quoi peut bien vous servir ce rabâchage, mais c'est un bon ami, c'est moi qui vous le dis, et en tant que chef, il n'y en a pas de meilleur, humain, responsable, il s'occupe de tout le monde, là-bas et maintenant ici dans l'entreprise, parce que, bien sûr, le fait est qu'il m'a demandé de venir avec lui à l'entreprise parce qu'ici les choses sont plus compliquées et qu'il lui fallait des gens de confiance. C'est une sacrée responsabilité, là presque tout se fait en dollars et avec des compagnies étrangères, vous savez… Sacrée responsabilité, mais lui, c'était quelqu'un, il en avait des kilos…, comme on dit vulgairement, tout marchait comme toujours, comme d'habitude, et voyez-vous, le mieux c'est que, autant que je me souvienne, il n'a jamais eu de problèmes avec aucun travailleur, et si vous voulez, vous pouvez demander à García, du Syndicat, vous verrez. Non, non, c'est pour ça que je ne m'explique pas ce qui se passe, tout était comme d'habitude, à ce moment-là on a eu beaucoup de travail avec le plan de 89, et comme on finissait tard, il me faisait reconduire par un chauffeur, ou même il me raccompagnait en personne. J'ai l'impression que c'est pas vrai que Rafael ne soit nulle part, moi, j'arrive pas encore à y croire… Il doit lui être arrivé quelque chose, vous croyez pas ? Mais, écoutez, pour que vous vous rendiez compte, quand mon petit Alfredo avait six ans, le petit Alfredo c'est mon fils, il est tombé malade avec une fièvre de cheval, j'ai bien cru qu'il allait mourir. Faut voir comment Rafael s'est comporté avec moi, mieux que s'il avait été le propre père du petit. De la viande par-ci, une voiture pour aller à l'hôpital par-là, mon salaire complet, bon, ça n'a rien à voir… ce qui a à voir c'est comment il s'est comporté, et je ne suis pas une exception. Je l'ai toujours vu se comporter comme ça avec tout le monde, demandez, demandez-lui à García, du Syndicat. Le pauvre… Un coup de fil ? Un coup de fil le 1er janvier ? Non, non, la dernière fois que je l'ai vu c'était le 30, parce que le

31 on n'a pas travaillé, il m'a raccompagnée jusqu'ici et il est monté prendre un café, il m'a dit qu'il était très fatigué. Épuisé, c'est ce qu'il a dit, parce qu'on a discuté un moment et il m'a offert… une bricole, une simple petite attention pour le nouvel an, vous savez, tant d'années à travailler ensemble, l'un près de l'autre, c'est plus que mon chef, le contact fait naître l'affection, non ? Il avait l'air tellement fatigué… qu'est-ce que vous pensez de tout ça, vous ?

Non, ne me dis pas ce que tu penses, pas encore, demanda-t-il à Manolo au moment où ils sortaient dans la rue. Une petite pluie fine et monotone continuait à tomber, la nuit avait pris possession de la ville. On va à l'angle de la 70 et de la 17, voir quelle surprise nous réserve Zoila.

– Tu veux pas avoir de préjugés ? interrogea Manolo tout en remettant l'antenne à sa place.

– Écoute, me fais plus chier avec ça, mec. Laisse cette antenne tranquille, on va redescendre tout de suite.

Manolo continua comme s'il n'avait rien entendu et termina de remettre l'antenne tandis que le Conde s'installait dans la voiture. Il savait que le lieutenant commençait à être nerveux et qu'il valait mieux l'ignorer. Tu veux pas savoir ce que je pense ? Eh ben je te le dis pas, point final. Mais moi, des choses, j'en pense des tas, dit-il à voix haute en faisant démarrer la voiture. Il prit par Línea en direction du tunnel, pendant que le Conde griffonnait sur son calepin écrasé. Il jouait à nouveau avec le poussoir de son stylo, et sans demander la permission il éteignit l'autoradio que Manolo avait allumé. Même dans ces conditions, le sergent Manuel Palacios reconnaissait qu'il préférait travailler avec ce lieutenant à demi névrosé ; chose qu'il avait décidée alors qu'il n'était encore qu'un sous-officier tout frais émoulu de l'école de police, et qu'on l'avait affecté à l'équipe qui enquêtait sur le vol de tableaux du Musée national. Un des experts du groupe lui avait dit :

– Tu vois le type qui vient d'arriver, là, c'est Conde. C'est lui le chef de l'opération. Ne t'inquiète pas de ce qu'il dit, il est à moitié cinglé, mais c'est un type bien. En plus, je crois que c'est le meilleur – comme Manolo eut plusieurs fois l'occasion de le vérifier.

– Et moi, est-ce que je peux savoir ce que tu en penses ? lui demanda le sergent les yeux fixés sur la route.

– Non.
– Tu nous fais ta crise, mon pote ?
– Ouais, c'est ça, je suis au bord de la crise de nerfs. Écoute, je connais Rafael Morín et je commence à comprendre de quoi il retourne, mais y a encore plein de trucs qui collent pas et je veux pas avoir d'*a priori.*

La voiture avançait dans la 19 et Manolo avait décidé de fumer sa première cigarette de la journée. Celui-là aussi je l'envie, pensa le Conde, regarde-moi ça, il peut fumer seulement quand il en a envie.

– Si tu commences à nous faire chier avec tes *a priori*, c'est que tu es vraiment en crise, affirma Manolo en tournant dans la 70 vers la 17.

– C'est là, c'est là, avertit le Conde en voyant la maison portant le numéro 568. Arrête-toi ici. Si tu m'enlèves encore une fois cette antenne je te colle un rapport au cul, tu m'as bien entendu ?

– Compris. Mais au moins ferme bien ta fenêtre, tu veux ? lui cria Manolo tout en remontant la sienne jusqu'en haut.

Le porche de la maison était allumé mais la porte et la fenêtre de devant restaient fermées. Le Conde frappa deux, puis trois fois, et attendit. Manolo, qui l'avait rejoint, enfilait sa veste imperméable et essayait d'emboîter la fermeture éclair dans son amorce. Le lieutenant cogna à nouveau en regardant faire son compagnon.

– Mon vieux, c'est une vraie saloperie, ces fermetures éclair. Laisse tomber, tu vois bien qu'il n'y a personne ici, dit-il en se mettant pourtant à tambouriner avec force contre la porte en bois.

Les coups sonnèrent creux, comme si la maison était vide.

– Allons au Comité, proposa le lieutenant.

Ils avancèrent sur le trottoir, cherchant la plaque du CDR[1], qu'ils finirent par apercevoir juste au coin de la rue, presque cachée dans la jungle des crotons et des aréquiers du jardin.

– C'est le problème avec le froid : moi je commence à avoir sérieusement faim, Conde, se plaignit Manolo, implorant ainsi son supérieur d'être bref.

– Et tu crois que j'ai le bide comment, moi ? Avec ce que j'ai bu hier soir, le fait que j'ai rien bouffé aujourd'hui et le cigare que m'a offert le Vieux par-dessus le marché, j'ai l'im-

1. CDR : Comité de Défense de la Révolution. (NdT)

pression d'avoir un crapaud mort dans l'estomac. Je commence à avoir mal au cœur.

Il frappa contre la vitre de la porte et les aboiements instantanés d'un chien hérissèrent Manolo.

– Si tu veux bien, moi je vais rester dans la voiture, dit-il au souvenir de son imbattable record de morsures subies dans l'exercice de ses fonctions.

– Fais pas chier, mec, garde ton calme – la porte s'ouvrit.

Un chien blanc et noir sortit sous le porche, indifférent à ce que lui disait son maître. Il l'appelait Leoncito[9]. Quelle idée de baptiser Lion ce clébard à la couleur indéfinie, à la queue enroulée, à demi bâtard, qui avait tout de suite ignoré la présence de Mario Conde mais s'appliquait à renifler le pantalon et les chaussures de Manolo, comme s'ils avaient un jour été à lui.

– Il n'est pas méchant, assura l'homme avec l'orgueil du maître d'un chien bien dressé. Mais c'est un très bon gardien. Bonsoir.

Le Conde se présenta et demanda à voir le président du Comité.

- C'est moi-même, camarade. Vous voulez entrer ?

– Non, ne vous dérangez pas, nous voulions juste savoir si vous aviez vu Zoila Amarán aujourd'hui, nous la cherchons pour une simple vérification…

– Il y a un problème ?

– Non, non, rien qu'une simple vérification.

– Eh bien, écoutez, camarade, je crois que c'est mal barré. Pour mettre la main sur Zoilita, faut l'attraper au lasso, parce qu'elle tient pas en place, commenta le président. Leoncito, viens ici, laisse le camarade tranquille sinon il va te mettre en prison, gronda-t-il en souriant.

– Et elle vit seule ?

– Oui et non. Son frère et sa femme habitent là aussi. Mais ils sont médecins et comme ils ont été nommés à Pinar del Río, ils ne viennent que tous les deux ou trois mois. C'est pour ça qu'en ce moment elle est toute seule. J'ai entendu dire, je sais pas… c'est toujours comme ça, même sans le vouloir on finit par être au courant, je crois que c'était aujourd'hui même en allant chercher mon pain au magasin, qu'elle avait dit à quelqu'un qu'elle allait je ne sais où. Ça fait à peu près trois jours qu'on l'a pas vue.

1. Petit Lion (NdT).

– Trois jours ? demanda le Conde. Il sourit presque en voyant le soulagement de Manolo quand Leoncito perdit enfin tout intérêt pour ses chaussures et son pantalon pour aller dans le jardin.

– Oui, trois jours à peu près. Mais écoutez, je vais être franc avec vous, parce que les choses sont ce qu'elles sont. Depuis qu'elle est toute petite... Il se trouve que je l'ai vue naître ici même... Zoilita a la bougeotte et même sa mère, qui est morte à présent, la défunte Zoila, n'arrivait pas à suivre. J'ai été jusqu'à penser que ça allait devenir un vrai garçon manqué, mais non. Bon, dites, c'est vrai, elle n'a rien fait de mal ? Parce qu'elle est peut-être un peu folle, mais elle est pas méchante pour deux sous, je vous le dis avec la même franchise.

Le Conde écouta l'homme donner son avis en cherchant une cigarette dans la poche de sa veste. Son cerveau voulait évaluer le fait que Zoila n'était pas chez elle depuis précisément trois jours, mais soudain il se sentit las de tout, de Zaida et de Maciques défendant Rafael, de Zoila et de Dapena le Galicien qui s'était lui aussi évaporé le 1er janvier, de Tamara et de Rafael. Pourtant, il reprit :

– Non, ne vous inquiétez pas, il n'y a pas de problème. Nous voudrions seulement savoir encore deux choses : quel âge a Zoilita et où travaille-t-elle ?

Le président appuya l'avant-bras sur le chambranle de la porte, observa Leoncito qui chiait placidement et abondamment dans le jardin. Il sourit.

– Je me souviens pas exactement de son âge. Il faudrait regarder dans le registre...

– Non, non, à peu près. Manolo ressuscita.

– Quelque chose comme vingt-trois ans, estima-t-il alors. Quand on vieillit, on ne fait plus la différence entre quelqu'un qui a vingt ans et un autre qui en a trente, pas vrai ? Et pour le reste, eh bien elle travaille ici même, chez elle, à faire de l'artisanat avec des graines, des coquilles d'escargot et des trucs comme ça. Comme elle gagne pas mal d'argent, elle ne travaille que quand elle en a besoin, mais vous vous imaginez bien que, par les temps qui courent, à la fin de l'année elle fait quand même la saison de canne à sucre, parce que c'est si difficile de se procurer la plus petite chose, pas vrai ?

– Bien, camarade, merci beaucoup, coupa le Conde, interrompant le flot de paroles qui menaçait de les submerger. Nous voudrions juste que vous nous fassiez une faveur. Quand elle reviendra, vous nous appelez à ce numéro et vous nous laissez un message, pour le lieutenant Conde ou le sergent Palacios. Ça ne vous pose pas de problème ?

– Non, camarades, c'est un plaisir, on est à votre service, bien sûr. Mais, dites-moi, lieutenant, c'est drôle que vous n'entriez pas vous asseoir, que je puisse pas vous offrir un petit café tout frais passé, hein ? Je croyais que quand deux policiers venaient dans un CDR c'est ce qui se faisait toujours, non ?

– Moi aussi je le croyais, mais ne vous inquiétez pas. Il arrive aussi que les policiers aient peur des chiens…, expliqua le Conde en serrant la main de l'homme.

– T'es vachement sympa, toi, hein ! s'exclama Manolo alors qu'ils se dirigeaient vers la voiture. Sa veste était ouverte au vent froid. Tu es très spirituel aujourd'hui. Comme si c'était un péché de pas avoir les chiens dans la peau.

– Ça doit être pour ça qu'ils te mordent. Regarde comme tu transpires, mon vieux.

– Ouais, c'est bien joli, l'adrénaline, l'odeur, et toutes ces conneries, mais ce qu'il y a surtout, c'est qu'ils en ont toujours après moi.

Ils montèrent dans la voiture et Manolo respira à fond, les deux mains sur le volant.

– Bon, maintenant on a une idée assez précise de qui est Zoilita. Ça commence à se compliquer, non ?

– Ça se complique mais c'est pas grave. Écoute, voilà ce qu'on va faire. Moi, je vais chercher la liste des invités de la réception du vice-ministre pendant que toi, tu te charges de mettre deux types pour enquêter sur Zaida et Zoilita. Surtout sur Zoilita. Je veux savoir où elle est passée et ce qu'elle a à voir dans tout ça.

– Et pourquoi est-ce qu'on n'échange pas ? Moi, je vais chercher la liste, d'ac' ?

– Écoute, Manolo, tu peux jouer avec la laisse, mais t'approche pas trop du molosse. Et épargne-moi tes sermons, dit-il en regardant vers la rue. Il était fasciné par la régularité de ces rayures blanches que la voiture dévorait sur la route. Ce n'est qu'alors qu'il remarqua qu'il avait cessé de pleuvoir. Mais à la douleur de son estomac affamé et maltraité s'ajoutait maintenant la pression de l'urine qui emplissait sa vessie. T'as une idée de ce qu'on pourrait faire maintenant ?

Manolo garda les yeux fixés sur la route.

– Je te parle, Manolo, insista le Conde.

– Bon… Je pense que dans la vie il y a des putains de hasards, mais là, pour Zoilita c'est trop de hasard, tu crois pas ? Et je pense aussi qu'il faut que tu parles avec Maciques. Cet homme en sait beaucoup plus qu'il ne le dit.

– On le verra lundi à l'entreprise.

– Si c'était moi, je le verrais avant.

– Demain si on a le temps, d'accord ?

– D'accord.

– Allez, mets de la musique maintenant, j'ai envie de pisser.

– Tu vas peut-être pisser, mais pour ce qui est de mettre de la musique, je peux rien faire pour toi.

– Qu'est-ce qui t'arrive, mon vieux, tu trembles encore à cause du clébard ?

– Non, c'est juste que c'est de ta faute si on peut pas écouter de musique : on nous a piqué l'antenne devant chez Zoilita.

Strawberry Fields avait toujours été sa chanson préférée. Il l'avait découverte un jour inattendu de 1967 ou 1968, chez son cousin Juan Antonio. Il faisait une chaleur atroce, mais Juan Antonio et trois de ses amis, déjà grands – ils devaient être à peu près en cinquième – s'étaient enfermés dans la chambre de son cousin comme s'ils s'apprêtaient à faire leur prière au prophète, il s'en souvenait parfaitement : assis par terre, ils entouraient un antique tourne-disques RCA Victor, bouffé aux mites, qui faisait tourner un disque opaque et sans nom. « C'est une copie, morveux, comment veux-tu qu'il y ait une étiquette », lui avait dit Juan Antonio avec sa mauvaise humeur habituelle. Lui aussi, il s'était assis par terre, parce que là, personne ne voulait parler, même pas des femmes. Alors Tomy avait déplacé le bras du tourne-disques, l'avait amoureusement posé sur le vinyle et la chanson avait commencé : il n'avait rien compris, les Beatles ne chantaient pas aussi bien que sur les vrais disques, mais les grands murmuraient les paroles comme s'ils les connaissaient, et lui, il savait seulement que *field* c'était jardin, et donc que *centerfield* c'était jardin central, avait-il conclu. Mais ça, ç'avait été plus tard. À ce moment-là, il avait senti qu'il assistait à un acte de magie unique. Quand la chanson s'était terminée, il avait demandé : allez, Tomy, on se la remet encore une fois. Et aujourd'hui il la chantait à nouveau, sans savoir pourquoi. Il ne voulait pas s'avouer que cette mélodie était le symbole de ses nostalgies vis-à-vis d'un passé où tout avait été simple et parfait. Même si maintenant il savait ce que les paroles signifiaient, il préférait les répéter sans y réfléchir et sentir à peine qu'il marchait dans ce champ de fraises qu'il n'avait jamais vu mais que ses souvenirs connaissaient si bien. Seuls, cette musique et lui. *Strawberry Fields* arrivait toujours comme ça, sans s'annoncer, et balayait tout le reste. Il chantait, en revenant sur n'importe quel passage et il se sentait mieux, il ne voyait plus le ciel obscur et tristement couvert, ni l'image de Rafael Morín pérorant depuis l'estrade du lycée. Il ne voulait pas fumer et n'écoutait pas ce que Manolo lui racontait à propos de sa dernière conquête amoureuse, tandis qu'il le conduisait chez Tamara, *Strawberry Fields, for ever, la, la, la…*

– Voilà, le répertoire se trouvait là.

Le temps n'est que mensonges ; rien n'a changé dans la bibliothèque : la collection complète de l'encyclopédie Espasa-Calpe, « celle qui en sait le plus », avec ses dos bleu foncé, ses lettres dorées et brillantes malgré les années ; le diplôme de docteur en droit du père de Tamara conserve, insolent, sa place privilégiée, reléguant au second plan les dessins à la plume de Víctor Manuel qu'il avait toujours tellement aimés. Le volume sombre des récits du Père Brown, à la couverture en cuir qui caressait les doigts, provoque en lui un pincement de mélancolie : le vieux docteur Valdemira le lui avait recommandé il y a tant d'années, à une époque où le Conde ne pouvait même pas s'imaginer qu'il deviendrait un collègue du petit curé de Chesterton. Le bureau en acajou à l'air immortel, vaste comme le désert et beau comme une femme. Un bon bureau pour écrire. Seul le cuir enveloppant la chaise tournante semble un peu fatigué, il a plus de trente ans et c'est de l'authentique peau de bison. C'était la place de celui qui était chargé de diriger les révisions la veille des examens : un privilège pour celui qui était le plus au point. Le jour où Mario Conde était entré pour la première fois dans cette pièce il s'était senti petit, désemparé et terriblement inculte. Sa mémoire est encore capable de lui restituer cette déchirante sensation de pauvreté intellectuelle dont il n'est pas parvenu à se guérir.

– J'ai souvent rêvé de cet endroit. Mais même en rêve, je ne me souvenais pas que ton père avait eu le téléphone ici, ou je me trompe ?

– Non, il ne l'a jamais eu. Papa détestait deux choses au point qu'elles le rendaient malade : l'une était le téléphone, l'autre, la télévision. Ce qui prouve que c'était un homme très sensible, se souvient-elle en se laissant tomber dans l'un des deux fauteuils face au bureau.

– Et ces deux phobies font bon ménage avec cette cheminée en briques rouges dans une bibliothèque de La Havane ? demande-t-il. Il s'incline devant le petit foyer et se met à jouer avec l'un des tisonniers.

– Il y avait les bûches et tout. Elle est jolie, non ?

– La courtoisie n'empêche pas le courage… Tant qu'il ne tombera pas de neige à Cuba, je ne sais pas à quoi ça peut bien servir !

Elle sourit tristement.

– C'était la façade du coffre-fort. Moi même, je ne l'ai su qu'à vingt ans. C'était quelqu'un, Papa. Un sacré personnage...

Il abandonne le tisonnier et s'installe dans l'autre fauteuil, près de Tamara. La seule lumière que reçoit la bibliothèque provient d'une petite lampe *art nouveau**, au pied en bronze, avec de délicates grappes de raisin d'un violet intense. Tamara est éclairée par un reflet ambré qui lui peint la moitié du visage d'un ton chaud et vif. Elle porte un survêtement, du même bleu foncé que celui de l'encyclopédie Espasa-Calpe, et son corps de danseuse disproportionné semble plein de reconnaissance pour ce vêtement qui la caresse et la moule.

– C'est Rafael qui a fait installer le téléphone ici, il y a à peu près sept ou huit ans. Lui, il ne pouvait pas vivre sans téléphone, ça non !

Il assimile cette petite décision de Rafael en sentant peser sur ses épaules la fatigue d'une journée trop longue, durant laquelle il n'a entendu parler que de Rafael Morín. Tant de personnes lui en ont parlé qu'il commence à se demander s'il le connaît réellement ou s'il s'agit d'un phénomène de cirque aux mille visages, unis par un air de famille, mais absolument différents. Il aimerait parler d'autre chose, ce serait agréable de lui dire qu'il a fait toute la route en chantant *Strawberry Fields*. Il se sent enclin à ce genre de confidences. Ou il pourrait lui dire qu'il la trouve de plus en plus belle, plus comestible, mais en définitive il pense qu'elle pourrait trouver que ce sont des confidences banales et vulgaires.

– Je n'ai pas su quand ton père est mort. Je serais venu, dit-il finalement, sentant la présence tangible du vieux diplomate dans la pièce.

– Ce n'est pas grave – elle secoue la tête. Ce geste suffit pour que la mèche retrouve son inquiétude et revienne sur son front. Ça s'est passé terriblement vite, incroyable… Ça a été dur de se mettre dans la tête que Papa était mort, tu sais.

Il acquiesce et ressent à nouveau l'envie de fumer. La nécrologie le pousse toujours à fumer. Sur le bureau, il trouve un cendrier en terre cuite et se réjouit que ce ne soit pas un cristal de Murano ou un Moser ou un Sargadelos, gravé à la main, de la collection du docteur Valdemira. Entre-temps, elle s'est levée et s'approche du petit bar encastré dans un coin de la bibliothèque.

– On va prendre un verre. Je crois que nous en avons bien besoin, ajoute-t-elle, reprenant à son compte le cliché publicitaire. Elle verse le liquide d'une bouteille presque carrée dans deux grands verres. Je ne sais pas toi, mais moi je l'aime sec, sans glace. Les glaçons cassent le goût d'un bon whisky écossais.

– C'est du Ballantine, non ?

– Oui, de la réserve spéciale de Rafael, précise-t-elle en lui tendant son verre. Santé et chance.

– Pour toi, santé et argent à mettre dans le coffre-fort, parce que la beauté, tu en as à revendre, dit-il. Il goûte le whisky et sent l'étreinte tiède qui s'enroule autour de sa langue, de sa gorge, de son estomac vide. Il commence à se sentir mieux.

– Qui est Zoila, Mario ?

Il ouvre sa veste en buvant pour la deuxième fois.

– Est-ce qu'il fréquentait beaucoup de femmes ?

– Je ne suis pas sûre, mais en vérité, surveiller Rafael m'intéressait de moins en moins, et je n'ai pas la moindre idée de ce qu'il faisait de sa vie.

– Qu'est-ce que ça veut dire, ça ?

– Que Rafael était assez peu à la maison. Il passait le plus clair de son temps dans des réunions ou en voyage, et puis comme je te disais, ça ne m'intéressait pas de le surveiller. Mais maintenant, je veux savoir. Qui est Zoila ?

– On ne le sait pas encore. Il y a plusieurs jours qu'elle n'est pas rentrée chez elle. On fait notre enquête.

– Et tu crois vraiment que Rafael serait… ? – son étonnement est réel.

Il ne comprend pas très bien et se sent mal à l'aise. Elle le regarde, attendant une réponse.

– Je ne sais pas, Tamara, c'est pour ça que je t'ai posé la question à propos des femmes. C'est à toi de me le dire.

Elle trempe les lèvres dans son verre puis essaye de sourire, sans succès.

– Je suis un peu perdue, mon ami. J'ai l'impression que tout ça n'est qu'une plaisanterie de mauvais goût, mais il y a des moments où je me dis que non, que c'est plutôt un cauchemar, que Rafael est encore parti en voyage, que rien de tout ça n'est réel et qu'il va brusquement entrer par cette porte, dit-elle. Le Conde ne peut s'en empêcher : il regarde vers la porte. J'ai besoin de stabilité, Mario, je ne sais pas vivre sans stabilité, tu me comprends ?

Il la comprend, et se dit qu'elle est facile à comprendre, sa stabilité. Il la regarde boire une autre gorgée et sentir la vague tiède du whisky. Il descend la fermeture éclair de son blouson jusqu'à une hauteur franchement dangereuse : il voudrait jeter un coup d'œil, mais s'efforce de se concentrer sur son verre... il n'y parvient pas et finit par regarder parce qu'il sent qu'il est en train d'avoir une érection. Qu'est-ce que c'est que ça ? Il cherche à s'expliquer ce mystère : dans la rue, les gens ne s'évanouissaient pas à la simple vue de Tamara. Il a le souffle coupé, il n'a pas pu oublier les désirs que cette femme provoque en lui. Il croise les jambes pour soumettre l'objet de son tourment à une application forcée de la loi universelle de la gravité. Couché, mon garçon !

– Je ne crois pas que Rafael soit capable de ça, je n'y crois pas. Qu'un jour il ait pu coucher avec une autre femme ? Écoute, pour être franche avec toi, et sans le savoir non plus, ça ne m'étonnerait pas : vous autres, vous adorez faire ce genre de choses, non ? Mais je ne crois pas qu'il oserait ça, se cacher avec une femme... Il me semble que je le connais trop pour l'imaginer dans quelque chose comme ça.

– Moi non plus je n'y crois pas. Je n'y crois pas, insiste-t-il, convaincu. Il n'aurait pas tout plaqué comme ça, et Zoilita n'est pas la duchesse de Windsor. Il y a d'autres choses que j'ignore, mais ça, j'en suis presque sûr, se dit-il. Pourquoi aurait-il laissé tout ça ?

– Et qu'est-ce que tu as appris d'autre ?

– Que Dapena, le Galicien, a perdu la tête quand il t'a vue.

Elle écarquille les yeux, comment peut-elle les ouvrir autant, se demande-t-il. Elle hausse le ton, gênée, déconcertée, presque sans élégance.

– Qui t'a dit ça ?
– Maciques.
– Eh bien dis-moi, quelle mauvaise langue celui-là… Et après vous osez dire que les femmes…
– Qu'est-ce qui s'est passé avec le Galicien, Tamara ?
– C'était un malentendu, il ne s'est rien passé. Alors comme ça, c'est tout ce que tu as trouvé ? Elle boit une nouvelle gorgée.

Il appuie son menton sur la paume de sa main et respire à nouveau son odeur. Il commence à se sentir tellement bien qu'il prend peur.

– Oui, c'est pas grand-chose. Il me semble qu'on a passé la journée à tourner en rond. Ce boulot est plus chiant que tout ce que tu peux imaginer !
– Oui, je n'en doute pas, surtout depuis que je suis suspecte.
– Je n'ai pas dit ça, Tamara, tu le sais bien. Techniquement tu es suspecte parce que tu es la personne la plus proche, la dernière à l'avoir vu, et Dieu sait combien de raisons tu as ou pourrais avoir de vouloir te débarrasser de Rafael. Je t'ai déjà dit que c'était une enquête de police et que ça pouvait être un peu gênant.

Elle termine son verre et l'abandonne près de la lampe.

– Mario, tu ne trouves pas que c'est idiot de me dire ça ?
– Et pourquoi est-ce que tu m'as toujours appelé Mario, et pas Conde, comme les autres de la classe ?
– Et toi, pourquoi changes-tu de sujet ? Vraiment, ça me gêne que tu puisses penser ça de moi.
– Comment est-ce qu'il faut que je te le dise ? Écoute, tu crois que c'est agréable de passer sa vie à ça ? Que travailler avec des assassins, des voleurs, des escrocs et des violeurs n'est qu'une simple distraction, et qu'on ne doit jamais penser à mal et rester très aimable ?

Elle parvient à sourire légèrement, tandis que sa main essaye de remettre en place la mèche irrévérente et retorse qui s'entête à lui masquer le front.

– Conde, c'est ça ? Dis-moi, pourquoi es-tu devenu policier ? Pour pouvoir râler et te plaindre toute la sainte journée ?

Il ne peut s'empêcher de sourire : c'est la question qu'il a le plus souvent entendue au cours de toutes ses années d'enquêteur, et c'est la deuxième fois qu'on la lui pose aujourd'hui. Il se dit qu'elle, elle mérite une réponse.

– C'est très simple. Je suis policier pour deux raisons : l'une, que je ne connais pas, est liée au destin qui m'a conduit à ça...

– Et celle que tu connais ? insiste-t-elle. Il perçoit l'attente de la femme et regrette de devoir la décevoir.

– L'autre est très simple, Tamara, et peut-être même qu'elle va te faire rire, mais c'est la vérité : parce que je n'aime pas que les fils de pute puissent faire ce qu'ils veulent impunément.

– C'est tout un code éthique…, ironise-t-elle après avoir assimilé toutes les implications de sa réponse. Elle reprend son verre. Mais tu es un policier triste, ce qui n'est pas la même chose qu'un triste policier… Je t'en sers un autre ?

Il étudie le fond de son verre et hésite. Il aime le goût strict du whisky écossais et serait toujours prêt à se battre à mort pour une bouteille de Ballantine. Il se sent si bien, près d'elle, tous deux enveloppés par la sage pénombre de la bibliothèque, et il la trouve tellement belle. Il dit :

– Non, laisse, je n'ai toujours pas pris mon petit-déjeuner.

– Tu veux manger ?

– Si je veux… j'en ai même besoin, mais merci, j'ai un autre engagement – il le regrette presque. On m'attend chez le Flaco.

– Cul et chemise, comme toujours – elle sourit.

– Dis-donc, je ne t'ai pas demandé des nouvelles de ton fils, lance-t-il en se levant.

– Figure-toi qu'avec toute cette histoire… À midi, j'ai dit à Mima de le conduire chez la tante Teruca, là-bas à Santa Fe, au moins jusqu'à lundi ou jusqu'à ce qu'on sache quelque chose. Je crois que ça le perturberait… Mario, qu'est-ce qui a bien pu arriver à Rafael ? Elle se lève également et croise les bras sur sa poitrine, comme si soudain l'esprit du whisky l'avait abandonnée et qu'elle avait eu très froid.

– Si seulement on pouvait le savoir, Tamara. Mais il faut que tu te fasses à cette idée : quoi que ça puisse être, ça n'est pas bon. Tu me donnes la liste des invités du réveillon ?

Elle reste immobile, comme si elle n'avait pas entendu, puis décroise les bras.

– La voilà, dit-elle en prenant une feuille sous une revue. J'ai noté tous ceux dont je me souviens, je crois que je n'ai oublié personne.

Il prend le papier et s'avance vers la lampe. Il lit lentement les prénoms, les noms et les professions des invités.

– Il n'y avait personne comme moi, pas vrai ? interroge-t-il en la regardant. Aucun triste policier ?

Elle croise à nouveau les bras sur sa poitrine et contemple la cheminée, comme si elle lui demandait d'accomplir l'impossible : lui procurer de la chaleur.

– Depuis ce matin je me suis rendu compte que tu avais beaucoup changé, Mario. Pourquoi es-tu amer ? Pourquoi parles-tu comme si tu avais pitié de toi-même, comme si les autres étaient des canailles, comme si toi, tu étais le plus pauvre et le plus pur ?

Il encaisse cette sortie et pressent qu'il s'est trompé sur son compte, que c'est toujours une femme intelligente. Il se trouve faible et comme mis en pièces. Il n'a plus d'autre désir que celui de s'asseoir, de prendre un autre whisky et de parler, parler. Mais il a peur.

– Je ne sais pas, Tamara. On discutera de ça un autre jour.

– J'ai l'impression que tu es en train de fuir.

– Un policier ne fuit jamais, simplement il s'en va en emportant sa joie avec lui.

– Tu es incurable.

– Il n'y a pas la moindre amélioration en vue.

– S'il y a quoi que ce soit, appelle-moi, s'il te plaît, dit-elle, tandis qu'ils avancent dans le couloir. Elle marche les bras toujours croisés et Mario Conde, après avoir fait un clin d'œil à l'image de cette Flore, colorée et exubérante dans la quiétude du dessin, encadrée et accrochée sur le plus beau mur de la pièce, se demande ce que peut bien faire Tamara Valdemira seule dans cette maison tellement vide. Se regarder dans les miroirs ?

Carlos le Flaco se tient au centre du groupe. Il a les bras écartés, la tête légèrement inclinée vers la droite, on dirait qu'il est crucifié. À ce moment-là, il ne s'imaginait pas qu'un jour il devrait effectivement porter sa croix. Il se débrouillait toujours pour être au centre du groupe, pour être le centre, ou peut-être que nous tous, on le poussait un petit peu jusqu'à en faire le nombril de notre groupe, où lui comme nous, on se sentait si bien. Il était capable d'inventer une blague à la minute, de transformer en plaisanterie une bêtise qui dans la bouche de n'importe quel autre n'aurait été qu'une infâme lourdeur ne méritant que des sourires polis. Il avait les cheveux longs, je ne sais pas comment il avait réussi à les garder comme ça malgré la vigilance dont ils faisaient preuve à la porte du lycée. Il était encore très maigre, on était pourtant déjà en terminale. Ce jour-là, on avait fait la pré-inscription à l'université. En premier choix il avait demandé Ingénierie civile : il rêvait de construire un aéroport, deux ponts, et, surtout, d'être chargé de la réalisation technique d'une usine de préservatifs, avec une production différenciée selon les tailles, les couleurs, les saveurs et les formes, capable de répondre aux exigences de toutes les Caraïbes, l'endroit où on baisait le plus et le mieux de la terre. C'était son obsession : la baise ! Comme deuxième choix il avait mis Mécanique. On voit Dulcita entre le Flaco et le Conejo. Elle sortait à ce moment-là avec le Flaco et si le Flaco n'avait pas joué son personnage de crucifié, il aurait certainement été en train de lui peloter les fesses, et elle, elle aurait souri : ce genre de pornographie lui plaisait aussi. Sa jupe aux trois bandes blanches sur l'ourlet est la plus courte de toutes, bien au-dessus du genou. Elle savait mieux que personne l'enrouler autour de la taille dès qu'elle mettait un pied à l'extérieur de l'école. Ça valait la peine : elle avait les genoux ronds, les cuisses fermes et longues. C'est certainement pour ses jambes que l'expression « bien galbées » avait été inventée ; elles semblaient faites à la main. Ses fesses – comme disait le Flaco dans l'un de ses désastreux rapprochements poétiques – étaient plus dures que le fait de se lever à cinq heures du matin, l'estomac dans les talons. Et pourtant, c'était une bonne synthèse. Ça, c'est la compensation, disait-il, parce que par ailleurs elle n'a pas un poil de seins. Dulcita sourit, heureuse, car elle est sûre qu'elle sera prise en Architecture, et qu'elle travaillera avec le Flaco, sur ses chantiers : elle fera les plans. Comme second choix elle avait demandé Géologie. Elle adore aussi aller dans les grottes, surtout avec le Flaco, pour assouvir leur obsession commune : la baise. À cette époque, Dulcita était parfaite ; super-sympa, joli petit lot, plutôt intelligente, pas emmerdante : elle te soufflait aussi bien à un examen qu'elle t'arrangeait le coup avec une fille. Elle était comme ça, une vraie copine, enfin, un sacré type quoi, et j'ai jamais compris pourquoi elle est partie aux États-Unis. Quand on me l'a dit je l'ai pas cru, parce qu'elle était comme nous tous. Qu'est-ce qu'elle a bien pu devenir… ? Le Conejo[1] n'arrive

1. Lapin (NdT).

pas à cacher ses dents. Allez savoir si c'est parce qu'il était en train de rire : avec ses énormes dents on ne savait jamais. Il était très maigre lui aussi. Il avait demandé Histoire en premier et Pédagogie de l'histoire en deuxième. À cette époque il était totalement convaincu que si les Anglais n'avaient pas quitté La Havane en 1763, Elvis Presley serait peut-être né à Pinar del Río, autrement dit à River Pine City, ou je ne sais quelles autres conneries qu'il avait inventées. Il portait ces fameuses bottes de paysan pour aller à l'école, se balader le soir et faire la fête le samedi. Lui, il est évident que s'il était maigre, c'est qu'il n'avait pas le choix : chez lui on bouffait du câble, et c'est pas une image. C'était du câble pour de vrai, de ceux que rapportait le Goyo de son travail d'électricien réparateur. Il disait : des spaghettis de câble, du câble avec des pommes de terre, des croquettes de câble. Tamara a l'air sérieux même si, au fond, ça lui va peut-être mieux. Elle est plus… belle ? Une mèche châtain clair sur le front, indomptable, échappée, lui cachait toujours l'œil droit et lui donnait un air de… je ne sais pas moi, de l'Honorata de Van Gult. Et comme ça, si près de Dulcita, on dirait que Dulcita a toujours été mieux. Mais Tamara c'est différent, elle est plus que belle : elle est bonne, savoureuse, wouaah, aussi canon que quand la batte explose ou qu'il n'y a plus que Mahomet pour pouvoir intercepter la balle. Non, elle, on a envie de la manger petit bout par petit bout, avec ses fringues et tout, ai-je dit une fois au Flaco, même si après je devais passer une semaine à chier des chiffons. Avec elle, on avait aussi envie d'aller s'asseoir un après-midi sur du gazon bien tondu. Être seul avec elle, ne rien faire d'autre que poser la tête sur ses cuisses généreuses, allumer une cigarette, écouter le chant des petits oiseaux et être heureux. Elle avait marqué Stomatologie en premier et Médecine en deuxième choix. Quel dommage de la voir si sérieuse sur cette photo, alors que la future stomatologiste avait des dents qui, justement, n'auraient jamais besoin d'un stomatologiste. Le Conejo serait son premier client : quand je t'aurai collé sur un fauteuil, j'aurai mon doctorat rien qu'en essayant de redresser tes lames de hache, lui disait-elle. Moi, j'ai toujours le même visage craintif. Je suis à l'extrême droite, à côté de Tamara évidemment, comme chaque fois que je le pouvais. Regarde-moi ça : on coupait les pantalons aux genoux pour que nos vieilles puissent retourner la jambe ; on mettait en bas le genou, plus large, et on cousait le bas, plus étroit, au genou. C'était la seule façon d'avoir un pantalon un peu pattes d'éph', comme ça se faisait à l'époque. Et les tennis sans chaussettes, raccommodés à l'endroit des doigts de pied, qui ressortent et qui me trouent toujours les chaussures de sport au même endroit. Je souris aussi, mais c'est un rire forcé, comme ça, de côté, avec cet air affamé à faire peur. J'avais déjà des cernes et je devais être en train de me dire : je suis pas sûr qu'on va me donner Lettres, il n'y a presque pas de place cette année, j'ai un bon dossier mais c'est la loterie. Je devais avoir très envie de me jeter à l'eau et de dire qu'en deuxième choix je voulais Psychologie et pas Stomatologie. C'était la faute de Tamara si j'avais dit Stomatologie, parce que moi je supporte pas la vue du sang et tout ça. Peut-être qu'il vaut mieux Histoire comme le Conejo, je sais pas. Psychologie ? Là il y a des débouchés. Le problème, c'est que j'ai jamais su choisir, j'ai jamais été capable de faire un choix. Quel bordel, toujours, pour me décider ! C'est logique que je n'aie pas très envie de rire sur cette dernière photo qu'on a prise de nous, alors qu'on descendait le perron du lycée, à la veille des examens de fin d'études qu'on allait tous réussir, parce qu'en terminale personne n'est jamais recalé, enfin, s'il n'y a pas un autre scandale Waterlycée et qu'ils nous collent pas des examens spéciaux rien que pour nous saquer, comme c'est arrivé aux terminales de l'année dernière, et à Dulcita elle-même qui est très intelligente mais qui redouble à cause de ça. Enfin bref, on allait tous réussir, sûr et certain. Au dos de la photo il y a « juin 1975 » et on était encore tous très pauvres – presque tous – et très heureux. Le Flaco est maigre, Tamara est plus que… belle ? Dulcita est comme les autres, le Conejo rêve de changer l'histoire et moi je serai écrivain, comme Hemingway. Le papier a jauni avec les années, un jour je l'ai mouillée, elle est abîmée dans un coin et quand je la regarde je ressens un énorme complexe de culpabilité parce que le Flaco n'est plus maigre et parce que derrière l'appareil photo, invisible mais présent, il y a toujours eu Rafael Morín.

Il appuya sur la sonnette quatre fois de suite, donna plusieurs coups sur la porte, cria « Y'a personne dans cette baraque ? » et se mit à sautiller sur place : la proximité des toilettes avait réveillé en lui une envie aiguë d'uriner, il n'en pouvait plus et recommença à frapper à la porte.

– J'ai faim, une faim de loup et je vais faire dans mon froc, dit le Conde avant de la saluer. Puis, courant presque, il l'embrassa sur le front avant de lui tendre le sien. C'était une habitude qui datait du temps où Carlos le Flaco était très maigre, et que le Conde passait ses journées dans cette maison. Ils jouaient au ping-pong, ils s'efforçaient avec un succès plus que douteux d'apprendre à danser et ils révisaient la physique le matin avant les examens. Mais Carlos le Flaco n'était plus maigre et il demeurait le seul pour s'entêter à continuer de l'appeler comme ça. Carlos le Flaco pesait à présent plus de deux cents livres et il mourait à petit feu dans un fauteuil roulant. En Angola, en 1981, il avait reçu une balle dans le dos, juste à la taille, qui lui avait détruit la moelle épinière. Aucune des cinq opérations qu'on lui avait fait subir depuis n'avait réussi à améliorer les choses et tous les jours le Flaco se réveillait avec une douleur nouvelle, un nerf mort ou un nouveau muscle immobile pour toujours.

– Mon Dieu, mon garçon, tu en as une drôle de tête, dit Josefa en le voyant sortir des toilettes. Elle lui offrit un verre à demi rempli de café.

– Je suis vidé, Jose, et j'ai une faim pas croyable – il lui rendit le verre après avoir avalé tout le café d'une seule gorgée.

Soulagé, la cigarette aux lèvres, il entra dans la chambre de son ami. Le Flaco se tenait dans son fauteuil roulant, devant la télévision. Il avait l'air préoccupé.

– Ils disent qu'on est en train d'arranger le terrain et qu'on va peut-être pouvoir jouer. S'il te plaît, non… pas ça, protesta-t-il en voyant la bouteille de rhum que son ami déballait.

– Il faut qu'on parle, frangin, et j'ai besoin de m'envoyer deux bonnes lampées de rhum. Si t'en veux pas…

– Putain, c'est toi qui vas avoir ma peau, dit le Flaco en commençant à tourner son fauteuil. Mets pas de glace dans le mien, ce Santa Cruz est vraiment bon.

Le Conde quitta la pièce puis revint, armé de deux verres et d'un tire-bouchon.

– Alors et toi, comment ça avance ?

– Je reviens juste de chez Tamara, Flaco, et je te jure, elle est mieux que jamais la salope. C'est pas qu'elle vieillit pas, mais elle s'améliore.

– Il y a des femmes comme ça. Tu aimerais toujours te marier avec elle ?

– Va te faire foutre. Il est drôlement bon ce rhum.

– Vas-y mollo aujourd'hui, mon pote, parce que t'as une sacrée gueule de merde.

– C'est la fatigue, la faim et aussi que je deviens chauve – il lui montra ses tempes et but à nouveau. Ben rien, notre homme n'a pas refait surface, on n'a pas la moindre putain d'idée de l'endroit où il a bien pu se fourrer ni de la raison pour laquelle il a disparu, ni s'il est vivant ou mort...

Le Flaco semblait toujours inquiet. Il jeta un coup d'œil à la télévision qui passait des vidéo-clips en attendant que la partie de base-ball commence. De tous les gens que le Conde connaissait, le Flaco était, encore beaucoup plus que lui-même, celui que le base-ball faisait le plus souffrir, et ce depuis l'époque où il était maigre et *centerfield* dans l'équipe du lycée. Les deux seules fois où le Conde l'avait vu pleurer, ç'avait été à cause du base-ball. C'étaient des pleurs théâtraux avec des grosses larmes et de la morve, qui paraissaient au-delà de toute consolation possible.

– La vie a de ces détours, finit par dire Carlos le Flaco en observant à nouveau son ami. Te voilà en train de rechercher Rafael Morín.

– Elle ne fait pas tant de détours que ça, Flaco, va pas croire. Lui, par exemple, il est resté exactement pareil, un salaud opportuniste qui a dû faire Dieu sait combien de coups tordus pour arriver là où il est aujourd'hui.

– Eh, c'est quand même pas tout à fait ça, tu sais, répliqua le Flaco après avoir allumé sa cigarette. Rafael savait parfaitement ce qu'il voulait et il a fait ce qu'il fallait pour l'obtenir. Il avait l'étoffe nécessaire pour ça, c'est pas pour rien qu'il a eu le meilleur dossier du lycée, et après de la section d'ingénierie industrielle. Quand je suis entré dans le génie civil on parlait déjà de ce type comme d'un phénomène de cirque. Quelle bête ce mec, une moyenne d'enfer depuis la première année.

– Tu vas pas te mettre à le défendre quand même ? demanda le Conde en essayant d'avoir l'air incrédule.

– Écoute-moi bien : okay, je sais pas ce qui s'est passé... Mais même toi, tu as beau être policier, tu ne le sais pas non plus. En tout cas, t'es complètement à côté de la plaque, mon vieux. Rafael était vraiment bon à l'école et tu vois, moi je suis persuadé que lui au moins il n'avait pas besoin des sujets quand il y a eu le scandale du Waterlycée.

Le Conde se passa la main dans les cheveux et ne put s'empêcher de sourire.

– Putain de merde, Flaco, le Waterlycée. Et moi qui pensais que personne ne se souvenait de ça.

– Tu sais, c'est parce qu'on en parle, sinon j'avais oublié, dit le Flaco en versant un peu plus de rhum dans son verre. Mais maintenant que tu m'as mis deux thunes dans le bastringue… Eh, dis-donc, Miki est passé ici dans l'après-midi. Il est venu me voir parce qu'il part en Allemagne et qu'il voulait savoir si j'avais besoin de quelque chose. Au passage, il m'a demandé de lui prêter dix pesos. Je lui ai parlé de toute cette histoire à propos de Rafael et il a dit qu'il fallait absolument que tu le voies.

– Pourquoi, il sait quelque chose ?

– Non, c'est moi qui le lui ai appris et c'est là qu'il m'a dit ça, qu'il fallait que tu le voies. Tu sais bien que Miki a toujours aimé faire des mystères.

– Alors comme ça, Rafael est sorti blanchi du Waterlycée ?

– Allez, bois encore un coup… ça va peut-être te remettre les idées en place. Oui, lui il n'a pas eu d'emmerdes parce que quand on a balancé le directeur, il était déjà à l'université. Par contre, celui qui a bien failli payer les pots cassés, c'est Armandito Fonseca, le type qui était président de la FEEM cette année-là.

– Bien sûr, bien sûr, la merde est passée tout près de lui mais ne l'a pas éclaboussé. Est-ce que c'est pas exactement ce que je dis ?

Le Flaco secoua la tête, comme pour signifier : Tu es incorrigible, toi. Mais il répliqua :

– Allez, arrête, Conde, tu sais même pas s'il était vraiment mêlé à tout ça. En tout cas, on ne l'a pas accusé d'avoir trafiqué les notes, d'avoir eu les sujets, ni rien de tout ça. Toi, ça t'a toujours fait chier qu'il se soit tapé Tamara alors que tu devais te contenter de te branler en pensant à elle.

– Et toi, tes ampoules aux mains, c'était à force de désherber la cour peut-être ?

– Et ça te faisait aussi vachement chier, je le sais parce que tu me l'as dit un jour, de plus pouvoir travailler dans la bibliothèque du vieux Valdemira parce que Rafael se l'était appropriée…

Conde se leva et avança vers Carlos le Flaco Il tendit son index et l'appuya entre les sourcils de son ami.

– Dis-donc, t'es du côté des Indiens ou des cow-boys ? Dis-toi bien que si je chie pas sur ta mère, c'est parce qu'elle est en train de me faire à manger, mais toi, je t'emmerde dans les grandes largeurs. Depuis quand tu te mets à jouer les Jimini Criquet, hein ?

– Celui-là, qu'il aille se faire mettre par où ça fait mal, conclut le Flaco. Il donna une claque sur le bras du Conde et éclata de rire. C'était un rire total, qui venait de l'estomac et secouait tout son corps énorme, mou et presque inutile, un rire profond et viscéral qui menaçait de mort le fauteuil roulant, qui pouvait abattre les murs, jaillir dehors, tourner au coin des rues, ouvrir des portes et provoquer également le rire du lieutenant, le faire tomber le cul sur le lit, et l'obliger à boire une autre gorgée de rhum pour calmer sa quinte de toux. Ils riaient comme si, en cet instant même, ils venaient de découvrir le rire. Josefina, attirée par le vacarme, les regardait depuis la porte de la chambre. Sur son visage, derrière le léger sourire, il y avait une profonde mélancolie : elle aurait donné n'importe quoi, sa propre vie, sa santé qui commençait à se détraquer, pour que rien ne soit arrivé et que ces deux hommes en train de rire redeviennent les gamins qui riaient toujours comme ça, même sans raison, rien que pour le plaisir.

– Bon, ça suffit maintenant, ordonna-t-elle en entrant dans la chambre. On va manger, il est presque neuf heures.

– Oui, ma vieille chérie, je crève de faim, répondit le Conde en se dirigeant vers le fauteuil roulant du Flaco.

– Attends, attends, demanda Carlos au moment où le programme musical de la télévision s'interrompit et que le visage trop souriant de la speakerine apparut.

– Chers téléspectateurs, commença la femme qui voulait avoir l'air enthousiaste, très heureuse de ce qu'elle allait dire, les conditions sont presque réunies au stade Latinoamericano pour que le match *Industriales-Vegueros* puisse débuter. En attendant l'engagement de cette passionnante partie, nous continuons à vous offrir un programme musical.

Elle s'arrêta, adopta le sourire figé de circonstance et le conserva stoïquement jusqu'à ce que le vidéo-clip d'une autre chanson d'un autre chanteur que personne n'avait envie d'entendre occupe le petit écran.

– Pff, allons-y, soupira le Flaco. Son ami poussa le fauteuil roulant vers la salle à manger. Tu crois que les *Industriales* peuvent faire quelque chose ?

– Sans Marquetti ni Medina, et avec Javier Méndez blessé ? Alors là, je les vois sacrément mal barrés, mon bonhomme – jugea le Conde. Son ami hocha la tête, inconsolable. Il souffrait avant et après chaque partie, même quand les *Industriales* gagnaient, parce qu'il pensait que s'ils gagnaient celle-là, ça augmentait les chances qu'ils perdent la suivante. Cela représentait une souffrance sans fin, malgré toutes les promesses d'être moins fanatique et d'envoyer chier le base-ball. C'est plus comme avant, disait-il, comme du temps de Capiró, Chávez, Changa Mederos et de ces mecs-là. Mais ils savaient tous les deux qu'ils restaient incurables, et que le plus atteint était toujours Carlos le Flaco.

Ils s'approchèrent de la table et le Conde détailla ce que leur offrait Josefina : les haricots noirs, classiques, épais ; les tranches de porcs panées, bien grillées et pourtant juteuses, comme l'exigeait la règle d'or de l'escalope ; le riz s'égrenant légèrement dans le plat, très blanc et tendre comme une jeune vierge ; la salade de crudités, composée avec art dans une combinaison soignée de couleur verte, rouge et du doré des tomates mûrissantes ; les bananes vertes à foison, frites et tout simplement magnifiques. Sur la table, une nouvelle bouteille de vin roumain, rouge, sec, presque parfait dans la catégorie piquette.

– Jose, mon Dieu, qu'est-ce que c'est que tout ça ? dit le Conde tandis qu'il mordait dans une banane frite et brisait l'harmonie de la salade en volant une rondelle de tomate. Que celui qui parle de boulot maintenant soit frappé par la peste – avertit-il. Il forma une montagne de nourriture dans son assiette, bien décidé à faire, d'un seul coup, le petit-déjeuner, le déjeuner et le dîner de cette journée qui lui avait semblé interminable. – Ou par n'importe quoi d'autre d'ailleurs. Et il engloutit.

Mario Conde était né dans un quartier bruyant et poussiéreux qui, selon la chronique familiale, avait été fondé par son arrière arrière-grand-père paternel. C'était un insulaire frénétique qui avait préféré cette terre stérile, éloignée de la mer et des fleuves, pour construire sa maison, fonder sa famille et attendre la mort loin de la justice qui le recherchait encore à Madrid, à Las Palmas et à Séville. Le quartier des Conde n'avait jamais connu ni la prospérité ni l'élégance, et cependant il s'était mis à grandir au rythme géométrique de la lignée du Canarien escroc et absolument plébéien qui s'était follement amouraché de son nouveau nom et de sa femme cubaine... Celle-ci lui avait donné dix-huit enfants auxquels il avait fait jurer, chacun à son heure, qu'ils auraient à leur tour pas moins de dix enfants et que même les filles donneraient à leurs rejetons, comme premier nom de famille, ce nom de Conde qui les rendrait différents dans le quartier. Quand Mario avait eu trois ans et que, pour la première fois, son grand-père Rufino Conde lui avait raconté les aventures de pépé Teodoro et ses désirs ardents de fondateur, l'enfant avait également appris que le centre de l'univers peut résider dans une enceinte destinée aux combats de coqs. Le base-ball avait été un vice acquis par pure contagion de quartier, alors que les coqs avaient constitué un plaisir endémique. Son grand-père Rufino, éleveur, entraîneur et participant acharné de combats de coqs, l'avait traîné dans tous les enclos et les enceintes du coin, et lui avait enseigné l'art de dresser un coq pour qu'il ne perde jamais : premièrement, en le préparant avec le plus loyal et sportif des soins, le soin qu'on pourrait dispenser à un boxeur, et ensuite en l'enduisant d'huile juste au moment de le mettre dans la sciure de la lice, afin de le rendre insaisissable par l'adversaire. La philosophie du grand-père Rufino : « Ne joue jamais si tu n'es pas certain de gagner », avait donné au garçon la satisfaction de voir ce coq, qu'il avait connu alors qu'il n'était encore qu'un œuf quelconque, ne mourir que de vieillesse après avoir gagné trente-deux combats et sailli un nombre incalculable de poules, autant ou parfois plus racées que lui. En ces temps légers d'école le matin et de travail avec les coqs l'après-midi, Mario Conde avait en plus appris le sens du mot amour : il avait aimé son grand-père et s'était senti malade de chagrin lorsque le vieux Rufino Conde était mort, trois ans après l'interdiction officielle des combats de coqs.

Une fois satisfaite l'envie pressante d'eau froide qui l'avait sorti du lit, le Conde commença cette matinée du dimanche en évoquant avec plaisir le souvenir de son grand-père. Le dimanche, c'était le jour des combats dans les enceintes les plus fréquentées du public. C'est pour des raisons comme celle-là qu'il aimait le dimanche matin. Pas l'après-midi, interminable et vide après la sieste, quand il se sentait fatigué et encore somnolent jusqu'au soir ; pas non plus le soir, où tout était bondé. La maison du Flaco demeurait son éternel refuge. Mais quelque chose en particulier rendait le dimanche soir dense et ennuyeux : il n'y avait même pas de match de base-ball et la menace palpable du lundi entravait l'éventualité de s'accrocher à une bouteille de rhum. Ce n'était pas le cas du matin. Le dimanche matin, les gens du quartier flânaient dans les rues en effervescence, comme dans cette nouvelle qu'il avait écrit lorsqu'il était au lycée. On pouvait parler avec tout le monde. Les amis et les parents qui vivaient ailleurs venaient toujours voir la famille, et il devenait même possible de monter une équipe de base-ball à main nue : on finissait les doigts enflés, haletant pour arriver à la première base. On pouvait encore organiser une partie de dominos, ou simplement discuter au coin de la rue, jusqu'à ce que le soleil chasse tout le monde. Mario Conde, mû par un sentiment ancestral qui échappait à la raison, et du fait du nombre de dimanches qu'il avait passé avec son grand-père Rufino ou avec sa bande de vauriens joueurs de base-ball, jouissait comme aucun de ses amis de cette oisiveté dominicale dans le quartier. Après avoir pris son café, il sortait acheter le pain et le journal ; généralement, il ne rentrait pas avant l'heure tardive du déjeuner. Les femmes de sa vie n'avaient jamais compris ce rituel immuable et contrariant : mais enfin il n'y a pas moyen que tu passes un seul dimanche à la maison ! protestaient-elles. Avec la quantité de choses qu'il y a à faire. Mais le dimanche, c'est pour le quartier, leur disait-il sans laisser place à la discussion. C'est la réponse qu'elles reprenaient lorsque, plus tard, un ami demandait : Et Conde, il est sorti ?

Ce dimanche-là, il se leva avec la soif d'un dragon dont le feu viendrait de s'éteindre et le souvenir de son grand-père en tête. Il sortit sous le porche après avoir déposé la cafetière sur le fourneau. Il portait encore son pantalon de pyjama et un vieux manteau molletonné ; il observait les rues, plus tranquilles que certains autres dimanches, à cause du froid. Le ciel s'était dégagé pendant la nuit, mais une brise gênante et coupante soufflait. Il calcula qu'il devait faire moins de seize degrés, et que ce serait peut-être la matinée la plus froide de l'hiver. Comme d'habitude, il regrettait de devoir travailler un dimanche. Il se souvint que ce jour-là il avait prévu de voir le Conejo et ensuite de déjeuner chez sa sœur. De la main il salua Cuco, le boucher : Comment va la vie, mon petit Conde ? lui aussi avait du travail en ce dimanche matin.

Le café jaillissait du ventre de la cafetière comme de la lave. Conde s'en prépara un pot avec quatre petites cuillères de sucre. Il attendit que la cafetière ait filtré tout le liquide, le versa dans le pot et le remua lentement, pour jouir de son parfum amer et chaud. Ensuite il le remit dans la cafetière, pour finalement transvaser le café dans la Thermos et s'en servir un bol. Il s'assit dans la petite salle à manger et alluma une cigarette, la première de la journée. Il se sentit affreusement seul mais décida de mettre ses chagrins entre parenthèses en commençant à réfléchir à ce qu'il allait faire de la liste des invités du vice-ministre pour le réveillon du nouvel an. Il se doutait que quelques entrevues inévitables et délicates, du genre qu'il préférait ne pas faire, l'attendaient. Zoila n'avait pas encore été retrouvée, puisqu'on ne l'avait pas appelé du Commissariat. Ça fait quatre jours, comme pour Rafael. Il ne pourrait pas y travailler avant le lendemain matin, et cela l'empêchait de suivre une piste qu'il avait envie d'explorer maintenant. Rien ne devait être arrivé pour lui de la province, ni des garde-frontières qui l'auraient également contacté. Il n'y avait donc toujours aucune trace de cet homme atomisé. Et Dapena le Galicien ? Rien qui fasse pitié : tranquille, à Cayo Largo, le nez sur une paire de seins… Mais il y avait du pain sur la planche pour ce dimanche ; tout en buvant la tasse de café qui réveillait son palais et son intelligence, le lieutenant Mario Conde décida de se donner plus de temps pour réfléchir : il voulait penser comme Rafael Morín, même si, de sa vie, il n'avait envisagé une telle possibilité. Il devait ressentir ce qu'une personne comme lui pouvait ressentir, aimer ce que lui aimait – ça c'était plus facile –, pour avoir ne serait-ce qu'une idée sur cette disparition insolite. Mais il n'y parvint pas. Rafael n'était pas l'un de ces délinquants avec lesquels il travaillait tous les jours, et ça le bloquait. Il préférait les magouilleurs créoles, les trafiquants de n'importe quoi, les revendeurs du plus insoupçonnable, et les receleurs des marchandises les plus extravagantes. Il les connaissait et savait qu'il existe toujours une logique pour orienter l'enquête. Là non : là je suis complètement paumé, se dit-il. Il écrasa son mégot dans le cendrier, décréta qu'il était temps à présent d'appeler Manolo et de sortir, en ce dimanche qui s'annonçait absolument parfait pour discuter au coin de la rue, prendre un peu le soleil et écouter les vieilles histoires de ses vieux amis, maintes et maintes fois entendues.

Il se servit une seconde tasse de café, moins grande, remercia son estomac de ne pas l'avoir encore puni en lui collant un ulcère, alluma une nouvelle cigarette avant de se diriger vers sa chambre tout en se félicitant de la qualité de ses poumons. Il s'assit sur le lit, près du téléphone, et contempla la danse solitaire et circulaire de Rufino, son poisson combattant. Il regarda alors la chambre vide et sentit que lui aussi tournait en rond, en essayant de trouver la tangente qui le sortirait de ce cercle infini d'angoisses.

– Mon pauvre Rufino, on est sacrément nases, constata-t-il. Il composa le numéro de Manolo et écouta la sonnerie. Allô, fit une voix de femme lorsqu'on décrocha.

– Alina ? C'est moi, Conde, comment allez-vous ? demanda-t-il avec appréhension. Il connaissait parfaitement les préoccupations communicatives de cette femme et avant qu'elle ait pu lui répondre il anticipa : Votre fils est déjà levé ? Dites-lui de venir au téléphone, que je suis pressé.

– Ah, Manolito. Écoute, Conde, il est resté chez Vilma, la petite amie qu'il a en ce moment, tu…

Sacré petit malin, eut-il envie de lui dire, mais il opta pour le plus simple :

– Écoutez, Alina, soyez gentille de l'appeler et de lui demander de venir me chercher dans une demi-heure, c'est urgent. D'accord ? À plus tard et merci, Alina. Il raccrocha dans un soupir.

Il termina lentement son café. Il était fasciné par la facilité avec laquelle Manolo changeait de petite amie et parvenait à les convaincre de le laisser dormir tout de suite chez elles. Lui, de son côté, traversait une longue passe de solitude et sans le vouloir, il pensa à Tamara. Il se la représenta dans ce survêtement si moulant, et dans cette robe jaune qui laissait voir sa culotte ; elle était appétissante. Peut-être le Vieux et Manolo avaient-ils raison : il devait faire attention. Il se dit qu'il aurait souhaité ne jamais la revoir, ne plus reparler avec elle, la maintenir loin de son esprit et éviter les frustrations comme celle de la nuit dernière. Même les quatre verres qu'il s'était enfilés avec le Flaco n'avaient pas émoussé son désir. Il avait fini cette interminable journée en se masturbant en l'honneur de cette femme impardonnable. C'est seulement alors qu'il avait pu trouver le sommeil.

C'est de là que vient Rafael Morín, se dit-il tout en se dirigeant vers la porte du fond. La gloire et la peinture avaient oublié depuis très longtemps cette grande bâtisse de la Calzada de Diez de Octubre, qui était devenue étouffante, tombant en ruine. Chaque pièce de l'ancienne demeure avait été transformée en appartement indépendant, avec une buanderie et des toilettes communes au fond, des murs écaillés et graffités de génération en génération, une odeur persistante de gaz et un long fil à linge pris d'assaut en ce dimanche matin. Le sommet et l'abîme, commenta Manolo. Il avait raison. Cette maison collective sombre et soumise à la promiscuité semblait si éloignée de la résidence de la rue Santa Catalina qu'on pouvait penser que des océans et des montagnes, des déserts et des siècles d'histoire les séparaient. Mais c'était sur cette rive que Rafael Morín avait vu le jour, au numéro 7, là-bas au bout, près des toilettes communes et de la buanderie, occupée en ce moment par deux femmes qui ne craignaient ni le froid ni les autres contingences de la vie.

Ils les saluèrent et frappèrent à la porte du 7. Elles les regardèrent. Elles connaissaient leur monde et remarquèrent qu'ils avaient l'allure de policiers. Elles étaient sans doute au courant de la disparition de Rafael et ne revinrent à leur linge que lorsque la porte s'ouvrit.

– Bonjour, María Antonia, dit le lieutenant.

– Bonjour, répondit la vieille femme. Dans ses yeux on lisait la méfiance des animaux traqués. Le Conde savait qu'elle n'avait guère plus de soixante ans, mais la vie l'avait tellement malmenée qu'elle en paraissait quatre-vingts. Années douloureusement vécues, et qu'elle n'avait que peu d'envie de continuer à accumuler.

– Je suis le lieutenant Mario Conde – il montra sa plaque –, et lui, c'est le sergent Manuel Palacios. Nous sommes chargés de l'affaire concernant votre fils.

– Entrez, je vous en prie, et ne faites pas attention au désordre, c'est que vous me surprenez comme ça…

La pièce était plus petite que la bibliothèque du père de Tamara, et pourtant il y avait un lit double, une vitrine, une commode, un fauteuil, un tabouret, un téléviseur couleur posé sur une petite table en fer. On avait tendu un rideau près du téléviseur, et le Conde pensa que ça donnait certainement sur la cuisine ou peut-être sur une salle de bains privée. Il chercha le désordre annoncé, mais n'aperçut guère qu'un chemisier étalé sur le lit, un sac de toile, et le carnet de tickets de rationnement posé sur la commode. Dans un coin de la pièce, sur un piédestal en bois, une Vierge de la Caridad del Cobre recevait la lumière d'une bougie bleue agonisante.

Le Conde s'était assis sur le tabouret, Manolo occupait le fauteuil et María Antonia s'installa au bord du lit en leur demandant :

– Il y a des mauvaises nouvelles ?

Le Conde l'observa. Il se sentit gêné et peiné : la vie de cette malheureuse femme devait tourner autour des succès de son fils, et l'absence de Rafael lui volait peut-être l'unique sens qu'elle pouvait donner à son existence. María Antonia avait l'air très fragile et très triste, à tel point que le Conde se surprit à être gagné par sa tristesse. Il eut envie d'être très loin d'ici, là, tout de suite.

– Non, María Antonia, il n'y a pas de nouvelles, répondit-il finalement en réprimant son envie de fumer. Il n'y avait pas de cendrier dans la pièce. Il choisit de jouer avec son stylo.

– Qu'est-ce qui se passe ? s'enquit-elle, bien qu'en réalité elle se parlât à elle-même. Comment est-ce possible, comment est-ce possible ? Qu'est-ce qui peut bien être arrivé à mon fils ?

– Madame, commença Manolo en se penchant vers elle, nous faisons tout notre possible et c'est pour ça que nous sommes venus vous voir. Nous avons besoin que vous nous aidiez. D'accord ? Quand avez-vous vu votre fils pour la dernière fois ?

La femme cessa de hocher la tête et regarda le sergent. Peut-être le trouvait-elle bien jeune. Elle frotta délicatement ses mains longues et osseuses. La pièce était humide et le froid poisseux.

– Le 31 à midi, il est venu et m'a apporté mon cadeau, ce parfum qui est là – elle désigna l'inimitable flacon de Chanel N°5 sur la commode –, il savait que les parfums, c'est la seule chose que j'aime, et il m'en offrait toujours. Pour la fête des mères, pour mon anniversaire, pour les étrennes. Il disait qu'il voulait que je sente meilleur que quiconque dans le quartier, vous voyez un peu… Et le soir il m'a téléphoné à côté, chez une voisine, pour me souhaiter la bonne année. Il était à son réveillon et il devait être quelque chose comme minuit moins dix. Il m'appelait toujours, où qu'il soit. L'année dernière il m'a appelée du Panamá, oui, je crois que c'était du Panamá.

– Est-ce qu'il a déjeuné avec vous ? continua Manolo en bougeant ses fesses maigres jusqu'à les placer au bord du fauteuil. Il aimait les interrogatoires et quand il posait ses questions, il se voûtait, comme un chat qui hérisse l'échine.

– Oui, je lui ai fait une *fabada*, il adorait ça, et il disait que ni sa femme ni sa belle-mère ne la font comme moi.

– Et vous l'avez trouvé comment ? Il était comme d'habitude ?

– Qu'est-ce que vous voulez dire, camarade ?

– Rien, María Antonia… Ce qu'on veut savoir, c'est si vous l'avez trouvé un peu nerveux, préoccupé, différent.

– Il était pressé.

– Pressé ? Il n'est pas venu passer l'après-midi avec vous ?

La vieille femme leva les yeux vers l'image de la Vierge puis se frotta les jambes, comme si elle essayait de soulager une douleur. Elle avait les mains blanches et les ongles très propres.

– Il était toujours pressé, avec ses histoires de travail. Il m'a dit : Tu vas peut-être pas le croire, ma petite maman, mais il faut que je passe l'après-midi à l'entreprise. Il est parti vers deux heures.

– Et il était nerveux, préoccupé ?

– Écoutez, camarade, je connais très bien mon fils, c'est pas pour rien que je l'ai mis au monde et que je l'ai élevé. Il a mangé la *fabada* vers une heure, on a fait la vaisselle ensemble et ensuite on s'est allongés sur le lit pour discuter, comme on faisait toujours. Il aimait s'étendre sur ce lit, le pauvre, il était tout le temps fatigué, il avait toujours sommeil et il avait les yeux qui se fermaient quand on parlait.

– Et à quelle heure il est parti ?

– Vers deux heures. Il s'est passé de l'eau sur le visage et m'a dit que ce soir-là il allait à une réception, qu'il avait beaucoup de travail. Il m'a donné deux cents pesos. Pour que tu t'achètes quelque chose pour le nouvel an, il m'a dit. Il est allé se laver les dents, s'est peigné, m'a embrassée et il est parti. Il a été tendre avec moi, comme d'habitude.

– Il vous donnait toujours de l'argent ?

– Toujours ? Disons parfois…

– Est-ce qu'il vous a parlé d'un éventuel problème avec sa femme ?

– Lui et moi, on parlait jamais de ça. C'était comme un pacte.

– Un pacte ? questionna Manolo en se penchant encore plus dans le fauteuil. Le Conde se demanda : où est-ce que tout ça va nous mener ?

– C'est que moi je n'ai jamais aimé cette fille. C'est pas qu'elle ait fait quoi que ce soit, non, et je n'avais rien de spécial contre elle, mais je crois qu'elle n'a jamais été avec lui comme on doit l'être avec un mari. Elle avait même une bonne à tout faire… Vous m'excusez, ce sont des histoires de famille, mais je pense qu'elle a toujours été très égoïste.

– Et que vous a-t-il dit en partant ?

– Il m'a parlé de son travail, des choses habituelles, et m'a recommandé de faire attention à moi… Il m'a mis de ce nouveau parfum qu'il m'a offert. Il était comme ça, très gentil, et c'est pas parce que c'est mon fils, je vous jure que non, vous pouvez demander à n'importe lequel des anciens voisins d'ici, et tout le monde vous dira la même chose : il est devenu quelqu'un de bien, mieux que ce qu'on pouvait espérer. C'est pas un bon quartier, ça non, c'est moi qui vous le dis, moi je suis venue ici alors que j'étais encore célibataire et je suis encore là. C'est ici que je me suis mariée, que j'ai eu Rafael, que je l'ai élevé toute seule en me saignant aux quatre veines et, vous m'excuserez, je ne sais pas ce que vous en pensez, mais Dieu et cette Vierge m'ont aidée à en faire un homme de bien. On n'a jamais eu besoin de me téléphoner de l'école et là, dans ce tiroir, il y a plus de cinquante diplômes qu'il a obtenu quand il était étudiant, son titre d'ingénieur et son titre de major de sa promotion. Lui tout seul. Est-ce qu'il n'y a pas de quoi être fière de son fils ? Fière de savoir que l'attendait un destin aussi différent du mien ou de celui de son père, qui n'a jamais été plus loin que plombier… Je sais pas de qui cet enfant tenait une telle intelligence. Fière de savoir qu'il progressait, qu'il ne vivait plus dans une maison collective, qu'il avait sa propre voiture, qu'il voyageait dans des endroits dont je ne savais même pas qu'ils existaient, et que c'était quelqu'un dans ce pays… Mon Dieu, qu'est-ce qui se passe ? Qui peut bien vouloir faire du mal à Rafael alors que lui, il n'en a jamais fait à personne, à personne ? Ça a toujours été un bon révolutionnaire, depuis tout petit, je me souviens qu'au collège on lui donnait des responsabilités et qu'il a souvent été président, au lycée aussi, et à l'université. Personne ne l'a aidé au ministère, il avait pas de piston, ça c'est sûr, c'est lui tout seul, en travaillant beaucoup, petit à petit, qui est arrivé là où il est arrivé. Et maintenant voilà ce qui se passe… Mais non, Dieu ne peut pas me punir ainsi, on mérite pas ça, ni mon fils ni moi. Qu'est-ce qui se passe, camarades, dites-le moi, expliquez-moi ? Qui peut bien vouloir faire du tort à mon fils ? Qui peut bien lui avoir fait du mal ? Mon Dieu…

Je crois qu'il restait encore deux ou trois semaines avant la fin des cours, après c'était les examens et ensuite on serait en deuxième année de lycée, autant dire en troisième année, c'est-à-dire déjà à l'université et plus personne n'allait nous faire chier avec les « pas de pattes, pas de moustaches non plus, tout le monde bien rasé » et ce genre de trucs qui vous enlèvent toute envie d'être au lycée, même si vous adorez aller au lycée, être avec les gens du lycée, avoir une nana au lycée, etc. Le pire, c'est ça : vouloir que le temps passe vite. Pourquoi faire ? Et on était en rang dans la cour, en plein mois de juin, le soleil nous tannait la couenne. Le directeur a dit que nous devions gagner tous les drapeaux du concours de l'Émulation, que nous serions le lycée le plus remarqué de La Havane, du pays, presque de l'univers, parce que nous avions été les meilleurs dans le travail au champ, que nous avions gagné les jeux Interlycées, deux prix au Festival national des amateurs, que la promotion devait dépasser les 90 pour cent de réussite, et que maintenant personne ne pourrait plus nous enlever la première place. Nous, on a applaudi, hourra ! hourra ! on a crié, et on s'est dit qu'on était des bêtes, que personne ne pouvait nous battre. Et, a ajouté le directeur, il y a une autre bonne nouvelle : deux camarades du lycée avaient gagné des médailles au Concours national de mathématiques, hourra ! hourra ! encore des applaudissements, ce cher camarade Fausto Fleites, hourra ! hourra ! médaille d'or dans la catégorie des secondes, et hourra ! hourra ! le camarade Rafael Morín, médaille d'argent dans la catégorie des terminales. Fausto et Rafael sont montés sur l'estrade des discours, en super-champions, saluant les bras levés, souriants, évidemment, ils avaient démontré qu'ils étaient des vrais cracks. Tamara applaudissait encore alors que presque plus personne n'applaudissait, et elle sautillait de satisfaction. Le Flaco m'a dit : eh mec, c'est du cinoche ou est-ce qu'elle ne s'y attendait vraiment pas, la petite chérie ? Mais si, elle devait le savoir, sauf qu'elle était trop contente, comme si elle venait de l'apprendre, avec ces petits sauts qui lui agitaient les fesses, que l'on distinguait bien, malgré cette jupe ample et longue qu'elle portait, plutôt du genre tue-l'amour. Rafael s'est approché du micro et j'ai soufflé à Flaco : prépare-toi, mon bonhomme, avec le soleil qu'il fait et vu comme il aime parler… Mais non, je m'étais trompé, je me trompe presque toujours : il a dit que Fausto et lui dédiaient ces prix au groupe des professeurs de mathématiques et à la direction du lycée, mais il s'est quand même débrouillé pour exhorter les élèves à réaliser le meilleur effort pour les examens de fin d'année, afin de garder la tête du concours de l'Émulation et tout le tremblement. Pendant qu'il parlait, je le regardais en pensant que quand même, ce type était une vraie bête, super-intelligent, vachement mignon, beau parleur, avec Tamara comme nana, bien propret, des vêtements toujours impeccablement repassés… Je me suis dit, putain, je crois que je suis jaloux de ce salaud !

– Qu'est-ce que tu en penses, mon pote ? demanda Manolo tandis qu'il démarrait le moteur et que le Conde fumait jusqu'aux ultimes conséquences la cigarette qu'il n'avait pas osé allumer chez María Antonia.

– On va au Commissariat pour discuter avec le Vieux et voir si on peut s'entretenir aujourd'hui même avec le vice-ministre en charge de l'entreprise, dit le Conde en regardant une dernière fois le couloir presque plongé dans les ténèbres qui conduisait à l'appartement où Rafael Morín était né. Pourquoi est-ce qu'il n'a pas trouvé le moyen de procurer une maison à sa mère ?

La voiture avançait dans Diez de Octubre vers Agua Dulce et Manolo accéléra dans la descente.

– C'est exactement ce que je me demandais. Pour moi, la vie de Rafael Morín ne colle pas avec cette maison-là.

– Ou ne colle que trop bien, non ? Maintenant, ce qu'il faudrait, c'est savoir ce qu'il a bien pu fabriquer l'après-midi du 31 décembre, si c'est vrai qu'il est allé à l'entreprise, et pourquoi il a dit à Tamara qu'il serait ici avec sa mère.

– Pour ça… il va falloir que tu parles avec Morín en personne ou que tu te trouves un sorcier pour lire dans les entrailles de poulet et t'indiquer la voie, fit le sergent en stoppant la voiture au feu rouge de Esquina de Toyo. Sur le trottoir d'en face, la queue pour l'incontournable pain dominical atteignait presque la longueur d'un pâté de maison. Regarde, Conde, au coin… c'est là qu'habite Vilma.

– Comment ça s'est passé hier soir ?

– Bien, bien, cette fille est une marrante. Figure-toi que je vais peut-être me marier et tout le tremblement.

– Mmm. Écoute, Manolo, cette histoire je la connais déjà par cœur… Moi ce que je te demandais, ça n'a rien à voir ni avec Vilma ni avec ta vie sexuelle, mais avec le travail, alors secoue-toi ! Si tu chopes le Sida avec toutes tes coucheries, j'irai te voir à la clinique une fois par mois et je t'apporterai des bons bouquins.

– Eh, maestro, qu'est-ce que t'as aujourd'hui ? Tu t'es réveillé les deux pieds sur l'accélérateur ?

– Doucement, toi ! Oui c'est ça, je me suis réveillé en surchauffe. J'en ai plein les couilles de Rafael Morín et quand j'ai entendu sa mère parler je me suis senti mal, comme si j'étais coupable de quelque chose…

– O.K., O.K., mais te fous pas en rogne contre moi, protesta le sergent en jouant les offensés. Écoute, Greco et Crespo sont sur le coup de Zoilita depuis hier soir et on a convenu qu'ils me tiendraient au courant ce matin à dix heures… ils doivent être en train d'attendre, là. J'ai aussi demandé un rapport sur les disparitions de ces deux dernières années qu'on va me remettre aujourd'hui à onze heures. On va voir si tout ça ressemble à une autre affaire du même genre. Enfin, je sais pas, Conde, mais ça, c'est un vrai délire.

– Quand on arrivera au Commissariat, tâche aussi de joindre le chef de la sécurité de l'entreprise au téléphone, pour vérifier que Rafael est bien allé là-bas l'après-midi du 31. Et si c'est le cas, qu'il nous arrange un rendez-vous avec la personne qui était de garde.

– D'accord. Je peux mettre de la musique ?

– Et cette antenne, d'où tu la sors ?

– Celui qui a un ami… – il haussa les épaules en souriant, puis alluma l'autoradio et chercha une station avec de la musique. Il en essaya deux ou trois et se décida finalement pour une chanson de Benny Moré. *Oh, vida*, chantait Benny de sa voix pure. Il devait s'agir d'une émission qui lui était consacrée.

– Il me semble que tu exagères, Conde, commenta Manolo pendant qu'ils écoutaient *Hoy como ayer*, à la hauteur de la Plaza de la Revolución. Que ça nous plaise ou non, c'est une affaire comme n'importe quelle autre et tu peux pas passer ta journée à te foutre sans arrêt en colère.

– Manolo, mon grand-père disait que celui qui naît âne meurt cheval… Et on est sur la bonne voie.

– Lieutenant, le major veut que vous alliez le voir dès votre arrivée. Il est là-haut, lui annonça l'officier de garde. Le Conde lui rendit son salut. Le dimanche matin, la placidité de la rue enveloppait également le Commissariat. Toutes les enquêtes de routine, celles qui n'avaient que trop traîné et dont on n'attendait plus rien, celles qui suivaient un cours normal, sans véritable complication, se voyaient suspendues ce jour-là. Les enquêteurs disparaissaient, laissant le Commissariat plongé dans une tranquillité artificielle. Idem pour les secrétaires, les administratifs, les spécialistes en information et en identification, pour les techniciens du laboratoire qui eux aussi prenaient leur journée de congé. Le Commissariat perdait pour vingt-quatre heures le rythme effréné et chaotique des autres jours de la semaine. Il n'y avait plus dans le bâtiment que les gardes de permanence et ceux dont l'enquête ne souffrait pas de délai. Il paraissait plus grand, plus sombre, moins humain en ces matinées dominicales, où l'on pouvait même entendre le murmure des pièces de domino avec lesquelles ceux qui étaient condamnés à monter la garde tentaient de distraire leur ennui. Seul le Vieux travaillait tous les dimanches depuis quinze ans : le major Rangel avait besoin que tous les fils des trames que tissaient ses subordonnés passent entre ses mains et il suivait chaque enquête en cours avec la véhémence d'un possédé, du lundi au dimanche. Le Conde savait que le message de l'officier de garde reflétait un besoin de son chef, plus qu'un ordre. Il demanda à Manolo d'aller chercher les rapports et de l'attendre dans la couveuse une demi-heure plus tard.

La paix dont jouissait l'immeuble le convainquit d'attendre l'ascenseur, les lumières indiquant qu'il descendait : quatrième, troisième, deuxième. La porte de l'appareil s'ouvrit comme le rideau que s'imaginait toujours le Conde, et il faillit se cogner contre l'homme qui en sortait.

– Maestro, vous n'avez pas l'intention d'aller vous reposer, un dimanche ?

Le capitaine Jorrín sourit en lui tapant sur l'épaule.

– Et toi, Conde ? Tu veux gagner un réfrigérateur ? lui demanda-t-il tout en le prenant par le bras et en l'obligeant à se diriger vers le département d'information. Conde voulut lui expliquer que le Vieux l'attendait, mais il se dit que le major pouvait bien patienter.

– Comment avance votre affaire, capitaine ?

– Je crois qu'elle avance bien, Conde, je crois qu'elle avance bien – et le vétéran Jorrín se mit presque à sourire. On a trouvé un témoin susceptible d'identifier l'un de ceux qui ont tué le gamin. Maintenant, on sait qu'ils étaient trois et assez jeunes, d'après le témoin. Là, on va faire le portrait-robot.

– Vous voyez, maestro, il y a toujours une lueur d'espoir, non ?

– Oui, toujours, mais ça ne résout pas tout… Tu imagines le tableau : on va finir par attraper les assassins et on va se rendre compte qu'ils ont moins de dix-huit ans … oui, mais voilà, ce sont déjà des assassins. C'est ça le véritable problème, ce n'est plus seulement un enfant battu à mort, il y en a aussi trois autres qui vont rester en prison quelques années, et qui ne deviendront jamais ce qu'ils auraient dû devenir. Ils ont tué…

Le Conde étudia les rides qui lézardaient le visage du capitaine Jorrín, tout en sentant sur son bras la pression désespérée de la main de cet homme qui avait passé la moitié de sa vie à pourchasser des criminels.

– Au début, j'ai cru que nous, on était comme les médecins, dit-il en le regardant dans les yeux. Qu'après un certain temps, on s'habituerait au sang.

– Non, ça, il faut souhaiter que ça ne nous arrive jamais. Ces choses-là, il faut que ça fasse mal, Conde. Et si un jour elles ne te font plus mal, alors va-t-en.

– Bonne chance, maestro, lança-t-il devant le département d'information. Il s'élança vers l'escalier.

La table de travail de Maruchi bénéficiait elle aussi du sortilège du dimanche : complètement propre, elle semblait abandonnée et triste, sans la fleur que la jeune femme apportait tous les jours. Près de la porte du bureau, il entendit la voix du major, frappa légèrement, et l'entendit répondre :

– Allez, entre !

Le Vieux se tenait derrière le bureau, en civil, avec un pull-over à rayures blanches et grises qui rehaussait le volume de ses pectoraux et laissait voir la puissance de son cou. Le major lui indiqua un siège des yeux et continua à parler au téléphone avec sa fille. Il s'était passé quelque chose, il lui disait : ne t'inquiète pas pour ça, Mirna, après tout… Bon, d'accord, appelle ta mère et dis-lui que je passe la prendre pour aller déjeuner avec toi, oui, ajouta-t-il, embrasse le petit, hein ? Oui, oui, bien sûr. Il raccrocha. Pendant toute cette conversation il avait employé une voix douce et chaude, incontestablement la plus agréable que le Conde lui connaissait, parmi les multiples voix de son ample répertoire.

– Quelle histoire, mon garçon, soupira le major après avoir récupéré son cigare, l'un des Davidoff 5000, allumé depuis peu. Une autre disparition : mon gendre. Mais lui, on sait où il est. Avec une minette de dix-neuf ans. Et dire que mon idiote de fille est toujours amoureuse de lui ! Tu y comprends quelque chose, toi ? Non, hein, et c'est bien pour ça que je crois que je ne prendrai jamais ma retraite. Ici on a toutes sortes d'histoires, de problèmes avec les gens, des appels d'en haut, des affaires pas piquées des hannetons, mais je préfère encore cet asile de fous plutôt que de rester chez moi et devoir me trouver au milieu de toutes les salades qu'il y a là-bas. Mon autre fille, Mirta, tu sais ce qu'elle veut ? Mais non, quelles conneries tu vas aller t'imaginer… À l'université, elle a fait la connaissance d'un Autrichien avec des cheveux jusque-là, qui fait le tour du monde en proclamant qu'il y a un trou dans la couche d'ozone et que la mer est pourrie. Elle prétend qu'elle va se marier avec lui, que c'est l'homme le plus sensible du monde et qu'elle le suivra n'importe où. Tu sais ce que ça veut dire, ça ? Allez, je veux même pas y penser, mais je te jure, Conde, qu'elle va pas se marier, ça non ! Et dire qu'en plus, c'est la honte avec mon gendre…

– Je croyais que les Autrichiens n'existaient plus. Tu avais déjà vu un Autrichien, toi ?

Le major observa son cigare.

– Non, en vérité, avant celui-là je crois que j'en avais jamais vu.

Le Conde sourit, et ne sachant pas très bien s'il pouvait oser, il s'aventura à dire :

– Écoute, dis à tes filles qu'ici on brade un lieutenant, célibataire et libre de tout engagement, beau garçon, intelligent et responsable, qui recherche sa moitié, et si c'est la fille du chef, c'est encore mieux.

– Ben voyons… fit le major qui ne sourit pas, il manquerait plus que ça… Eh, il fait froid, non ?

– Qui t'oblige à jouer au dur et à sortir en pull-over ?

– C'est que j'ai laissé mon manteau dans la voiture, je pensais pas que c'était à ce point. Et toi, comment ça avance ?

– Moyen.

– Qu'est-ce qui se passe ?

– Je ne sais pas bien encore. On a plusieurs indices, mais il n'y en a qu'un qui me paraisse solide : on ne sait pas où est allé Rafael Morín l'après-midi du 31. Il a dit à sa femme qu'il allait chez sa mère et à sa mère qu'il allait à l'entreprise. Sa secrétaire affirme que le dernier jour où ils ont travaillé, c'était le 30. On enquête aussi sur une certaine Zoila, qu'il connaissait et qui est introuvable depuis le 1er janvier. Par ailleurs, il semble qu'il y ait eu quelque chose entre Rafael et sa secrétaire.

– S'il a menti sur son emploi du temps de l'après-midi du 31 c'est parce qu'il avait quelque chose à cacher, même si ce quelque chose n'a rien à voir avec sa disparition.

– Hum, hum. Mais là, maintenant, ce que je veux, c'est parler à Alberto Fernández-Lorea, le vice-ministre. Si possible aujourd'hui. Je n'arrive pas non plus à me sortir le réveillon de la tête et j'ai donc besoin que tu l'appelles.

– Fais-le toi-même, non ?

– Je préfère que ce soit toi. N'oublie pas que je ne suis qu'un triste policier, comme on m'a dit hier, et que lui il est vice-ministre.

Le major se cala sur sa chaise et commença à se balancer. Il tira sur son cigare, exhala la fumée bleue et ondulante. Il se régalait. Pendant ce temps, Mario Conde rapprocha de lui l'un des téléphones du major et commença à composer un numéro.

– Tiens, ça sonne chez Fernández – il lui tendit le combiné. Le major souffla en se résignant à l'inévitable.

– Je crois qu'il n'y a personne – il allait renoncer quand, s'apprêtant à reposer le combiné sur son socle, il dut suspendre son mouvement et dire : oui, allô, je suis bien chez le camarade Fernández-Lorea ? Recevant une réponse affirmative, il expliqua qu'on avait besoin de lui parler, oui, aujourd'hui même si cela ne vous dérange pas… Bien sûr… Dans une heure ?… D'accord, oui, à plus tard et merci beaucoup. Le lieutenant Mario Conde. Oui, et il raccrocha.

– Satisfait ?

– Transmets mon message à tes filles, plaisanta le Conde. Il se leva en rajustant son pistolet.

– Appelle-moi ce soir chez moi pour me dire s'il y a de nouveau, lui demanda le major sur un ton indubitablement autoritaire. Bonne chance, ajouta-t-il en contemplant à nouveau la cendre admirablement pure de son Davidoff.

Le Conde descendit jusqu'au deuxième étage et pénétra dans son box. Le sergent Manuel Palacios l'attendait, assis sur une chaise, derrière son bureau.

– Rien du côté des disparitions, Conde. Dans tous les cas, ce sont soit des fous soit des vieux, des maris ou des femmes qui ont pris la tangente, des adolescents fugueurs, des enfants enlevés par des parents divorcés et seulement un cas, en octobre, d'une femme séquestrée par un amoureux éconduit. Et il n'y a qu'une seule disparition non élucidée : un gamin de vingt-trois ans disparu depuis avril de l'année dernière, mais on le soupçonne d'avoir essayé de quitter le pays par des moyens assez rudimentaires, expliqua Manolo. Le dégoût transparaissait dans sa voix et dans son regard. J'ai aussi parlé avec le chef du service de sécurité de l'entreprise, et par chance, c'est sa femme, qui travaille aussi là-bas, qui était de garde entre midi et huit heures du soir. Rafael Morín ne s'est pas rendu là-bas. Il y a quand même eu une visite… René Maciques.

– Notre ami Maciques… Et à propos de Zoilita ?

– Ça, c'est une autre paire de manches. D'après ce que Greco et Crespo ont trouvé, il semble que la petite soit un joli petit berlingot qui sait parfaitement que les gens aiment les sucreries. On ne sait toujours pas où elle peut bien s'être fourrée, mais ça va pas être facile, parce que bon… c'est une sacrée petite garce, fichée comme pute, mais sans casier. Difficile, elle peut tout aussi bien se trimballer avec un Mexicain, avoir mis le grappin sur un Bulgare, être partie vivre pendant quelque temps au Fosca, ou passer quinze jours à l'hôtel International de Varadero. Tous ses petits amis ont des voitures, de l'argent et une bonne situation. Tu vois ce que je veux dire. Et quand elle en a marre, elle fait des assiettes en céramique et d'autres objets de décoration… Elle est assez douée, à ce qu'il paraît. Le jour où elle est partie, on dirait que personne ne l'a vue, on ne sait pas non plus ce qu'elle a fait pour le nouvel an. Elle n'apparaît sur les registres d'aucun hôtel et son frère ne sait rien à son sujet.

Le Conde écouta les aventures et les goûts de Zoilita en se disant qu'il aimerait beaucoup lui parler. Il se leva et se dirigea vers la fenêtre.

– Il faut qu'on la trouve. Je ne sais pas, mais j'ai comme l'intuition que notre nymphette a pas mal à voir avec Rafael Morín.

– On lance un avis de recherche ?

– Oui, qu'on me la sorte de sous terre ou de sous un type ou de n'importe quel putain d'endroit où elle est allée se fourrer, exigea le Conde. Il pensa à nouveau à Tamara. Qu'elle aille se faire foutre, Tamara ! se dit-il en se souvenant qu'il fallait qu'il discute avec Miki-les-belles-minettes à un moment ou l'autre de la journée. De la fenêtre, il voyait le ciel limpide et bleu. Il finit par s'adresser à Manolo : Allez, donne l'ordre de lancer un avis de recherche. On se retrouve en bas. Un vice-ministre nous attend.

Il vivait à l'angle de 7 et de 138, dans un bâtiment de trois étages à la façade de briques rouges dont les grands balcons donnaient sur l'avenue. Un chemin de dalles encastrées dans la terre traversait la laine verte d'un gazon bien tondu et conduisait à l'immeuble, élégant et moderne malgré ses trente ans, plutôt modeste comparé aux demeures qui l'entouraient. Le Conde et Manolo gravirent les escaliers en silence et sonnèrent à l'appartement qui occupait tout le second étage : on entendit les premières notes de la marche nuptiale de Mendelssohn, flûtées et bien rythmées, résonner derrière la porte. Manolo sourit en hochant la tête.

– Entrez, je vous en prie, je vous attendais, les accueillit leur hôte en ouvrant la porte. Le Conde pensa : Je le connais ! Bien qu'il approchât de la cinquantaine, Alberto Fernández-Lorea avait incontestablement belle allure. Sûr qu'il ne fume pas et qu'il fait partie de ces gens qui courent au Parc Martí, se dit le Conde en essayant de se souvenir où il l'avait vu. Le corps athlétique du vice-ministre, sa chevelure abondante et raide séparée par une raie au milieu, sa stature de jeune homme en pleine croissance aurait suggéré au Scribouillard de Vargas Llosa qu'il était dans la fleur de l'âge. Dans son cas, ça pouvait se révéler exact.

Le vice-ministre les invita à s'asseoir et s'excusa : si ça ne vous dérange pas, je vais vous demander un moment. Il se dirigea vers le paravent en bois brut qui séparait la pièce de ce qui devait être la cuisine-salle à manger. Le salon était vaste, peut-être disproportionné, au regard de ce que le Conde concevait comme surface possible d'un appartement. Il se souvint qu'ici, Rafael Morín avait dansé et mangé, parlé et ri, au cours de ce qui avait peut-être bien été sa dernière apparition publique. C'était décidément un endroit agréable. À travers les vitres du balcon on apercevait les hautes branches d'un flamboyant dénudé, et le Conde imagina qu'en été, avec ses fleurs orangées recouvrant chaque branche, ce devait être un véritable plaisir pour les yeux.

Fernández-Lorea revint et le Conde eut l'intime conviction que son visage lui était bien plus que familier. D'où est-ce que je le connais, mais d'où, bon sang ? se martyrisa-t-il, persuadé que cette information supplémentaire pourrait peut-être lui être utile.

– Bien, je vous écoute..., déclara le vice-ministre avec affabilité. Sa voix portait quelques décibels au-dessus de ce qu'un tel entretien nécessitait. Il s'était installé dans un fauteuil en cordelettes de plastique et se balançait doucement. Nous sommes tous très préoccupés par le problème concernant le camarade Morín.

Le Conde observa les yeux doucereux de l'homme et se sentit bloqué : à cet instant précis, il se demandait comment il devait s'adresser à lui. Camarade vice-ministre lui paraissait creux, pédant et quelque peu flagorneur ; Fernández tout court, proprement impersonnel ; Alberto, il ne fallait même pas y penser, révélateur d'une confiance qu'il n'avait pas. Il eut envie d'en finir le plus vite possible avec cet entretien qui commençait sur tant de doutes.

– Camarade vice-ministre Fernández, finit-il par lancer – rien qu'à s'entendre, il eut envie de s'auto-flageller –, écoutez, il s'agit là d'une affaire plutôt insolite. Les disparitions de ce genre n'existent quasiment pas à Cuba, ce qui nous oblige à chercher dans toutes les directions. Pour le moment, nous avons écarté l'idée d'un enlèvement ainsi que celle d'une sortie illégale du pays...

– Non, non, c'est impossible à imaginer. Pas Rafael. Moi, je suis certain qu'il a dû lui arriver quelque chose, peut-être un accident..., proposa le vice-ministre en esquissant un geste d'excuse pour l'interruption. Je vous laisse la parole.

– À partir de là, continua le Conde en regardant son

compagnon, il ne nous reste que deux possibilités : l'une, qui nous semble pour le moment assez peu logique, c'est que Rafael ait choisi de se cacher à cause de quelque chose, un quelque chose que nous ne connaissons pas. Et l'autre, c'est qu'il ait été assassiné, à cause d'un autre quelque chose que nous ne connaissons pas non plus... Mais l'expérience nous apprend que ça peut être pour n'importe quelle raison, y compris celle qui paraîtrait la plus banale. Quoi qu'il en soit, il est venu ici avec sa femme pour le réveillon du nouvel an, la veille de sa disparition. Et c'est peut-être dans cette soirée que se trouve le fil qui nous conduira à Rafael. C'est pour cela que nous sommes là.

Le vice-ministre jeta un regard vers le paravent et se mit à agiter le pied avec une certaine nervosité. Le Conde perçut alors l'odeur indiscrète d'un bon café et s'en réjouit à l'avance.

– Très bien camarades, prononça finalement Fernández-Lorea comme s'il était à la tribune, sans cesser de se balancer, en vérité je ne vois pas bien en quoi je peux vous aider. Ce que vous dites est vrai, à Cuba personne ne disparaît et pourtant, on perd tout et n'importe quoi. C'est presque amusant, vous ne trouvez pas ? Bon, c'est peut-être mon opinion sur Morín que vous voulez... et je peux vous la donner, évidemment. Je crois que Rafael était le meilleur jeune cadre de notre direction, laquelle est chargée de fournir du matériel aux industries et de négocier la vente de certains de nos produits. Cela fait à peine deux ans que je connais Rafael, depuis qu'on m'a transféré du Commerce extérieur au ministère. Je vais être franc avec vous : à partir du moment où je l'ai vu travailler, je n'ai pas douté un seul instant qu'un jour il occuperait ma place, et moi... – il baissa la voix jusqu'au ton convenant à cette entrevue à trois, commençant à se confier – moi c'est tout juste si je ne l'en remerciais pas, parce que je ne suis pas fait pour ce travail. Pour parler sincèrement, le poste que j'occupe actuellement est plus le résultat d'un hasard que d'un véritable désir. Moi, je préfère la tranquillité d'un bureau où l'on fait des études de marché aux tourbillons quotidiens du ministère, qui sont de plus en plus difficiles à supporter, et qui le seront de plus en plus avec tout ce qui se passe dans le bloc socialiste. On ne sait pas comment tout cela va finir. D'autre part, ça suppose une dose de savoir-faire diplomatique que je n'ai jamais beaucoup aimé.

Le vice-ministre se frotta légèrement les mains. Le lieutenant Mario Conde se sentit mal à l'aise et presque déçu. Malgré l'enrobage maniéré dans lequel il avait enveloppé ses paroles, Alberto Fernández-Lorea avait l'air sincère. Après tout, il doit bien y avoir des gens qui ne veulent pas ressembler à Rafael, se dit-il.

– J'ai très peur de l'échec, et encore plus du ridicule, continua l'homme après avoir lancé un regard vers le paravent, je ne sais pas si j'ai les capacités suffisantes pour les responsabilités que j'ai à assumer, et je n'ai pas très envie de finir au rancart. En revanche, la capacité de travail de ce garçon est impressionnante et toutes les portes lui sont ouvertes. Ce que je veux dire par là ? Que Rafael Morín était absolument irréprochable, et qu'en plus il avait quelque chose qui me fait défaut : l'ambition, dans le bon sens du terme…

Et le café finit par sortir de la cuisine. Il arrivait dans trois tasses, posées sur un plateau en verre, sur lequel il y avait aussi deux verres d'eau. Une femme suivait. Bonjour, dit-elle, un peu avant d'arriver dans la pièce. Elle approchait également la cinquantaine, mais plus rapidement, avec tout ce que cela supposait : un éventail de rides agressives s'était formé autour de ses yeux, son cou tombait, flasque. C'était une femme fatiguée, sans les reflets de la splendeur chaude et sportive de son mari.

– Laura, mon épouse – présenta le vice-ministre. Ils la saluèrent et il précisa : Mario Conde et…

– Sergent Manuel Palacios, l'aida Manolo.

La femme leur offrit le café. Seul le Conde but deux gorgées d'eau pour se rafraîchir le palais. C'était un café dense et amer. Le lieutenant s'en félicita doublement.

– C'est un mélange de café brésilien qu'on m'a offert et de celui du magasin. Comme ça, il dure plus longtemps et je crois qu'ainsi on parvient à l'améliorer, n'est-ce pas ? Parce qu'en fin de compte, la qualité d'un café ne dépend pas seulement de sa pureté, mais aussi d'une saveur créée par le temps. Il y a quelques mois, à Prague, on m'a offert un café turc, qu'on m'avait présenté comme étant le meilleur du monde. Pour un peu je n'ai pas pu terminer ma tasse ! Alors que moi, quand il s'agit de boire du café, je suis même capable de boire le brûlé qu'ils vendent en face de Coppelia, dit-il. Ils acquiescèrent. Le Conde savoura son café en se disant qu'il devait arriver à Manolo ce qui était arrivé à Fernández-Lorea à Prague : il le préférait très sucré et très léger, à la méthode orientale, comme le faisait encore sa mère.

– Et vous me disiez qu'il était ambitieux ?

– Oui, et j'ai ajouté que c'était dans le bon sens du terme, lieutenant. C'est mon opinion, en tout cas, affirma-t-il en sortant un paquet de cigarettes de sa chemise. Vous en voulez une ?

– Merci, répondit le Conde en acceptant la cigarette. Alors comme ça, lui aussi il fume, se dit-il. Et à propos de sa vie privée, que savez-vous sur Rafael Morín en dehors du travail ?

– Peu de chose, lieutenant, vraiment peu de chose. Je me fais déjà suffisamment de souci à propos du travail pour aller en plus m'occuper de ce domaine qui, assurément et vous m'en excuserez, ne m'a jamais intéressé.

– Mais vous étiez amis ? coupa Manolo. Il n'y tenait plus, pensa le Conde en le voyant prendre sa posture de chat efflanqué prêt à se lancer à l'attaque.

– D'une certaine façon, oui. Nous nous rencontrions souvent pour des raisons professionnelles, et nous nous entendions bien. Mais il s'agit d'une relation d'à peine deux ans, qui s'est créée autour du travail, comme je l'ai expliqué au lieutenant.

– Et le 31 ? continua le sergent. Est-ce que vous avez remarqué quelque chose de bizarre chez lui ? Saviez-vous qu'il avait eu un problème avec Dapena, l'homme d'affaires espagnol ?

– J'ai su pour Dapena, mais je croyais que c'était de l'histoire ancienne, je ne sais pas quelles sont vos sources… Et le 31, eh bien rien de particulier, je l'ai trouvé comme d'habitude. Il a parlé de travail, plaisanté, dansé. C'est la deuxième fois que nous fêtons le nouvel an ici. Nous nous mettons d'accord, tout un groupe, nous apportons un cochon de Pinar del Río que je fais dans la cour, sur le barbecue de mes voisins. Figurez-vous que mon père était *chef**, et il faut croire qu'il m'en est resté quelque chose. Je crois que je suis un spécialiste de la grillade de porc.

– Donc, il n'avait pas l'air particulièrement préoccupé ?

– Pour autant que j'aie pu m'en rendre compte, non. Par ailleurs, on ne peut même pas dire qu'il ait beaucoup bu… il a dit qu'il avait l'estomac un peu barbouillé.

– Et il n'avait pas de problème à l'entreprise, quelque chose qui l'aurait peut-être obligé à disparaître ?

Le vice-ministre regarda le Conde, cherchant peut-être l'intention cachée derrière cette question. Ses yeux brillaient plus intensément, comme s'il avait reçu un signal d'alarme. Il prit son temps pour répondre :

– Eh bien, des problèmes, il peut y en avoir de toute sorte, mais pour que quelqu'un comme Rafael Morín décide de disparaître, ça ne peut être que pour un type de problème. Un seul type de problème, pour autant que je sache, évidemment. Quoi qu'il en soit, le major Rangel m'a demandé l'autorisation d'enquêter dans l'entreprise, et vous commencez là-bas demain, n'est-ce pas ? Il écarta les bras et Manolo acquiesça. Mais j'espère que ce n'est pas ça, parce que cela pourrait être terrible. En tout état de cause cette enquête nous donnera le fin mot de l'affaire. Donc, s'il vous plaît, ne me demandez pas de me mouiller pour le moment. Jusqu'à cet instant précis, Rafael Morín reste un excellent camarade et je ne penserai le contraire que si on me dit ou, plus exactement, si on me démontre le contraire. Attendons.

– Une dernière question, camarade, intervint le Conde, soucieux d'éviter une nouvelle offensive de Manolo. Il pressentait que l'appréhension du vice-ministre était trop tangible pour que tout ça ne soit qu'une simple spéculation. Peut-être Fernández-Lorea s'était-il douté de quelque chose, peut-être même en savait-il plus long. Nous ne voulons pas abuser de votre temps, surtout un dimanche. Sur quels fonds Rafael Morín pouvait-il compter pour effectuer ses achats à l'étranger ? Je veux dire, pour faire des cadeaux d'affaires, en dehors des choses qu'il rapportait pour lui personnellement…

Fernández-Lorea exprima l'étonnement de rigueur : fronçant légèrement les sourcils, il balança son pied, comme s'il attendait une nouvelle tournée de café. Cependant, il parla de la voix forte qu'il employait pour les réunions de plus de trois personnes.

– Des fonds, lieutenant ? Dans le sens où vous l'entendez, non, aucun. Il voyageait avec ses indemnités de déplacement en tant que directeur d'entreprise, et avec des frais de représentation, selon le type d'affaire qu'il allait conclure ou l'étude de marché qu'il voulait mener. Notre entreprise avait, de ce point de vue, une certaine autonomie. Très souvent, en effet, il s'agissait d'acheter un produit bien spécifique, parfois de fabrication nord-américaine par exemple, et on ne pouvait pas passer par les voies traditionnelles. Plutôt par des intermédiaires, comme il est arrivé qu'on le fasse au Panamá, entre autres. Et vous savez, presque partout dans le monde, les affaires se négocient à table, il faut faire des cadeaux, etc. D'autre part, dans les ambassades ou les agences commerciales, on n'a pas toujours une voiture disponible pour vous... Il gérait cet argent, des sommes qui pouvaient être assez importantes et bien que nous soyons très vigilants sur ces questions... il y a des vérifications périodiques, des bilans de l'état des comptes, des contrôles sur les dépenses, et deux audits par an... Très souvent la comptabilité n'est pas aussi précise que nous le souhaiterions, et ce pour de multiples raisons : c'est là qu'entre en jeu le facteur confiance. Et lui, d'après toutes les informations dont je dispose, était justement un homme de confiance. En outre, lieutenant, la plupart des hommes d'affaires avec lesquels nous travaillons ont l'habitude de faire des cadeaux lors de la signature d'un bon contrat. Tenez, par exemple, il y a à peine deux mois, eh bien on m'a offert une BMW à Bilbao. À ce moment-là, ici, j'avais ma Lada chez le garagiste... Enfin, bref, comme les camarades travaillant à ce niveau sont toujours des hommes dignes de confiance, s'il ne s'agit pas de quelque chose de trop important et si c'est très personnel, alors le camarade peut le garder.

– Il n'y a jamais eu de problème avec certains camarades à cause de ce genre de petits cadeaux ?

– Si, malheureusement, si.

Le Conde sentit que Fernández-Lorea abordait un sujet qui lui devenait de plus en plus désagréable, et il était sur le point de le remercier quand Manolo intervint.

– Excusez-moi, camarade Fernández, mais je crois que les informations dont vous disposez peuvent nous être d'une grande utilité. Par exemple, ces indemnités de déplacement, frais de représentation et autres, qui les assignait à Rafael Morín ?

Le Conde sentit qu'il était au bord d'éclater de rire ou en sanglots, voire les deux à la fois, mais qu'en sortant de là il devrait se trouver quelqu'un pour lui flanquer les claques qu'il méritait : Manolo avait mis dans le mille.

– En général, il se les assignait lui-même. Dans l'entreprise il était son propre chef, admit Fernández-Lorea en se levant.

– Et que s'est-il passé avec le précédent directeur ? continua Manolo. Celui que Rafael Morín a remplacé.

– Il a été démis de ses fonctions à cause d'un problème plus ou moins approchant... d'indemnités de déplacement et de gaspillages internes... Mais non, je n'arrive pas à croire que ce soit la même chose pour Rafael. En tout cas, je préférerais ne pas y croire, parce que je ne me le pardonnerais jamais. Vous croyez que ça pourrait être la raison de sa disparition, vous ?

– On le tient, putain, je crois qu'on le tient ! cria presque Manolo, traduisant sa jubilation par une vitesse excessive. Ils roulaient dans la Quinta Avenida et le Conde appuya ses mains sur la boîte à gants de la voiture.

– Manolo, mon vieux, ralentis, demanda-t-il au sergent. Il attendit que la flèche descende à 70 kilomètres à l'heure. Je crois que maintenant, on va véritablement découvrir pourquoi on ne retrouve pas Rafael Morín.

– Eh, tu as vu Fernández, il a la même tronche qu'Al Pacino !

Le Conde sourit en regardant vers la promenade limpide au milieu de l'avenue.

– Putain de merde. Depuis le début, je savais qu'il me disait quelque chose, et ouais, c'est ça, il ressemble comme deux gouttes d'eau à Al Pacino ! Tu as vu le film où il est coureur automobile ?

– Là, pour le moment, je me souviens d'aucun film, Conde. Dis-moi où on va.

– Pour l'instant on va déjeuner et après on ira voir le comptable de l'entreprise. Il faudrait demander si Patricia la China peut venir avec nous, pour que ce soit elle qui parle avec lui. Ce qu'il y a de bien dans tout ça, c'est de voir à quel point ça devient pourri.

Le déjeuner était la compensation et le grand avantage liés au fait de travailler le dimanche. Comme on faisait la cuisine seulement pour une vingtaine de personnes, le repas dominical du Commissariat réservait des surprises inattendues, qui frisaient parfois le raffinement d'un bon restaurant. Ce dimanche-là, on avait préparé un riz au poulet cuisiné dans le style d'une paella, bien compact, avec beaucoup de jus, d'un jaune léger et parfumé. Des bananes frites bien mûres, de la laitue et des radis complétaient un menu terminé par un riz au lait généreusement saupoudré de cannelle. Même le yaourt était aromatisé, et on pouvait choisir : fraise ou ananas.

Le Conde, qui avait repris deux fois du riz au poulet, fumait sa deuxième cigarette depuis la fin du repas tout en regardant vers la rue par la fenêtre de son box. Mais en réalité il ne voyait rien de précis. Rafael Morín lui parlait depuis la tribune du lycée et lui l'écoutait, tout seul dans la cour de l'école, quand Manolo entra en laissant échapper une bordée de jurons.

– Conde, faut qu'on se calme... y'a pas de comptable pour l'instant. Il est parti hier midi en Union soviétique pour un voyage de remotivation.

– Je parie que c'est une idée de Rafael Morín, ça. Mais peu importe, on peut patienter jusqu'à demain. De toute façon, je ne m'attendais pas à ce que le comptable de l'entreprise nous apprenne grand-chose. Allez, on y va.

– Encore ? Mais si le comptable...

Il tenta de protester alors que le Conde sortait déjà du box et se dirigeait vers le parking sans mot dire.

– Passe par G et prends ensuite par Boyeros, ordonna le Conde en s'installant à sa place dans la voiture.

– Tu vas finir par me dire où on va ? demanda Manolo, incapable de comprendre l'attitude du lieutenant. Il se souvenait pourtant, à cet instant précis, de la première chose qu'on lui avait dite à son sujet : « Il est à moitié cinglé, mais... »

– On va voir García, le type du Syndicat. Mais t'inquiète pas, on va finir tôt aujourd'hui. Je veux surtout que tu entendes ce que je pense qu'il va nous dire à propos du grand Morín... Et de là, tu pourras rentrer directement chez toi.

Ils tournèrent dans Rancho Boyeros et s'arrêtèrent au feu du terminal d'autobus.

– Et Zoilita, qu'est-ce qu'on fait si elle montre le bout de son nez ?

– Tu me préviens dare-dare. Moi, je vais voir Tamara, il faut que je discute avec elle. Ensuite je ferai un saut chez un camarade du lycée qui veut me voir. Comme c'est à deux pâtés de maisons de chez le Flaco, j'irai chez lui après. Tu peux me joindre à l'un ou l'autre de ces endroits. Ce qu'il faut, c'est que tu parles à tout prix avec la China et que tu lui dises qu'on va à l'entreprise demain matin, de bonne heure.

– Je continue tout droit, non ?

– Non, tourne à la Plaza de la Revolución. García habite à Cruz del Padre, là, près du stade, dit le Conde, se souvenant que la veille les *Industriales* avaient perdu leur premier match contre les *Vegueros*. S'ils perdaient à nouveau cet après-midi, discuter avec le Flaco, ce soir, ne serait pas une expérience très constructive, en tout cas d'un point de vue lexical. La rumeur soutenue qui jaillissait du terrain de sport était la promesse d'émotions dont le Conde aurait bien voulu profiter. Mais il faut aussi travailler le dimanche !

Écoutez, camarades, peut-être que le camarade Morín a eu un problème avec les fonds destinés aux indemnités de déplacement, et avec tout ce dont vous parlez. Sur cette question, vous en savez visiblement plus que moi et il se peut que vous ayez raison. Mais moi, Manuel García García, sauf votre respect, je ne le croirai pas tant que je ne l'aurai pas vu… Ce n'est pas que je sois têtu, non. Mais ça fait très longtemps que je connais Rafael, je veux dire le camarade Morín, et j'ai une totale confiance en lui ; si par la suite je dois faire mon autocritique sur ce point, eh bien je la ferai. Mais tout ça est très sérieux, et il faudrait d'abord le prouver, n'est-ce pas ? Écoutez, il y a peut-être des gens dans l'entreprise qui ne pensent pas comme moi… certains disent qu'il centralisait trop les choses, qu'il voulait toujours que tout passe par lui. Dans plus d'une assemblée, on le lui a fait savoir à travers nombre de critiques. De son côté, il les a acceptées, parce que c'est sûr que lui, il savait la faire, son autocritique ! Pour cette question d'excès de centralisation, il s'en est lui-même fait la remarque plusieurs fois, mais le fait est qu'à la longue tout finissait par repasser entre ses mains, comme avant… Parfois, je me dis qu'il le faisait parce que ça arrangeait beaucoup de gens qu'il résolve tout lui-même, mais aussi parce qu'il ne savait pas diriger autrement. Mais ceux-là mêmes qui le critiquaient reconnaissaient que les choses lui réussissaient presque toujours ; cela entretenait son prestige, et au bout du compte je crois que c'est ce qui importe. Nous autres, au Syndicat, nous n'avons jamais eu de problèmes avec lui. Pour ma part, je suis à la direction depuis bien avant son arrivée dans l'entreprise, de sorte que vous pouvez imaginer à quel point je sais ce que c'est que ce Syndicat. Bien au contraire, c'est lui-même qui m'a fait remarquer, au sein du Parti, que notre gestion était parfois un peu passive, et moi je lui disais : mais, camarade Rafael, si nous sommes à jour des cotisations, si nous remplissons les quotas pour les travaux volontaires, si nous faisons les activités programmées et si nous recueillons les préoccupations des gens dans les assemblées de service, qu'est-ce que le Syndicat peut faire de plus ? Pas vrai, camarades ? Dans l'entreprise, il n'y a plus eu de problèmes liés au travail depuis la pagaille que trois spécialistes du département d'achat en devises avaient mise parce qu'ils ne voyageaient jamais à l'étranger ; c'était avant que je ne sois secrétaire général, ça fait, voyons, à peu près deux ans si ma mémoire est bonne, et pour moi, il est évident qu'il s'agissait d'un problème d'ambition de la part de ces gens qui se plaignaient en fait de ne jamais voyager dans des pays capitalistes. Mais au cours d'une réunion avec le Parti et le Syndicat, le camarade Rafael nous a expliqué que les décisions administratives relevaient de l'administration, et que l'administration avait ses raisons pour prendre cette décision. Et pas longtemps après, les camarades en question ont été transférés dans l'un de ces nouveaux organismes qui ont été créés à l'époque. Un jour, Rafael… enfin le camarade Morín, m'a confié, il faut dire que lui, il n'était pas du genre à magouiller : Tu vois, García, la seule chose qu'ils voulaient, c'était voyager. Oui, oui, il s'entendait merveilleusement bien avec les autres camarades. C'est vrai ce que vous a dit Zaida, il se préoccupait de tout le monde. Moi-même, qui ne suis qu'un simple chef de service, il m'a envoyé en voyage de remotivation en Tchécoslovaquie. Enfin, ce n'est pas exactement lui qui m'y a envoyé, mais c'est quand même lui qui m'a proposé, et qui a beaucoup parlé de moi à l'assemblée. Et attention, parce qu'avec la réputation qu'il avait… Bon… Non, nous n'étions pas des amis intimes, ce que moi j'entends par amis intimes, vous voyez ce que je veux dire ? Il est venu deux fois à la maison quand ma mère est tombée malade. Ensuite, il a mobilisé toute l'entreprise pour la veillée funèbre et l'enterrement. Alors même si moi aussi je me dis parfois qu'il était un peu bizarre, on n'oublie pas ces choses-là, il faut être reconnaissant, parce que l'ingratitude c'est ce qu'il y a de plus moche en ce bas monde. C'est pour ça que, vous m'excuserez, mais moi je ne le croirai pas tant que je ne l'aurai pas vu… Si j'ai jamais remarqué quoi que ce soit de bizarre ? Rien, des broutilles qui n'ont d'importance que pour moi, je ne sais pas, plutôt des manies : comme le fait qu'on lui servait beaucoup de légumes à table, ou que quand il était à l'entreprise, on nettoyait deux fois par jour son bureau, ou encore qu'il demandait à son chauffeur de mettre des vitres teintées sur sa voiture, vous savez, quand on ne sait pas s'il y a quelqu'un dedans, vous voyez ce que je veux dire ? Voilà, ce genre de broutilles-là. Pour le reste, demandez à n'importe qui, y compris à ceux qui le critiquaient : tout le monde est très inquiet à propos de cette histoire, et personne n'y comprend rien… Est-ce que c'est vrai qu'on l'a tué pour le voler, camarades ?

– T'en as pas marre d'entendre sans cesse faire l'éloge de Rafael ? Tu crois pas qu'on est complètement à côté de la plaque ? Peut-être que c'est vraiment un grand dirigeant, qu'il n'a pas de problèmes et qu'il n'y a pas d'embrouilles avec les indemnités de déplacement ou les frais de représentation ? T'as pas l'impression que c'est Dieu le Père en personne, magnanime, incorruptible, plein de bonté, créant le monde, répartissant faveurs, sympathies et voyages comme s'il était le maître du tonnerre ? Ou est-ce que tu crois que c'est un fieffé fils de pute qui calculait tout et adorait le pouvoir ?

– Conde, Conde, tu vas te foutre en…

– T'inquiète pas, mon pote, la rogne est en train de devenir mon état psychique normal.

– Bon, je te dépose chez ton amie ?

Le Conde acquiesça en se demandant ce qu'il allait dire à Tamara maintenant, et s'il était vraiment nécessaire de retourner la voir. La perspective d'être à nouveau confronté à cette femme l'énervait et le troublait : il voulait sortir de l'univers de Rafael Morín, mais Tamara agissait comme un aimant qui l'attirait au centre même de ce monde et l'encourageait à y revenir, comme dans l'éternel exemple de l'assassin…

– Dis-donc, Manolo, il est encore tôt. Je t'invite à boire un coup. J'ai besoin de décompresser.

– Tu serais pas en train de jouer à un jeu dangereux, mon pote ?

– À la loterie. Et j'ai paumé, dit-il finalement en souriant.

– Allez, c'est vrai qu'il y avait longtemps qu'on s'était pas fait du mal !

– Tourne dans Lacret et gare-toi au coin, juste avant chez Mayía.

Le sergent Manuel Palacios obéit et gara la voiture entre un camion et un taxi, dans un espace dans lequel Mario Conde n'aurait jamais pu faire entrer ne serait-ce qu'une bicyclette. Ils fermèrent la voiture à clé, Manolo enleva l'antenne et ils se dirigèrent vers chez Mayía Rodríguez, dont le comptoir étrangement propre et bien éclairé était presque vide à cette heure de l'après-midi. Sur le freezer s'alignaient les bouteilles de Rhum Santa Cruz, avec leur étiquette de fausse lignée royale, quelques bouteilles de l'élite de Havana Club, et un tord-boyaux qu'aucun créole qui se respecte n'oserait demander, même dans la pire des dèches.

– Deux doubles cartes blanches, mon frère, demanda le Conde au tenancier en approchant un tabouret de celui qu'occupait déjà son compagnon. Dans le bar, il y avait quelques clients, peu nombreux, sûrement des habitués, qui enduraient la mollesse de l'après-midi dominicale en buvant du rhum dans ces petits pots à compote qui obligeaient à bien rejeter la tête en arrière pour avoir le fond. Pendant ce temps, le propriétaire offrait, sur son magnétophone personnel, une sélection de boléros pour les buveurs diurnes : Vicentico Valdés, Vallejo, Tejedor y Luis, ou Contreras racontaient une longue chronique de désaffections et de tragédies qui se mariaient mieux avec le rhum qu'avec le ginger-ale ou le Coca-Cola. C'était inévitable : le Conde regardait toujours les clients de ces bars où l'on ressasse la méchante mort et les vies plus sordides encore, en essayant d'imaginer pourquoi ils se trouvaient là, ce qu'il pouvait bien se passer dans leur vie pour qu'ils investissent du temps et de l'argent à chanter pendant des années ces mêmes chansons douloureuses qui ne faisaient qu'accentuer leur solitude, leur désenchantement existentiel, le long oubli et la trahison subie… ressers-m'en donc un autre, *brother*. Ils s'envoyaient ces alcools robustes et chercheurs de noises tandis que la récidive commençait à faire trembler leurs mains. Il déversait là ses derniers fonds nauséeux de psychologue avorté et au passage, il se psychanalysait sans douleur, en se demandant ce que lui aussi fabriquait là, pour finalement escamoter les véritables réponses : simplement parce que j'aime m'asseoir ici, pour me sentir un peu condamné, oublié et demander « un autre, *brother* » ; entendre de quoi les autres discutaient, se parler à soi-même et sentir que le temps passait sans le tourmenter. Parfois, il commandait un verre pour réfléchir à une affaire ou pour l'oublier, pour fêter quelque chose ou pour se souvenir, ou seulement parce que ce genre d'endroit le satisfaisait plus qu'un bar avec des verres à pied et des cocktails colorés, ces bars chics dans lesquels il n'entrait plus depuis des millions d'années.

– Qu'est-ce que tu aimerais faire maintenant, Manolo ? demanda-t-il à son compagnon, qui fut à peine surpris par cette question post-premier verre.

– Je sais pas moi, boire quelques verres ici, et ensuite aller chez Vilma, rester peinard jusqu'à demain, c'est tout, répondit l'autre en haussant les épaules.

– Mais, je veux dire, si tu n'allais pas chez Vilma ?

Manolo observa son verre avec un regard de vieux connaisseur et la pupille de son œil gauche se mit très nettement à avancer vers l'arête de son nez.

– Je crois que j'aimerais écouter de la musique. J'aime écouter de la musique en permanence. Je voudrais avoir un bon équipement audio, avec des équaliseurs et toutes ces conneries, deux baffles comme ça, bien grands. J'aimerais me coucher par terre avec une enceinte de chaque côté de la tête, bien collée contre l'oreille et passer des heures à écouter de la musique. Tu te rends compte, mon pote, que mon vieux n'a jamais pu me donner cent quarante pesos pour m'acheter une guitare ? Avec cette guitare polonaise, j'aurais été le type le plus heureux du monde, mais si ça tombe sur toi d'être le fils d'un chauffeur d'autobus qui doit faire vivre six personnes sur sa paye, il faut que le bonheur coûte beaucoup moins de cent quarante pesos.

Le Conde se dit qu'effectivement, le bonheur pouvait être très cher, et il commanda un autre double. Il observa la rue, ensoleillée, froide, où ne passaient que quelques voitures. Il se sentit l'esprit complètement clair et tranquille. C'était une bonne après-midi pour boire un verre ou deux et coucher avec une femme, comme allait le faire son compagnon, ou pour prendre un bus avec le Flaco et aller souffrir pendant quatre heures au stade. C'était une bonne après-midi pour être vivant et heureux, avec ou sans guitare. Tandis qu'il goûtait le rhum et que sa gorge lui était reconnaissante de cette chaleur connue et douce de l'alcool blanc, il pensa que lui aussi, il avait très souvent été heureux, qu'il le serait à nouveau, que la solitude n'est pas un mal incurable, qu'un jour peut-être il retrouverait ses vieilles illusions, qu'il aurait une maison à Cojímar, tout près de la côte, une maison en bois avec des tuiles, une pièce pour écrire, et qu'il ne vivrait plus jamais en dépendant des assassins et des voleurs, des agresseurs et des agressés. Rafael Morín quitterait à nouveau ses nostalgies et seuls les bons souvenirs resteraient à flot, comme il se doit… ces souvenirs que le temps sauve et protège afin que le passé ne devienne pas un poids horrible et répugnant, et pour qu'on n'ait pas besoin de prendre « le chemin du pont pour aller jeter ton amour dans le fleuve », comme disait la chanson de Vicentico Valdés qu'ils écoutaient à ce moment précis.

– Écoute bien ça, fit-il à Manolo en souriant. Après deux verres, on a envie d'entendre quelque chose dans ce genre : « je prendrai le chemin du pont/ pour aller jeter ton amour dans le fleuve/ regarder comme il tombe dans le vide/ et le courant l'emporter… ». C'est presque beau, hein ?

– Si tu le dis, concéda le sergent en contemplant de nouveau son verre.

– Manolo, est-ce que tu louches ou pas, à la fin ?

Manolo sourit sans détourner le regard de son verre, l'œil gauche flottant à la dérive.

– Des fois oui, des fois non, répondit le sergent en finissant son rhum. Il regarda son compagnon et lui montra le petit pot de compote vide. Et toi, qu'est-ce que tu aimerais faire, là, tout de suite ?

Le Conde termina lui aussi son verre et réfléchit un moment avant de répondre :

– Te demander de me prêter ta super stéréo, me vautrer par terre moi aussi, et écouter dix fois de suite *Strawberry Fields : For Ever.*

J'ai jamais aimé cette tenue. On a l'air d'un vrai romanichel habillé comme ça, protestait Alexis le Yanqui, et il avait raison pour ce qui était des chaussettes, de la casquette, des inscriptions, comme des manches violettes sur fond jaune poussin tirant vers l'orangé ou des pantalons, bien trop larges pour nous. On ne pouvait même pas les reprendre pour les ajuster comme on les portait à l'époque, parce qu'Antonio La Mosca, le prof qui faisait office d'entraîneur, nous avait avertis très clairement que lorsque le championnat serait terminé, il faudrait tout rendre. La tenue devrait être dans le même état, voire mieux que quand on nous l'avait donnée... Quelle connerie, comme si quelqu'un pouvait avoir envie de garder ces accoutrements qui nous avaient valu le joli surnom de Les Violettes de La Víbora. Le championnat se jouait entre six lycées et, comme d'habitude, les plus mal lotis, c'était nous. Après le Waterlycée on écopait toujours du plus emmerdant : que ce soit pour les camps de travail au champ ou pour les tenues de base-ball, c'était toujours les pires. Parce que de fil en aiguille, on avait d'abord découvert qu'on gagnait au concours de l'Émulation enseignante parce qu'il y avait des fraudes, et à celui de la coupe de la canne à sucre grâce à un contact à l'entrepôt qui mettait sur notre tas la canne coupée par d'autres lycées. Qui sait ce qu'ils avaient bien pu découvrir d'autre…

Andrés, le « première base » titulaire de l'équipe, n'a plus jamais voulu entendre parler de base-ball à compter du jour où, s'étant fait une entorse, il n'a pas pu participer au championnat national de la jeunesse. On m'a donc laissé couvrir la première base, même si on ne m'a positionné qu'en huitième batteur, devant Arsenio le Moro qui était bel et bien condamné à être le dernier parce que c'était un raté déguisé en joueur de base-ball, ou plus exactement en romanichel, donc.

Quand on est sortis pour l'échauffement, il faisait déjà sombre et les lumières avaient été allumées. Les joueurs du lycée La Habana sont arrivés après : c'étaient des grands noirs énormes, avec des mains terribles ; ils allaient nous étriper comme ils avaient étripé les autres équipes… Mais nous, zob ! qu'on s'est mis à crier lors de la mise au point avant le match : on va les battre ces teigneuses rachitiques, putain, avait dit le Flaco. Même le Moro, et même moi, on l'a cru. Étant donné que le stade venait juste d'être repeint, que les lumières étaient vraiment très bonnes, que la moitié des gradins était pleine des gens de La Habana et l'autre moitié des gens de notre lycée, et qu'il y avait un sacré chahut, la seule chose qui craignait vraiment, c'était la tenue : être affublés de ces costumes de l'époque où on jouait au base-ball avec un chapeau melon et des guêtres !

Comme dans l'équipe il y avait le Flaco, Isidrito le Guajiro – ce jour-là, il était lanceur –, Pello et moi – on m'appelait Rogaton, parce que les rogatons de lancers, c'est bien tout ce que j'arrivais à renvoyer avec ma batte –, presque toute la classe assistait aux matchs, à commencer par Tamara, qui faisait partie du groupe de l'Émulation (où on exigeait la participation aux activités, dont les matches de base-ball Interlycées faisaient partie, et évidemment tout le monde préférait toujours une partie de base-ball à toute autre activité – se taper une visite de musée ou une représentation de la chorale de l'école, par exemple). Et les gens de la classe avaient inventé une devise qu'ils criaient chaque fois qu'on allait à la réception : « Violette, Violette/ La Mosca et ses bêtes/ vont t'éclater la tête ». Mais nos adversaires l'ont améliorée, en hurlant : « Violette, Violette/ qu'un âne te la mette » : le remède a donc été bien pire que la maladie. Malgré tout, j'adorais faire partie de l'équipe, jouer sous les projecteurs et sentir que je pouvais voir les choses sous un angle différent : parce que c'est vrai que c'est pas la même chose de voir les joueurs depuis les gradins, ou de revêtir soi-même la tenue, et de regarder le public. C'est autre chose !

– Des couilles, mec, des couilles, c'est ça qu'il faut pour gagner au base-ball ! criait le Flaco depuis le banc, alors que la partie allait commencer. Pour lui, le base-ball n'a jamais été un jeu ; et vu comme il était maigre, quand il s'égosillait, les veines de son cou ressortaient drôlement. Et nous, bordel, des couilles, on en a à revendre, pas vrai ? Et il fallait lui répondre que oui parce que sinon, il aurait piqué une crise. Comme on était *homeclub* et qu'on entrait sur le terrain, les gens ont commencé à siffler – ceux de La Habana – et à applaudir – ceux de La Víbora. C'est là que j'ai regardé vers les gradins, et que j'ai bel et bien tout vu différemment : j'ai aperçu Tamara qui agitait un mouchoir violet, et je n'ai plus eu envie de jouer du tout quand j'ai vu à côté d'elle, comme un chien de garde, l'ex-président de la FEEM. Rafael Morín riait de son éternel rire, satisfait et éblouissant, comme le jour où il nous avait dit « Je suis Rafael Morín ». Lui là-haut, vêtu d'une chemise à carreaux mortelle, et nous, en bas, dans ces accoutrements qui nous faisaient ressembler à des romanichels.

Mais malgré tout, ça a été le meilleur match de ma vie. Ce jour-là, Isidrito s'était enfilé deux litres de lait nature : il disait que c'était bon pour lancer des boulets de canon, et c'est vrai qu'il en balançait des bonnes, sauf qu'il n'arrêtait pas de lâcher de ces perlouses… Le petit *guajiro* a effectivement commencé à étendre les moricauds du lycée de La Habana, presque personne ne lui prenait la base, et quand ils y arrivaient, c'était quand même pas grave, parce qu'ils ne marquaient pas. Pour nous, c'était pareil, voire pire, parce que Yayo Mantequilla, le lanceur de La Habana, avait lui aussi la pêche : il nous a mis sept-zéro. Dans les gradins, les gens se sont tus petit à petit et le jeu a commencé à devenir vraiment sérieux, promettant les plus grandes émotions pour les dernières manches.

On en était à zéro-zéro dans la huitième, lorsque ç'a été le tour du Flaco de prendre la batte, il était le cinquième batteur. Il a balancé une vraie patate au-dessus du *short*, et il a gagné une base. Résultat : les gens ont commencé à crier « Violette, Violette », et le Flaco aussi : « Des couilles, nous on en a des couilles », jusqu'à ce que l'arbitre principal l'enguirlande parce qu'il disait des gros mots. Et c'est là que ce putain de destin s'en est mêlé : Isidrito, le sixième batteur qui ne se plantait jamais, s'est fait baiser et a été le premier éliminé. Après, Paulino Huevo de Toro, le septième, a envoyé un *rolling* directement dans les mains de Yayo qui, fidèle à sa sale habitude, s'est frotté la balle sur les couilles avant de la lancer à la première base. Deuxième élimination. Et puis mon tour est venu de prendre la batte.

Moi, je chiais dans mon froc, j'avais les cannes qui tremblaient et les mains moites. Tout le monde était silencieux, jusqu'au Flaco qui, me connaissant bien, ne m'a rien crié ; je crois qu'il considérait déjà l'*inning* comme foutue. Alors, j'y suis allé, j'ai craché dans mes mains, je les ai frictionnées avec de la terre et je me suis souvenu que je devais tenir la batte bien en arrière, lever le coude et la serrer fort au moment d'envoyer le *swing*. Silence de mort. Yayo m'a lourdé un putain de boulet de canon. Je me suis dit : allez, j'y vais ! J'ai tenu la batte en arrière, j'ai levé le coude, j'ai serré fort, j'ai fermé les yeux et j'ai frappé un *swing*. Résultat : putain, j'ai balancé un boulard juste au milieu du terrain, un vrai bon comme j'en avais jamais balancé de ma vie. J'ai vu, comme dans un film, comment la balle volait, volait, jusqu'à ce qu'elle cogne la clôture, sous le tableau. Je me suis mis à courir, et ça a été tellement long que j'ai pu aller jusqu'à la troisième base, j'aurais presque pu faire un tour complet : ça criait ! Ça exultait ! Le Flaco a affiché les points, puis il s'est mis à courir jusqu'à la troisième base et m'a soulevé de terre. Sous le coup de l'émotion, Isidrito, qui ne me parlait plus depuis le jour où on s'était foutus sur la gueule, m'a embrassé, et toute l'équipe est venue me peloter le cul. Je l'avais bien cherché, non ? Plein de ma satisfaction de petit coq et au milieu des cris du public, j'ai tourné les yeux vers les gradins pour tout regarder sous ce fameux angle différent… j'ai cru que j'allais mourir : Tamara et Rafael étaient partis… !

Dans la neuvième *inning*, les types du lycée de La Habana ont fait deux courses et nous ont battus deux à un. Mais ça a quand même été le plus beau match de ma vie.

Avant de frapper à la porte, il consulte sa montre : quatre heures dix. Si elle faisait la sieste, elle serait déjà réveillée. Elle était peut-être en train de regarder les films du dimanche. Il pense qu'il ne sait pas au juste ce qu'il est venu faire là, ou qu'il ne le sait que trop bien, et qu'il ne veut pas y réfléchir. Les statues d'après Lam reposaient à l'ombre d'un fromager, peut-être volontairement planté près de la jungle de ciment ; autour de lui, les crotons bien taillés et les bosquets touffus recréent l'atmosphère d'un bois coloré, artificiel mais résolument attirant. En réalité, il pense à Manolo : ce n'était effectivement pas une maison pour la police. La nostalgie aiguë que provoque en lui cet endroit est si compacte qu'elle lui oppresse les tempes et la poitrine. Il se félicite d'avoir pris ses deux verres avec Manolo, lorsqu'il appuie sur le bouton de la sonnette. Cela fait, il se sent tranquille et soulagé.

La cloche tinte dans l'immensité de la maison et tandis qu'il attend, il allume une cigarette, rajuste son arme de service à sa ceinture ; il n'arrive pas à s'habituer à son poids. Elle ouvre enfin et sourit :

– Tiens, le Prince de la Ville. J'ai vu le film ce soir et ce policier m'a fait de la peine. Ces derniers temps, tous les policiers que je vois sont tristes. Même si celui-là ne te ressemblait pas beaucoup, ajoute-t-elle en lui cédant le passage.

– En ce moment, je ne me ressemble même pas à moi-même, riposte-t-il. Elle ferme la porte et ils se dirigent vers la salle de télévision. Tu veux continuer à regarder le film ?

– Non, je l'ai déjà vu, il y a à peu près trois mois. Rafael avait rapporté la cassette, mais comme je m'ennuyais… Elle s'installe dans le confortable fauteuil qui fait la paire avec celui dans lequel il est assis. Et j'étais en train de m'endormir. J'ai très mal dormi cette nuit.

Les rideaux sont tirés et la pièce reçoit à peine l'éclat froid du dehors. Il cherche un cendrier et finit par en découvrir un en métal, avec une trappe pour cacher la cendre et les mégots. Il le trouve tellement propre et tellement brillant que ça le gêne. Il fait jouer deux ou trois fois la trappe avant de dire :

– Qui est-ce qui fait le ménage dans cette maison, Tamara ?

– Une amie de maman. Elle vient deux fois par semaine, pourquoi ?

– Pour rien, parce que je lui salis les cendriers.

Elle sourit, presque tristement.

– Il n'y a rien de nouveau ? Pas vrai, Mario ?

– On en est toujours au même point, Tamara – il ment sans éprouver le moindre remords et se demande quelle peut bien être la part de vérité que son ancienne camarade de classe connaît.

– Je m'en doutais. Ma belle-mère m'a appelée ce matin et m'a dit que vous étiez allés là-bas. La pauvre, elle était en larmes.

– C'est normal, non ? Après, j'ai parlé avec Fernández-Lorea, qui m'a confirmé que ton mari est un type formidable. Ensuite, on a vu García, le type du Syndicat de l'entreprise. Comme tout le monde, il s'est appliqué à me dire du bien de ton mari. Bref, ils m'ont convaincu.

– Tant mieux, dit-elle, et les amandes de ses yeux brillent avec plus d'intensité. Mais lui, il sait qu'elle ne va pas pleurer pour ça. Et tu t'entêtes à chercher midi à quatorze heures…

– Tu veux que je te dise quelque chose ? Ben, je gobe pas ça. Moi aussi je connais Rafael, et excuse-moi, mais je l'ai vu faire deux ou trois choses que je n'ai jamais beaucoup appréciées.

– Quelles choses ? veut-elle savoir. Elle commence à lutter contre sa mèche frisée.

– Non, ce sont des bricoles, ne t'inquiète pas, mais ça finit par filer des préjugés.

– Et qu'est-ce qu'Alberto t'a dit ?

Il observe la Flore de Portocarrero qui domine l'un des murs de la pièce. Il lit sur le côté : « Pour toi, Valdemira, de la part de ton ami René ». Il décide qu'il aime les bleus que le maître a employés pour la chevelure de cette Flore. Elle est plus froide mais plus vive, et il constate que comme toutes les Flore, celle-là aussi a des yeux de génisse confiante.

– Rien de bien nouveau, je t'assure. Maintenant on travaille à la recherche de cette Zoilita, on ne sait toujours pas où elle est. Et demain, on s'attaque à l'entreprise, on verra bien s'il en sort quelque chose.

– Qu'est-ce que tu voudrais découvrir, Mario ?

Elle croise les jambes et l'étudie comme s'il était soudain devenu un être très étrange, inconnu. Mais lui ne peut que se concentrer sur sa jambe à elle et sur sa robe, un très long tee-shirt blanc qui laisse clairement voir la naissance de ses cuisses.

– Pourquoi es-tu partie, le jour du match de base-ball ?

– Quoi ? – elle est surprise.

– Rien, rien. Je veux retrouver ton mari et savoir pourquoi il a disparu… Et je veux savoir comment tu te sens, toi.

Elle fait un effort pour dominer la mèche impertinente, puis repose un instant sa tête sur le dossier du fauteuil.

– Très troublée. J'ai beaucoup réfléchi, dit-elle en se levant. Il la regarde se diriger vers la bibliothèque. Rien qu'à la voir marcher, il se souvient de ses manipulations onanistes de la nuit dernière, et il a presque honte de voir combien cette femme lui plaît quand elle revient avec le Ballantine et deux verres. Elle approche une table basse et les sert généreusement de ce liquide brun qui saisit le Conde par son inimitable odeur de chêne.

– De quoi as-tu peur, Tamara ?

– Peur ? lui demande-t-elle en le regardant à nouveau. De rien, Mario. Et toi ?

Il sent la chaleur sèche du whisky sur sa langue et se dit qu'il faut qu'il enlève sa veste.

– De tout. Oui, de tout. Que Rafael soit mort, ou qu'il ne le soit pas et qu'il réapparaisse, que tout redevienne comme avant. Des années qui passent, qui me tuent, et de la mise au rancart de mes rêves. Que le Flaco meure, que je reste tout seul et que je me sente encore plus coupable. Que la cigarette finisse par avoir ma peau. De ne pas bien faire mon travail. De la solitude, j'ai très peur de la solitude… De tomber amoureux de toi, la femme de Rafael, toi qui vis dans ce monde si parfait et si propre, toi qui m'as toujours plu, confesse-t-il en contemplant la Flore, candide et distante. Il sent bien que maintenant, il ne pourra plus s'arrêter de parler.

Le jour où sa vie avait changé, Mario Conde s'était demandé comment se noue le destin des gens. Quelques jours auparavant, il avait lu le roman de Thorton Wilder *Le Pont du roi Saint Louis*, et il s'était dit que lui aussi, il aurait pu être l'une de ces sept personnes que le destin avait amenées à converger vers le vieux pont de la vice-royauté du Pérou, à l'instant précis, parmi des millions d'instants précis, où tels des joncs vaincus, ils s'étaient brisés dans un dernier murmure, étaient tombés tous les sept dans l'abîme. Cette image de sept personnes volant au-dessus des condors l'obsédait, tout comme l'enquête, strictement policière, à travers laquelle une autre personne recherchait les raisons de l'impossible convergence de ces hommes et de ces femmes, qui ne s'étaient jamais rencontrés nulle part sur terre, mais s'étaient réunis pour mourir sur le pont du roi Saint Louis. Lui, il était entré dans les bureaux de la faculté de psychologie pour venir dire qu'il s'en allait, sans réfléchir encore à toutes ces questions de destin. La vice-doyenne l'avait reçu et lui avait demandé s'il persistait à vouloir arrêter ses études. Il avait répondu que oui, qu'il y était obligé. Elle lui avait dit de rester là et de patienter un moment, puis elle était sortie ; il avait attendu quinze minutes avant qu'un homme entre, se présentant comme le capitaine Rafael Acosta. Il avait commencé à l'interroger : quel est ton problème, mon garçon ? Il se demandait ce qu'il avait bien pu faire pour qu'on lui pose toutes ces questions. Il est économique, camarade, maintenant j'ai besoin de travailler. Pourquoi est-ce que tu ne fais pas un effort ? l'avait questionné le capitaine. Il avait encore moins compris. J'ai besoin de travailler, avait-il répété, et en fait, je n'aime pas cette filière. Ils s'étaient mis à parler d'un tas de choses, et alors qu'il commençait à ne plus avoir peur, le capitaine Acosta lui avait proposé d'entrer à l'académie : il sortirait de là gradé, avec un salaire dès le premier mois. Je ne suis pas militant, avait-il objecté. Peu importe, nous savons qui tu es. Je n'ai jamais été un meneur d'hommes, je suis complètement bordélique, avait-il ajouté. Et j'adore les Beatles, s'était-il dit. Encore une fois, ça n'avait pas d'importance. Je n'avais jamais pensé à être policier ni quoi que ce soit dans le genre, à quoi je pourrais bien vous servir ? Ça, il l'apprendrait plus tard, avait insisté le capitaine Rafael Acosta. L'important, c'était qu'il entre à l'académie ; après, il pourrait même prendre des cours du soir à l'université, dans cette filière-là ou dans n'importe quelle autre qui lui plairait plus. Il pouvait prendre du temps pour y réfléchir. Mais il n'y avait pas réfléchi plus longtemps : il avait dit oui. Est-ce que c'est ça le destin ? s'était-il demandé par la suite, parce qu'il n'avait jamais imaginé qu'il deviendrait policier, ni qu'il serait même un bon policier, d'après ce qu'on lui avait dit. Ce qu'il faut c'est avoir de la jugeote, beaucoup de jugeote, lui avait expliqué un collègue. On ne l'avait jamais placé dans la section de rééducation, comme il l'avait demandé en terminant l'académie, mais il avait été envoyé au département d'Information générale. Il y classait des affaires, *modus operandi*, caractéristiques des types de délits, jusqu'au jour où il s'était enfermé avec un vieux dossier dans la salle des ordinateurs, et où il s'était mis à lire et à relire des papiers et des rapports. Il avait réfléchi jusqu'à avoir mal à la tête, avant d'accomplir une métaphore insolite en reliant deux fils éloignés et sans lien apparent, jusque-là isolés, dans une affaire d'homicide sur laquelle on enquêtait depuis quatre ans. Est-ce que c'est ça le destin ? se demandait-il à présent. Il se souvenait avec plaisir de ses débuts au bureau des Enquêtes, quand il avait pu se débarrasser de son uniforme, récupérer ses jeans, et même se laisser pousser la barbe et la moustache après avoir convaincu le Vieux. Dans sa grande candeur, il avait eu la sensation de partir dans le monde pour rendre la justice. Ces jours d'euphorie, qui avaient cédé la place à la routine, lui semblaient tellement loin. C'est surtout ça, être policier, lui expliquait-on : la jugeote et la routine, comme lui-même le dirait par la suite aux nouveaux, répétant la consigne de Jorrín. C'est aussi savoir recommencer tous les jours, même si on voudrait parfois que ça ne recommence pas, encore et encore. Si tout ça n'était pas une question de destin, il n'aurait pas découvert cette affaire qui attendait là, toute seule, qu'il la résolve ; il n'aurait pas non plus dit oui au capitaine Acosta, son père ne serait pas mort avant qu'il finisse ses études, on l'aurait laissé faire Lettres et pas Psychologie après le lycée ; il n'aurait pas autant aimé les livres d'Hemingway quand il avait eu une varicelle tardive qu'il aurait dû attraper bien des années plus tôt, en même temps que tous les garçons du coin ; il aurait continué à vouloir être pilote parce qu'on ne l'aurait pas expulsé de l'école militaire pour avoir agressé physiquement et verbalement un camarade qui s'était moqué sans pitié de ses envies de voler ; et ainsi de suite jusqu'au passé le plus lointain, peut-être qu'il ne serait pas né ou même que le premier des Conde, pépé Teodoro, n'aurait pas été un voleur, et n'aurait jamais atterri à Cuba. C'est pour ça qu'il était policier, pour ça que le destin le jetait dans la vie de Rafael Morín et dans la tienne, Tamara, une vie déjà si éloignée de la sienne. Il était difficile d'imaginer qu'un jour, ils avaient pu penser qu'ils étaient semblables. Mais la vie avait changé, de même que tout change, et maintenant il n'était plus ni irresponsable ni fou, juste toujours aussi incurablement compliqué, triste, solitaire, sentimental, sans femme ni enfants peut-être définitivement, sachant que son meilleur ami pouvait mourir et qu'il n'y avait rien à faire, traînant ce pistolet qui lui pesait dans le dos, et avec lequel il n'avait tiré qu'une seule fois hors du stand de tir. Si bien qu'il ne visait sans doute pas juste, parce qu'il ne pouvait tirer sur personne, même si un jour, justement, il avait tiré sur quelqu'un et atteint sa cible. Mais il pouvait se souvenir que le jour exact où sa vie avait changé, il s'était demandé ce que c'est que le destin, et n'avait obtenu qu'une seule réponse : dire oui ou dire non. Si tu peux… Moi, Tamara, j'ai pu choisir.

– Sers-moi un autre verre, demande-t-il en la regardant de nouveau. Elle l'avait écouté tout en buvant son whisky ; ses yeux s'embuaient. Elle les ressert avant de dire :

– Moi aussi j'ai peur – c'est presque un murmure venu du fond du grand fauteuil. Elle a abandonné la mèche de ses angoisses sur ses yeux, comme si elle s'était habituée à vivre avec, et à la voir au premier plan, devant tout autre chose.

– De quoi ?

– De me sentir plus vide encore. De finir guindée à tant parler chiffons, de ne pas vivre ma vie, de croire que j'ai tout parce que je me suis habituée à tout avoir et qu'il y a des choses sans lesquelles je crois que je ne peux plus vivre. J'ai peur de tout, mon vieux, et je ne me comprends pas bien moi-même ; j'aimerais que Rafael soit là, que tout reste facile et en ordre, tout autant que j'aimerais qu'il ne réapparaisse jamais, pour pouvoir essayer de faire quelque chose toute seule, sans Rafael, sans papa, sans Mima, et même sans mon fils… Et ce n'est pas nouveau, Mario, ça fait déjà un moment que je me sens comme ça.

– Tu veux que je te dise quelque chose ? Je viens juste de me souvenir de ce que t'avait dit la tante de Sandín le gitan quand elle t'avait lu les lignes de la main. Tu vois ce que je veux dire ?

– Évidemment que je vois, je ne l'ai jamais oublié : tu auras tout et tu n'auras rien. Est-il possible que ce soit dans ma main depuis ce moment-là, que ce soit mon destin, comme tu dis ?

– Je ne sais pas, parce que pour moi elle s'est trompée : elle m'a dit que j'allais voyager très loin et que je mourrais jeune. Elle a confondu avec Carlos le Flaco… Peut-être que non, remarque. À moins que ce soit nous qui ayons confondu… Tamara, tu serais capable de tuer ton mari ?

Elle boit une longue gorgée et se lève.

– Pourquoi faut-il que nous soyons si terriblement compliqués, monsieur le policier triste ? lui demande-t-elle en se postant devant lui. Il n'y a pas de femme qui n'ait eu envie de tuer son mari, et ça, tu devrais le savoir, toi. Mais en fin de compte, presque aucune ne passe à l'acte. Et moi encore moins, je suis trop lâche, Mario, affirme-t-elle en avançant d'un pas.

Il s'accroche à son verre, le protège contre son estomac, en essayant de ne pas lui toucher les cuisses. Il sent que ses mains tremblent, que le fait de respirer est un acte conscient et difficile.

– Tu n'as jamais osé me dire que je te plaisais. Pourquoi est-ce que tu me l'avoues aujourd'hui ?

– Depuis quand est-ce que tu le savais ?

– Depuis toujours. Ne sous-estime pas l'intelligence des femmes, Mario.

Il appuie sa tête contre le dossier du fauteuil en fermant les yeux.

– Je crois que j'aurais osé si Rafael ne m'avait pas doublé, il y a dix-sept ans. Ensuite, je n'ai plus pu. Tu ne peux pas imaginer à quel point j'étais amoureux de toi, le nombre de fois où j'ai rêvé de toi, les choses que j'ai imaginé que nous allions faire ensemble… Mais maintenant tout ça n'a plus de sens.

– Pourquoi en es-tu si sûr ?

– Parce qu'on s'éloigne de plus en plus, Tamara.

Elle dément ces propos en s'avançant encore d'un pas, jusqu'à toucher ses genoux.

– Et si je te disais que j'ai envie de coucher avec toi, là, tout de suite ?

– Je penserais que c'est encore un de tes caprices et que tu as l'habitude d'avoir tout ce que tu veux. Pourquoi est-ce que tu me fais ça – il voudrait savoir parce qu'il ne peut pas lutter, il a mal dans la poitrine et la bouche sèche, son verre pourrait glisser au sol tellement ses mains sont moites.

– Tu ne veux pas que je te le dise ? C'est pas ça que tu voulais que je te dise ? Tu auras donc toujours peur ?

– Je crois que oui.

– Mais nous allons coucher ensemble parce que je sais que je te plais toujours et que tu ne vas pas me dire non.

Alors, il la regarde et pose son verre par terre. Il perçoit que c'est une autre femme, qu'elle s'est transformée, qu'elle est en chaleur et que c'est bien cette odeur-là qu'elle dégage : celle de la femme en chaleur. Et il songe que c'est le moment idéal pour lui dire non.

– Et si je te dis non ?

– Une fois de plus, tu auras eu la possibilité de choisir ton destin, de dire oui ou non. Tu aimes décider, pas vrai ?

demande-t-elle en faisant le dernier pas possible, celui qui la place définitivement entre ses jambes. Son odeur s'avère irrésistible et il sait bien qu'elle est toujours appétissante, plus que jamais. Il voit, sous le tee-shirt, la menace des pointes de ses seins enflammées par le froid et le désir, probablement aussi brunes que ses lèvres ; il se voit, à trente-quatre ans, assis au bord des toilettes, manipulant avec de la salive et sans passion ses frustrations les plus anciennes. Il se met debout dans le dernier espace qu'elle lui a laissé pour prendre sa décision. Il regarde la mèche infaillible, les yeux humides, et il sait qu'il doit dire non définitivement, je ne peux pas faire ça, je ne veux pas faire ça, je ne peux pas, je ne dois pas, dire encore qu'il ressent un vide absurde entre ses jambes, une autre forme de peur. Mais il est inutile d'aller toujours contre le destin.

Sans se toucher, ils se dirigent vers le hall et montent l'escalier qui conduit aux chambres du deuxième étage. Elle le précède et ouvre une porte. Ils pénètrent dans une pénombre plus dense qui tourne autour d'un lit parfaitement fait, avec un couvre-lit marron. Il ne sait pas s'il se trouve dans sa chambre à elle, ses capacités à penser se sont épuisées ; quand elle passe son tee-shirt par-dessus sa tête et qu'il voit enfin les seins dont il a tant rêvé ces dix-sept dernières années, il parvient tout de même à se dire qu'en réalité ils sont plus beaux que tout ce qu'il imaginait, et qu'il n'aurait jamais pu dire non. Aussi puissamment qu'il désire cette femme, il voudrait qu'en cet instant précis Rafael Morín apparaisse, pour voir enfin s'évanouir son éternel sourire.

Il fume en essayant de compter les larmes du lustre. Il sait qu'il vient de tuer une autre illusion, mais qu'il doit accepter les conséquences de ses décisions. L'inaccessible Tamara, la plus belle des jumelles, dort à présent du sommeil de l'amante insouciante, ses fesses rondes et lourdes frôlent les hanches de Conde. Je ne veux pas penser, je ne peux pas passer ma vie à penser, se dit-il au moment où le téléphone sonne, la faisant sursauter dans le lit.

Maladroitement, elle essaye de se glisser dans son long tee-shirt ; elle finit par gagner le couloir où la sonnerie du téléphone insiste. Elle revient dans la chambre et le prévient :

– Viens vite, c'est pour toi – elle a l'air troublée et préoccupée.

Il se met une serviette autour de la taille et quitte la pièce. Tamara le suit jusqu'au seuil de la porte, puis le regarde parler.

– Oui, qui est-ce ? demande-t-il. Il écoute ensuite pendant plus d'une minute et ajoute seulement : Envoie-moi la voiture, j'arrive.

Il raccroche et contemple la jeune femme. Il s'approche d'elle, veut l'embrasser mais avant, il lui faut lutter contre la mèche indispensable.

– Non, on n'a pas retrouvé Rafael, dit-il. Ils se donnent un long baiser paisible, tout de langues qui s'enroulent dans le désordre, de salives qui se mélangent, de dents qui s'entrechoquent et de lèvres qui commencent à faire mal. C'est leur meilleur baiser. Il déclare :

– Il faut que j'aille au Commissariat, on a retrouvé Zoila. S'il y a un lien avec Rafael, je t'appellerai…

Zoila Amarán Izquierdo les observa pendant qu'ils entraient dans le box. L'indifférence et la méfiance alternèrent dans ses yeux, mais Mario Conde put percevoir sa vigoureuse féminité. La peau dorée de la jeune fille avait l'éclat de celle d'un animal en pleine santé ; sa bouche, le trait le plus remarquable de son visage, était impudique et charnue, décidément attirante. Elle avait à peine vingt-trois ans mais l'air sûre d'elle-même, et le Conde pressentit que ça n'allait pas être facile. Cette fille avait vécu dans la rue et connaissait ses règles, elle s'était endurcie en ayant affaire à toutes sortes de gens, et l'une de ses fiertés était de dire je ne dois rien à personne, parce que j'ai les ovaires bien accrochés, comme elle devait avoir eu à le démontrer plus d'une fois. Elle aimait vivre bien, et pour ça, elle se fichait pas mal de frôler l'illégalité, car en plus de ses ovaires, elle avait assez de cervelle pour ne pas franchir de frontières trop dangereuses. Non, ça n'allait pas être facile ! Il n'y avait qu'à la regarder. Il s'en rendait d'autant plus compte qu'elle appartenait à cette catégorie de femmes si belles qu'elles feraient se damner un saint.

– Voici Zoila Amarán Izquierdo, camarade lieutenant, dit Manolo en avançant vers la jeune fille, qui restait assise au centre du box. L'agent de faction l'a trouvée alors qu'elle rentrait chez elle en taxi ; il lui a demandé de l'accompagner au Commissariat pour un interrogatoire.

– Nous voulons juste te poser quelques questions, Zoila. Il ne s'agit pas d'une arrestation. On veut seulement que tu nous aides, d'accord ? expliqua le Conde en se dirigeant vers la porte de la petite pièce, à la recherche d'un angle qui obligerait la jeune femme à se retourner pour le voir.

– Pourquoi ? demanda-t-elle sans bouger. Elle avait aussi une belle voix claire qui portait bien.

Le Conde regarda Manolo et acquiesça des yeux.

– Où étais-tu le 31 ?

– Faut que je réponde ?

– Je crois que oui, mais tu n'es pas obligée. Où étais-tu, Zoila ?

– Dans le coin, avec un ami. On est dans un pays libre et indépendant, non ?

– Où ?

– Ah, à Cienfuegos, chez un de ses amis.

– Comment s'appellent ces amis ?

– Mais qu'est-ce qui se passe, bon sang, qu'est-ce que c'est que cette histoire ?

– S'il te plaît, Zoila, les noms. Plus vite on en aura fini, plus vite tu pourras t'en aller.

– Norberto Codina et Ambrosio Fornés… je crois. Ça va ? On a fini ?

– Ça va, mais il faut encore… Il n'y avait pas un autre ami, un Rafael, Rafael Morín ?

– On m'a déjà posé la question au sujet de ce type, et j'ai dit que je sais pas qui c'est. Pourquoi est-ce que je devrais le connaître ?

– C'est un de tes amis, non ?

– Je le connais pas.

– Où habite ton ami, celui de Cienfuegos ?

– En tournant après le théâtre, je sais pas comment s'appelle la rue.

– Et tu es sûre que tu ne te souviens pas de Rafael Morín ?

– Dis-donc, c'est quoi ces salades ? Écoutez, si je veux je dis plus un mot et l'affaire est classée.

– D'accord, effectivement, c'est comme tu veux. Tu ne dis plus un mot, mais tu peux aussi rester ici, placée en garde à vue en tant que suspecte d'enlèvement, d'assassinat et…

– Mais qu'est-ce que c'est que ces conneries ?

– Une enquête, Zoila, tu comprends ? Comment s'appelle l'ami qui est allé à Cienfuegos avec toi ?

– Norberto Codina, je vous l'ai déjà dit.

– Il habite où ?

– À l'angle de Línea et de N.
– Il a le téléphone ?
– Oui.
– Son numéro ?
– Qu'est-ce que vous allez faire ?
– L'appeler, pour voir si c'est vrai qu'il était avec toi.
– Écoutez, le problème c'est qu'il est marié…
– Donne-moi le numéro, nous savons être discrets.
– S'il vous plaît, camarades. C'est le 325307.
– Appelez-le, lieutenant.
Le Conde se dirigea vers le téléphone, qui se trouvait sur le meuble d'archives. Il demanda la ligne.
– Regarde cette photo, Zoila, poursuivit Manolo en lui remettant un exemplaire de la photo de Rafael Morín, celle qui avait été diffusée.
– Oui, et alors ? demanda-t-elle en essayant d'écouter la conversation de Conde, qui parlait à voix basse.
– Tu ne le connais pas ?
– Ben, je suis sorti avec lui quelques fois. Il y a à peu près trois mois.
– Et tu ne sais pas comment il s'appelle ?
– René.
– René ?
– René Maciques, pourquoi ?
Le Conde raccrocha et s'approcha du bureau.
– Zoila, tu es sûre qu'il s'appelle comme ça ? insista le lieutenant. La fille le regarda en ébauchant un sourire.
– Oui, j'en suis sûre.
– Elle était effectivement avec Norberto Codina, informa le Conde en retournant près de la porte.
– Vous voyez, vous voyez ?
– Où as-tu connu René ?
Zoila Amarán Izquierdo eut un geste d'incompréhension. Il était évident qu'elle ne savait rien, mais qu'elle avait peur de quelque chose et maintenant, elle souriait pour de bon.
– Dans la rue, il m'a offert un verre.
– Et pourquoi est-ce qu'il t'a appelée le 31 ou même peut-être le 1er janvier ?
– Qui ça ? René ?
– René Maciques.
– Qu'est-ce que j'en sais moi, ça fait un sacré bout de temps que je l'ai pas vu.

– Combien de temps ?
– Je sais pas, depuis octobre, par là.
– Qu'est-ce que tu savais de lui ?
– Ben rien, qu'il était marié, qu'il voyageait à l'étranger et que quand on allait à l'hôtel, il n'avait jamais de problème pour avoir une chambre.
– Dans quels hôtels ?
– Ouh la la, la grande classe ! Au Riviera, au Mar Azul, dans ces hôtels-là.
– Il t'a dit qu'il travaillait dans quoi ?
– Au MINREX[1], c'est ça ? Ou au ministère du Commerce extérieur, un truc comme ça, non ?
– Non, moi je ne sais pas, celle qui sait c'est toi.
– Bon, oui, je crois que c'était ça, au MINREX.
– Il avait beaucoup d'argent ?
– Avec quoi vous croyez qu'on se paye le Riviera ?
– Veille au ton que tu emploies, Zoila. Réponds-moi !
– Évidemment qu'il avait de l'argent. Mais comme je vous l'ai dit, on s'est juste vus quelques fois.
– Et tu ne l'as plus revu ?
– Non.
– Pourquoi ?
– Parce qu'il s'en allait à l'étranger. Il partait toute une année au Canada.
– Et c'était quand, ça ?
– En octobre, je vous l'ai déjà dit.
– Est-ce qu'il t'a déjà fait un cadeau ?
– Des bricoles.
– C'est quoi des bricoles ?
– Un parfum, quelques bagues, une robe, des petites choses comme ça.
– De l'étranger ?
– Oui, de l'étranger.
– Et il avait des dollars ?
– Pas à ma connaissance.
– Comment faisiez-vous pour vous voir ?
– Il avait toujours beaucoup de travail… alors quand il avait une possibilité il m'appelait chez moi. Si j'étais pas occupée, il venait me chercher. En voiture, évidemment.
– Quel genre de voiture ?

1. MINREX : Ministère des Relations Extérieures (NdT)

– Il y en a eu deux. Presque toujours avec la plus récente, une Lada personnelle, et d'autres fois avec une autre Lada, de fonction je crois, avec les vitres fumées.

– Zoila, je veux que tu réfléchisses bien à ce que tu vas me dire maintenant, pour ton bien et pour celui de ton ami René Maciques. D'où pouvait-il sortir tant d'argent ?

Zoila Amarán Izquierdo tourna la tête pour regarder le lieutenant, en essayant de dire avec les yeux : mais qu'est-ce que j'en sais, moi ! Elle considéra Manolo et répondit :

– Écoutez, camarade, dans la rue on demande pas ces choses-là. Je suis pas une pute parce que je couche pas pour de l'argent, mais si un type vient avec du fric et qu'il vous invite à manger au Laiglon, à boire quelques bières au bord de la piscine, à faire une descente dans un cabaret, et à monter dans une chambre qui donne sur le Malecón, eh bien on regarde rien d'autre. On en profite, camarade ! Les choses ne sont pas roses tous les jours et on n'a qu'une jeunesse, pas vrai ?

Bien sûr qu'on n'a qu'une jeunesse, pensa-t-il, car c'était évident : une voix paresseuse et chaude, des yeux d'un bleu de ciel sans nuages, c'était tout ce qui restait des attributs du mythique Miki-les-belles-minettes. Le garçon qui, au lycée de La Víbora, avait établi le record de petites amies pour une année scolaire : vingt-huit, toutes avec fricassée de museaux et quelques-unes avec péripéties supplémentaires… Aujourd'hui il n'avait plus assez de cheveux pour prétendre à la houle frisée de son ancienne coiffure afro, mais il en avait encore trop pour se déclarer en faillite et assumer son destin de chauve résigné. Sa barbe était une explosion de poils blancs, raides et roux, comme se devait de la porter le premier viking de bande dessinée venu. Le beau visage d'autrefois présentait l'aspect d'un biscuit mal pétri : irrégulier, crevassé, avec des vallées, des montagnes de graisse mal répartie et de vieillesse prématurée. Quand il riait, il découvrait la tristesse hépatique de ses dents, et s'il riait beaucoup, ses poumons de fumeur impénitent le gratifiaient de deux bonnes minutes de toux. Miki était une accusation vivante, se dit le Conde : son image témoignait de ce qu'ils allaient bientôt avoir quarante ans, de ce qu'ils n'étaient plus des jeunots infatigables, prêts à remettre ça tous les jours, et de ce qu'il y avait effectivement bien des raisons d'être las et nostalgiques.

– C'est un vrai désastre, Conde. Mariíta est partie depuis près d'un mois et regarde-moi ça : on dirait une porcherie ! dit-il en écartant les bras pour essayer d'embrasser le foutoir de la pièce. Il ramassa deux verres couverts de diverses couches de saleté, les changea à peine de place. Il jura cinq ou six fois contre l'absente et s'approcha du tourne-disques. Sans même y réfléchir, il prit le 33 tours posé sur le haut de la pile et le plaça sur la platine. Écoute ça, c'est à tomber par terre : *The best of the Mamas and the Papas*... Tu trouves ça juste, toi, que ces salauds chantent aussi bien ? Avec Mariíta, ça va me faire cinq divorces et trois enfants semés ici et là. Moi, je deviens de plus en plus pauvre. Tout ce petit monde se partage mon salaire, et j'ai même plus de quoi acheter mes cigarettes. En parlant de ça, file-m'en une. Est-ce que tu crois qu'on peut écrire, dans des conditions pareilles ? Mon cul, ouais, ça t'enlève l'envie d'écrire et même de vivre, mais bon, ce qui est important, en fin de compte, c'est de ne pas se rendre, même si parfois on se fatigue, et qu'on se rend un petit peu quand même. C'est pas facile, Conde, c'est pas facile. Écoute, écoute... *California Dreams*, ça date de quand j'étais au lycée. Quel drôle de loustic je fais, hein ? Quand j'écoute cette chanson, j'ai presque envie de me remarier, je te jure. Et toi alors, est-ce que tu as fini par écrire quelque chose ?

Le Conde enleva un pantalon et deux chemises d'un fauteuil et put enfin s'asseoir. Il avait toujours été intrigué par le fait que Miki soit, en-dehors du Cojo, le seul écrivain dont ait accouché ce fameux atelier littéraire du lycée, auquel Miki n'assistait que pour voir ce qu'il pourrait bien draguer. Mais à un moment donné, le joli cœur s'était enthousiasmé pour la littérature, pour se jurer ensuite de devenir écrivain ; d'une certaine façon, il y était arrivé. Deux recueils de nouvelles et un roman publiés autorisaient à le qualifier d'auteur prolifique, même s'il s'agissait d'une ligne littéraire dans laquelle le Conde ne se serait jamais aventuré, s'il avait eu le temps et le talent de vaincre la page qui s'obstinait à rester blanche. Miki écrivait sur l'alphabétisation, sur les premières années de la Révolution et la lutte des classes, alors que lui aurait préféré écrire une histoire sur l'abjection. Quelque chose qui soit très abject et émouvant, parce que s'il n'avait pas connu beaucoup de choses abjectes et émouvantes à la fois, il en avait pourtant de plus en plus besoin, d'une façon ou d'une autre.

– Non, je n'écris pas.

– Qu'est-ce qui t'arrive ?

– Je ne sais pas, parfois j'essaye, mais rien ne me vient.

– Ça arrive, non ?

– Oui, je crois que oui.

– File-moi une autre cigarette. Si j'avais du café je t'en offrirais bien, mais je suis dans la dèche. Même pas de quoi fumer, mec. Et alors quoi, toujours rien ?

– Rien, notre homme ne montre pas le bout de son nez, dit le Conde en essayant de s'installer confortablement dans le fauteuil malgré le ressort qui ne cessait de le piquer.

– Quand Carlos m'a raconté que tu cherchais Rafael qui avait disparu, j'ai failli me pisser dessus de rire. C'est quand même drôle, non ?

– Je sais pas, moi ça m'amuse pas beaucoup.

Miki écrasa sa cigarette par terre et toussa à deux reprises.

– Rafael et moi on s'était à moitié disputés il y a cinq ou six ans. Tu le savais pas, hein ? Non, presque personne ne le savait, et les anciens du lycée que je rencontre ici ou là me demandent toujours de ses nouvelles. Ils croient qu'on s'entend toujours bien. Et ça me faisait vachement chier de faire croire que tout allait bien entre nous. On peut pas passer toute sa vie à faire croire que tout va bien… Alors, t'as pas la moindre putain d'idée de ce qui a pu arriver à Rafael ? Tu crois pas que le plus vraisemblable c'est qu'il est dans un coin avec une nana, et qu'après il va reparaître en jouant les saintes nitouches ?

– Je sais pas, mais je ne crois pas.

– Qu'est-ce qui t'arrive, mon vieux, tu es tout éteint ? Écoute, j'éprouve quelque chose de bizarre à l'égard de Rafael : parfois, j'ai l'impression que je continue de bien l'aimer, parce qu'à une certaine époque, on était comme des frères, et d'autres fois il me fait un peu pitié… attention, hein, un petit peu, c'est tout. Le reste, c'est déjà de l'indifférence : qu'est-ce que j'en ai à foutre de ce mec, parce que moi, je méritais pas qu'il me fasse toute cette histoire avec la vérification du Parti.

– Quelle histoire ?

– Ben, c'est justement pour ça que j'ai dit à Carlos qu'il fallait absolument que tu viennes me voir aujourd'hui. Écoute, Conde, je sais que Rafael est mouillé dans un gros truc. Je ne sais pas si ce que je vais te dire peut te servir à quelque chose, peut-être que oui, tu me diras après. Et si je t'en parle, c'est parce que le flic embarqué dans tout ça, c'est toi. Si c'était un autre, je dirais rien de rien. Voilà l'histoire en question. Quand le Parti enquêtait sur lui, Rafael a donné mon nom pour qu'on vérifie ses dires, et les deux qui instruisaient son cas sont venus me voir. Je me souviens que quand ça s'est passé, je ne faisais déjà plus partie du groupe de la Jeunesse ; ils m'ont dit que ça n'était pas grave, que si je connaissais bien Rafael du temps où il était étudiant, c'était ce qu'il fallait. Imagine-toi un peu, moi... le connaître ! Alors ils ont commencé à m'interroger, moi à répondre, et tout allait pour le mieux. Mon vieux, après peut-être deux mois, Rafael s'est pointé ici comme un vrai diable : il disait qu'on avait ajourné son entrée au Parti à cause de moi, que je n'aurais pas dû dire que sa mère allait à l'église, ni qu'il avait été voir son père quand il était revenu au pays. Le vieux était plus déglingué qu'un chien édenté : c'était un pauvre malheureux qui avait passé toute sa vie à n'être qu'un crève-la-faim de plombier à Miami, alors que lui et sa mère avaient raconté à tout le monde que c'était un ivrogne et qu'il était mort. Mais, ce qui l'a le plus foutu en rogne, c'est que j'ai dit que j'avais l'impression qu'il aimait toujours son père, et que j'étais très content qu'ils se soient revus vingt ans après. Parce que depuis le primaire, il était traumatisé par le coup de son père et par cette connerie de savoir si c'était un salaud qui était parti. Enfin bon, j'ai cherché le côté humain de cette histoire... Écoute, c'est dommage que Yoly soit pas là pour te raconter. Il était comme fou, à gueuler que tout ça c'était bien des conneries à moi, que j'étais jaloux de lui et je ne sais quelles saloperies encore. Mais c'est pas ce qu'il y a de plus merdique ; me regarde pas avec cette tête-là. Le pire, c'est que je suis allé au bureau où il travaillait pour parler avec les deux en question, ceux qui m'avaient interrogé, parce que je ne comprenais pas que tout ça puisse être aussi grave. Ils m'ont dit qu'effectivement, on en avait tenu compte comme un élément de plus dans l'instruction, sans véritables conséquences parce qu'on avait compris qu'il puisse avoir envie de voir son père, et que de toutes façons, s'ils avaient ajourné son entrée au Parti c'était à cause de signes de suffisance, et aussi, je crois, à cause d'une broutille avec le Syndicat. Je ne m'en souviens même pas très bien. En tout cas, ils étaient sûrs qu'il allait améliorer tout ça et bla, bla, bla. Voilà toute l'histoire.

– Ce truc me dit quelque chose. Ça lui ressemble assez, dit le Conde. Et, devançant ses désirs, il offrit une cigarette à Miki avant d'allumer la sienne. Mais qu'est-ce que ç'a à voir avec la merde qu'on a maintenant ?

– Ce que ç'a à voir, c'est que, pour lui, je suis un menteur. En fait, il a cru que pendant l'interrogatoire de vérification j'avais dit qu'il avait pris la valise de vêtements que son père lui avait apportée, qu'ils étaient allés ensemble à la Diplotienda et même que je lui avais acheté cent cinquante pesos un jean qui lui était trop grand. Mais moi j'ai rien raconté de tout ça, au contraire, j'ai essayé de le défendre. Je suis pas un menteur, mais à cette époque-là, tout ça c'était le genre de truc qui rendait dingues les militants. C'est pour ça que, devant le duo du Parti, j'ai inventé un roman à l'eau de rose…

– Putain, Miki…

– Attends un peu, et je me fous de ton absolution parce que c'est pas pour me confesser que je t'ai appelé. Le problème c'est que Rafael est revenu ici le 31 dans l'après-midi, vers trois heures, après toutes ces années. Ça t'intéresse, pas vrai ? Me raconte pas de conneries, Conde, parce que moi je te connais bien.

– Miki, bon sang, pourquoi est-ce qu'il est venu ?

– Une minute, laisse-moi changer le disque de face, c'est Rafael qui me l'a offert ce jour-là. Il savait que je suis fou des Mamas et des Rolling… Ça m'a vachement étonné de le voir ici, mais en fait, ça m'a fait plaisir. Moi, on peut pas dire que je sois rancunier. J'ai demandé à la voisine d'à côté de me prêter un paquet de café, et on a bu un demi-litre de rhum qui me restait. On a discuté comme si de rien n'était. On a causé d'un tas de conneries : du collège, du lycée, du quartier, des mêmes choses que d'habitude, quoi. Rafael était un type désabusé, tu savais ça, toi ? En fait, c'est lui qui a toujours été jaloux de moi. Il me l'a avoué ici même, là où tu es assis. Il m'a dit que j'avais toujours fait ce que j'avais eu envie de faire, que je vivais comme je voulais. T'entends ça, au bout du rouleau comme je suis, avec ces trois livres publiés qui, selon moi, ne valent pas mieux que de la pure crotte de chien. Je n'éprouve même aucun plaisir à les ouvrir. Quand je lui ai expliqué ça, il a ri un bon coup : il a toujours pensé que je jouais la comédie.

– Mais qu'est-ce qu'il voulait ? Pourquoi est-ce que Rafael est venu, bordel ?

– Il est venu me demander pardon, Conde. Il voulait que je le pardonne. Tu sais ce qu'il m'a dit ? Il m'a dit que j'avais été son meilleur ami.

Mario Conde ne put s'empêcher de revoir la façon qu'avait Tamara de se déshabiller, et il sentit qu'il était en train de s'enfoncer dans des marécages irréversibles et mortels.

– C'était un cynique ou un connard ?

Miki écrasa à nouveau son mégot par terre, mais cette fois il s'appliqua à le détruire… après l'avoir mis en pièces, il continua à l'aplatir avec son pied.

– Pourquoi est-ce que tu parles comme ça, Conde ? Tu sais parfaitement que toi aussi t'es un raté, pas vrai ? C'est pour ça que tu seras jamais ni un écrivain médiocre comme moi, ni un opportuniste élégant comme Rafael, ni même quelqu'un de bien comme ce pauvre Carlos. Tu seras que dalle, Conde, parce que tu te permets de juger tout le monde alors que tu ne te juges jamais toi-même.

– Tu dis des conneries, Miki.

– Je dis pas du tout de conneries et tu le sais aussi bien que moi. Tu as peur de toi-même et tu ne t'assumes pas. Pourquoi est-ce que tu n'es pas policier pour de vrai, hein ? T'es à mi-chemin de tout. Tu es le représentant type de notre génération de planqués, comme me disait un prof de Philo à la fac. Il m'expliquait qu'on était une génération sans visage, sans lieu et sans couilles. Qu'on ignorait où on se situait, ce qu'on voulait, et que c'était pour ça qu'on préférait se planquer. Moi, je suis un écrivain de merde, je cherche pas midi à quatorze heures dans ce que j'écris, et je le sais. Mais toi, t'es quoi ?

– Quelqu'un qui emmerde tout ce que tu racontes.

Miki sourit et tendit la main. Le Conde lui donna la dernière cigarette du paquet, qu'il écrasa jusqu'à en faire une boule. Puis il le jeta par la fenêtre.

– Pas vrai qu'il est bien ce 33 tours ? commenta l'écrivain en se régalant de la fumée de sa cigarette.

– Eh, Miki, demanda le lieutenant en regardant son ancien camarade de classe dans les yeux, et l'histoire de ton record au lycée, ça aussi c'était du baratin ?

Jamais il n'entendit la balle et dans les premiers instants, il avait pensé : j'ai le ventre ouvert. Mais ça n'avait été qu'une idée, parce qu'il avait perdu l'équilibre et qu'il était déjà inconscient au moment où il était tombé. Il n'avait recouvré ses esprits que deux heures plus tard, quand il avait fait l'apprentissage de la douleur, pendant qu'il volait dans un hélicoptère vers Luanda, une perfusion dans le bras. Le médecin lui avait dit : Ne bouge pas, on arrive. Mais il n'avait pas besoin qu'on le lui ordonne, car il ne pouvait bouger aucune partie de son corps, et la douleur était si incisive qu'elle eut raison de lui. Son premier souvenir est postérieur à la première opération d'urgence qu'il subit à l'hôpital militaire de Luanda.

Après avoir entendu cette histoire, le Conde se l'était répétée tant de fois qu'il était parvenu à se la monter comme un film. Il pouvait visualiser chaque détail de la séquence : la façon dont il était tombé, face contre terre, sur le sol sablonneux, chaud, imprégné d'une vague odeur de poisson séché ; le bruit de l'hélicoptère et le visage pâle du médecin, très jeune, qui lui disait : Ne bouge pas, on arrive 0187. Il voyait aussi l'intérieur de l'appareil, il devait avoir froid, et il se souvenait d'un vague nuage, au loin, d'un blanc immaculé.

À la suite d'une seconde opération, à La Havane, le Flaco lui avait raconté son unique combat contre un ennemi qu'il n'avait même pas vu. Josefina s'occupait de lui le jour et le Conde, Pancho, le Conejo, Andrés alternaient la nuit. Ils discutaient jusqu'à s'endormir et jusqu'à ce que Mario Conde finisse par se convaincre que ça avait aussi été sa guerre à lui, même s'il n'avait jamais eu de fusil entre les mains. Pour lui, l'ennemi avait bel et bien un visage : le Flaco dans un lit. Il savait déjà qu'il était plus qu'improbable que son ami marche à nouveau un jour, et leur relation d'avant, limpide, insouciante et joyeuse, s'était entachée d'un sentiment de culpabilité que le Conde n'avait jamais pu exorciser.

– Pourquoi faut-il que tu te mettes dans un état pareil, hein, sauvage ?

– Et comment tu voudrais que je me sente après ce que ce tas de feignants m'a fait ? Ils ont pas de couilles. Quand ils ont perdu samedi alors que ça semblait gagné d'avance, je m'étais dit que ça leur pendait au nez… Tu parles, ils n'ont pas réussi à courir une seule fois, ils étaient plantés sur les bases, et avec seulement deux petites courses de rien du tout, les Vegueros ont gagné la partie. Avec aujourd'hui en plus, là c'est vraiment la goutte d'eau qui fait déborder le vase. Tu peux te féliciter de ne pas avoir vu ça : à la batte, ils ont fait quinze *hits* dans la première manche. Ils les ont eus neuf à un. Dans la deuxième, qu'il fallait absolument gagner, ils leur ont mis neuf-zéro. Putain, mec, est-ce que c'est juste de faire ça à quelqu'un qui passe son temps à espérer que ces petits cons gagnent un championnat ! En fait, je vais te dire ce que je pense : ces mecs, ils écartent les cuisses comme des putains quand il faut vraiment gagner un match… Mais là, j'en ai ras-le-bol, je regarderai plus jamais le base-ball, c'est dit…

– Alors tu veux pas de rhum ? C'est ça ?

– Du calme, Conde, du calme. Allez, envoie, dit-il en acceptant comme s'il se sacrifiait le verre que le Conde avait posé près du cendrier.

– Quelle idée t'as eu d'acheter du rhum ?

– Écoute, Conde, tu vois bien que je suis pas d'humeur. Ou tu bois ton rhum, ou tu vas te faire foutre et on oublie que tu es venu et puis voilà…

– Je bois mon rhum, mais on change de sujet, parce que moi, je suis pas l'entraîneur de cette équipe, O.K. ?

– O.K., O.K.

Le Flaco se servit un autre verre. Il semblait avoir décrété la trêve. Sa respiration, profonde, redevenait normale.

– Comment ça avance, l'histoire de Rafael ?

– Ça commence à aller mieux. On a une piste sérieuse.

– Et tu as vu Miki ?

– Hum, hum. J'en viens. C'était assez bizarre, il avait plus l'air d'avoir besoin d'un curé que d'un policier.

– Et alors… tu lui as donné l'absolution ?

– Je l'ai envoyé au diable avec ses trois bouquins. Premièrement parce que c'est un menteur… deuxièmement parce que c'est un mauvais écrivain. Allez, verse-moi un peu de rhum, tu veux.

– C'est quoi cette piste ?

– C'est que Rafael manipulait pas mal d'argent et qu'il avait peut-être des problèmes avec les comptes de l'entreprise. Tu sais ce qu'il faisait ce gros salaud quand il draguait une poulette ? Il prenait le nom de son chef de bureau… Tu vois un peu le genre du bonhomme…

– Ça, tout le monde le fait, répliqua le Flaco en buvant avec anxiété. Le Conde l'imita. Il remarqua à peine qu'il était en train de boire un bon rhum. Tu as mangé ?

– Non, j'ai pas envie. Je vais m'enfiler quelques verres, et je vais dormir.

– Tu as vu la jumelle aujourd'hui ?

– Oui, à midi. Rien de neuf. J'ai bu deux whiskies avec elle…

– Tu as la vie dure, toi, hein !

Le Conde préféra prendre une autre gorgée plutôt que de recommencer à se chamailler avec le Flaco. C'est exactement ce qu'il cherchait, ce salopard. Il est remonté à bloc à cause du base-ball, se dit-il en enlevant ses chaussures à l'aide de ses seuls pieds. Il commençait à se sentir bien dans cette pièce, allongé sur un fauteuil. Jose regardait la télévision dans le salon. Soudain, il se souvint de The Mamas and The Papas, et eut envie d'écouter de la musique.

– Je vais mettre quelque chose, annonça-t-il en se dirigeant vers le meuble où reposait le magnétophone. Il ouvrit un tiroir et passa en revue les cassettes numérotées et classées par le Flaco. L'œuvre complète des Beatles ; presque tout Chicago et Blood, Sweat and Tears ; quelques trucs de Serrat, Silvio et Pablo Milanés ; une cassette de Patxy Andión, des compilations de Los Brincos, Juan y Junior, Fórmula V, Stevie Wonder et Rubén Blades. Quel mélange ! Je l'emmerde à la fin ce con… et il choisit la cassette de l'album en anglais de Rubén Blades qu'il avait lui-même offert au Flaco. Il mit le magnétophone en marche, s'envoya une autre rasade, plutôt généreuse, et se resservit en même temps que le Flaco. Il n'avait plus mal au dos, ni à sa fesse torturée par le fauteuil de Miki.

Il aimait cet album et il savait que le Flaco aussi. Ils ressentirent une insouciance morbide en chantant la balade *The Letter*, la lettre qu'un ami écrit à un autre qui va bientôt mourir. Ils burent à nouveau, d'une soif de pèlerins. On commençait à apercevoir le fond de la bouteille. Le Flaco dirigea son fauteuil roulant vers la vitrine et exhiba le demi-litre qui restait de la veille. Ils se dirent que c'était vraiment une bonne chose d'avoir un autre demi-litre de rhum, qu'ils pourraient donc tenir le coup et qu'effectivement, ils auraient bien besoin de tout cet alcool.

– Il est bon ce rhum, pas vrai ? demanda le Flaco en souriant.

– Voilà que tu te mets à dire les mêmes conneries que tous les ivrognes.

– Mais qu'est-ce que j'ai dit ?

– Rien, juste que ce rhum est bon… ce genre de conneries-là. Bien sûr qu'il est bon, sauvage.

– Et ça, c'est des trucs d'ivrognes ? Maintenant, on peut même plus parler, dans cette baraque…, protesta-t-il.

Il but à nouveau, comme s'il avait besoin de s'éclaircir la gorge. Mario le regarda et le trouva si gros, si différent… Il ne savait pas combien de temps il pourrait encore compter sur le Flaco. Les résidus de toutes ses nostalgies et de ses échecs commencèrent à lui revenir à l'esprit, tandis qu'il essayait de s'imaginer Carlos debout, maigre et marchant... Son cerveau refusait de renvoyer cette image agréable. Alors il n'y tint plus :

– Ça fait combien de temps qu'il t'est pas arrivé quelque chose qui te foute la honte, Flaco, je veux dire vraiment honte ?

– Dis-donc, toi – le Flaco sourit en contemplant son verre en transparence –, alors comme ça c'est moi que tu traites de pochetron, hein ? Et les mecs qui se mettent à poser des questions comme ça, c'est quoi ? Des cosmonautes peut-être ?

– Non, allez, mon vieux, sérieusement, sérieusement.

– J'en sais rien, animal ! Je passe pas mon temps à comptabiliser ces trucs-là, quoi. Vivre comme ça – il désigna ses jambes, mais sourit malgré tout –, vivre comme ça c'est déjà une honte en soi, mais qu'est-ce que j'y peux...

Le Conde l'observa et acquiesça, c'est vrai que c'était une honte, mais il savait parfaitement comment arranger les choses.

– Mais encore, de quoi est-ce que tu as le plus honte, dans la vie ?

– Mais enfin, qu'est-ce que tu veux que je te dise ? Par exemple toi, de quoi est-ce que tu as honte ?

– Ah, moi... Attends voir. De la fois où j'essayais d'apprendre à conduire et où j'ai foncé dans une pompe à essence : je me suis mal arrêté et j'ai renversé un réservoir de cinquante-cinq gallons. Les connards qui étaient là m'ont applaudi et tout...

– T'as honte de cette merde ?

– Eh ben chaque fois que j'y pense, ça me file un sacré coup... Je sais pas pourquoi. Ça me fait la même chose quand je me rappelle le jour où Eduardo le Loco a balancé un coup de botte au directeur du camp, et la fois où j'ai failli injurier la mère de Rafael.

– Ouais, ouais, je m'en souviens... Tu vois, moi ça me tue chaque fois qu'une infirmière doit me la tenir pour que je pisse dans le trou.

– Et moi, le jour où je me suis accroupi à l'université, et que mon pantalon s'est déchiré alors que je portais un caleçon avec deux trous comme ça...

– Et moi, et moi... ouais ce fameux jour, là, où on est allés manger à Pinar del Río, Ernestico, toi et moi, quand on faisait la récolte du tabac : je m'étais dit, bon, il faut que je lave mon caleçon, on sait jamais, on va peut-être se faire une petite paysanne du coin, et en fait, je me suis aperçu que je l'avais rangé dans ma valise avec le derrière sale.

– Et ça, ça te fait toujours du mal ? Putain, ben tu vois, moi, j'ai vachement les boules quand je repense à cette assemblée générale, en deuxième année : les gens qui étaient là voulaient foutre un mec dehors parce que quelqu'un l'avait accusé d'être pédé… et moi, j'ai même pas pris sa défense parce que j'avais peur qu'on me balance à la gueule ma Vénézuélienne, celle avec qui je sortais à ce moment-là, tu te souviens, c'était Marieta, peu de cul et beaucoup de seins.

– Ah, ouais, effectivement… Mais moi, mon vieux, un jour une infirmière de la polyclinique est venue me faire une piqûre… Il était déjà vachement tard, et je l'avais pas entendue arriver : total, elle m'a coincé avec la queue en équerre à cause de cette revue que m'avait prêtée Peyi.

– Celle-là, c'est vrai qu'elle est terrible – et pour pouvoir remplir leurs verres, ils durent prendre l'autre bouteille. Pareil que le jour où j'allais m'accrocher à la barre dans le bus, et où le chauffeur a donné un grand coup de frein… j'ai chopé le sein d'une bonne femme pour me rattraper. Elle m'a filé une sacrée beigne en me traitant de fils de pute, et tout le monde me criait dessus : Gros dégueulasse ! Gros dégueulasse… !

– Putain, et ce jour à la fac, quand le comité de base nous avait désignés, moi et une fille, pour essayer de convaincre les gens d'arrêter de venir en cours avec les cheveux longs… Tu me vois, moi, en train de faire un truc pareil ! D'autant qu'aucun règlement ne faisait mention de ça. Quelle merde… Qu'est-ce qu'on doit pas faire des fois !

– Attends, attends, sauvage, j'en ai une encore pire que ça : le jour où je me suis mis à parler avec l'accent et tout le tralala pour qu'on croie que j'étais vénézuélien, et qu'on me laisse entrer au Capri avec Marieta. Incroyable ! J'ai failli crever de honte…

– Eh, moi, je voudrais même pas avoir à me souvenir du jour… allez, sers-moi un peu plus de rhum… du jour où Sansón, le noir, m'a volé ma boîte de lait concentré au camp, et que j'ai dû jouer les imbéciles parce que je ne voulais pas me prendre une raclée alors que je savais parfaitement que c'était lui.

– Quelle merde ! Quelle merde ! Tout ça c'est de la merde… Et ce qui m'est arrivé aujourd'hui, là, Flaco, j'en crève de honte, j'en crève de rhum, j'en crève – et il ferma les yeux pour conserver les restes, en piteux état, de sa lucidité, et ne pas mourir à nouveau de honte en avouant au Flaco : Tamara m'a demandé de la baiser… parce que, bien sûr, il fallait que ça vienne d'elle, parce que moi je chiais dans mon froc de trouille… On est montés et oui, elle a bien les nibards qu'on s'était imaginés. Quand on s'est mis au lit, rien, rien de rien, et après ça m'est venu d'un coup et j'ai joui comme ça, mec, presque avant d'avoir commencé. Elle, elle m'a dit : c'est pas grave, ça arrive, c'est pas grave. Putain, Flaco, t'es pas d'accord que dans la vie, il arrive des trucs qui donnent envie de se suicider de honte ? Passe-moi la bouteille de rhum, allez, Flaco, allez mon vieux.

Tous les matins, le lever du jour avait des allures d'aube d'Armagedon. La fin du monde allait être annoncée par le son apocalyptique et aigu de cette cloche qui perforait les oreilles, obligeant même le Conejo à se réveiller. Le directeur du camp se plaisait à faire sonner la cloche dans tout le dortoir et à crier en même temps : Debout, allez, deboooout ! On pouvait faire tout ce qu'on voulait, être debout ou au garde-à-vous, il continuait avec sa cloche, et que je te redonne un coup dessus, et puis encore un autre… : Debout les jeunes ! Debout les jeunes ! Jusqu'à ce fameux jour où une botte justicière et couverte de boue durcie a jailli, volé dans l'obscurité et explosé le nez du directeur du camp. Il est tombé sur le cul, la cloche lui a échappé des mains, et ceux qui n'avaient pas vu le lancer de botte en question se sont demandé, soulagés et contents, pourquoi il s'était arrêté.

En moins de quinze minutes, on était tous en rang sur le terrain qui séparait le réfectoire du dortoir. Les huit brigades, cinq de seconde et trois de terminale, face à l'état-major du camp. C'était plus d'une heure avant le lever du soleil, il faisait un froid de canard et on sentait la rosée qui nous tombait dessus. On savait tous parfaitement que quelque chose de sacrément désagréable nous attendait. Miki, l'un des chefs de brigade des terminales, est alors passé parmi nous en chuchotant : le premier qui parle est mort… ! Le directeur du camp se tamponnait le nez avec une serviette et j'ai presque pu voir les poignards de haine qui lui sortaient des yeux. Pancho, qui se tenait derrière moi, s'était enveloppé dans une couverture. Lui aussi on l'avait obligé à sortir, et il respirait comme un soufflet mal graissé ; à l'entendre, j'avais l'impression que j'allais étouffer moi aussi.

Le secrétaire de l'école a pris la parole : on avait commis une indiscipline gravissime, qui allait valoir au coupable son expulsion, sans appel ni circonstances atténuantes ; s'il avait un minimum de sens civique, il devait se manifester. Silence. Comment un tel acte d'indiscipline était-il possible dans un camp de lycéens, on n'était pas dans une maison de redressement, que diable ! Et il a ajouté qu'une personne comme ça, c'était comme une patate pourrie dans un sac de patates saines : elle corrompait et pourrissait les autres. C'était l'éternel exemple, avec des patates pourries à défaut de brebis galeuses. Le Conejo m'a regardé, il commençait à se réveiller. Silence. Silence. Personne n'a le courage de dénoncer l'indiscipliné qui affecte le prestige de tout un collectif qui, après tant d'efforts quotidiens dans les champs de canne à sucre, se voit d'ores et déjà privé de la victoire au concours de l'Émulation ? Silence. Silence. Silence. Le Flaco a froncé les sourcils, il se doutait bien de ce qui allait arriver. Très bien, si le coupable ne se désigne pas et si aucun d'entre vous n'a le civisme de le dénoncer, eh bien vous paierez tous jusqu'à ce qu'on sache qui c'est, parce qu'il est hors de question que les choses en restent là... Tout le silence du monde suivit le discours du secrétaire, et l'odeur du café qu'on filtrait déjà à la cuisine se transforma en la première et la plus raffinée des tortures que nous allions subir, en plus de ce froid... et Pancho qui n'arrivait toujours pas à respirer.

C'est alors que l'oracle de Delphes a parlé : Moi qui suis ici en tant qu'étudiant, a commencé Rafael, en tant que camarade et en tant que votre représentant élu par la masse, je sais, comme vous, que quelqu'un a commis une indiscipline très grave, qui pourrait même aller jusqu'au tribunal en tant qu'agression caractérisée... Ben voyons, a dit le Conejo... et ça servira à quoi que nous, les justes, nous payions pour les pêcheurs... Il ne pouvait pas non plus manquer de faire sa petite référence biblique... et que ça nous pénalise à ce point pour le concours de l'Émulation inter-camps, alors qu'on était presque sûrs d'avoir la première place de la province. Est-ce que c'est juste, tout ça à cause de l'indiscipline d'un seul ? Que le travail de cent douze camarades, oui, je dis bien cent douze, parce que je ne tiens plus compte de l'indiscipliné en question, soit réduit à néant de la sorte ? Vous me connaissez bien, camarades, il y a des gens ici qui sont avec moi depuis trois ans, vous m'avez élu président de la FEEM, et je suis étudiant au même titre que vous, mais je ne peux pas approuver des choses comme celles-là, qui affectent le prestige des étudiants cubains révolutionnaires, et obligent la direction de l'école à prendre des mesures disciplinaires contre tous. Silence encore plus lourd. Et je vous le demande, puisque vous êtes si préoccupés de virilité et de ces choses-là : est-ce digne d'un homme de lancer une botte dans l'obscurité, sur la plus haute autorité du camp ? Et pire encore : Est-ce digne d'un homme de se cacher au milieu de la foule et de ne pas se montrer, sachant que ça nous portera préjudice à tous ? Dites-le moi, camarades, répondez-moi quelque chose, a-t-il demandé. Et moi j'ai crié : Et ta mère, espèce de pédé ! Bien fort, pour que tout le monde entende que j'emmerdais bien sa mère, sauf que les mots ne me sont pas sortis de la bouche, parce que j'ai eu peur d'insulter la mère de Rafael Morín, là, dans ce froid, avec Pancho et son asthme, Miki-les-belles-minettes qui passait dans les rangs en disant : Il est mort… !, avec l'odeur du café qui me tuait, et le directeur du camp qui se tamponnait le nez avec une serviette de toilette à cause du méchant coup de botte qu'il s'était pris dans la tronche.

Quand il pénétra dans le Commissariat, le Conde se surprit à regretter la paix du dimanche. Il était à peine huit heures cinq, mais on était lundi. Or tous les lundis, on avait l'impression que la fin du monde était proche, que le Commissariat se préparait pour une évacuation digne d'une guerre atomique : les gens ne prenaient pas le temps d'attendre l'ascenseur, ils couraient dans les escaliers, il n'y avait plus de place au parking, et les saluts se résumaient généralement à un « ça va » fugace, à un « à tout de suite », ou à un vague « bonjour ». Pressé et maltraité par les derniers échos de son mal de tête et d'une mauvaise nuit, le Conde préféra répondre en levant simplement la main, et fit patiemment la queue devant l'ascenseur. Il savait que dans une demi-heure il se sentirait beaucoup mieux, mais les Duralgine demandaient un certain temps pour agir, même si cette fois, il ne s'en voulait pas de ne pas les avoir prises la veille. Il se sentait tellement propre et libéré après avoir discuté avec le Flaco, qu'il avait même oublié qu'en fait, il ne lui avait pas raconté ce qui s'était passé avec Tamara… Il avait également oublié qu'il devait mettre son réveil à l'heure, un nouveau chapitre du cauchemar dans lequel Morín le pourchassait pour le mettre en prison lui avait fait ouvrir les yeux à sept heures pile, et il n'avait eu envie de mourir qu'à peine deux fois : d'abord quand il s'était levé et que son mal de tête s'était déclenché… et à nouveau quand, assis sur les toilettes, il avait pris conscience du long cauchemar qu'il avait fait toute la nuit et de la terrible sensation d'être poursuivi qui flottait encore dans son cerveau. C'est alors que, sans s'en rendre compte, il s'était mis à chanter : *C'est vous la coupable de toutes mes angoisses, de tous mes échecs…*, sans parvenir à savoir pourquoi il avait précisément choisi cet horrible boléro. C'était sans doute qu'il était amoureux.

L'ascenseur s'arrêta à son étage. Le Conde consulta la pendule : il avait dix minutes de retard et n'avait ni l'intention ni le courage d'inventer un bobard. Il ouvrit la porte de son box et le sourire de Patricia Wong fut comme une bénédiction.

– Bonjour, mes petits amis, leur lança-t-il. Patricia se leva pour l'accueillir avec son habituel baiser. De son côté, Manolo le regardait, vaguement distant, sans desserrer les lèvres. Qu'est-ce que tu sens bon, China, dit-il à sa collègue en s'arrêtant un instant pour contempler, comme il le faisait toujours, cette véritable matrone, heureux fruit d'une noire et d'un Chinois. Presque six pieds de haut et cent quatre-vingts livres réparties avec beaucoup de soin et de bonnes intentions : elle avait les seins petits, certainement très fermes, et des hanches comme l'océan Pacifique, avec des fesses qui faisaient immanquablement naître en lui l'envie de les toucher ou de leur grimper dessus et de sauter comme sur un trampoline, pour vérifier si un tel prodige de cul était bien possible.

– Comment tu vas, Mayo ? lui demanda-t-elle. Le Conde sourit pour la première fois de la journée à cause de ce Mayo, usage exclusif de Patricia Wong. En plus, elle l'aidait à atténuer son mal de tête avec ses petits pots de baume chinois et réveillait en lui les superstitions les plus secrètes et jamais confessées : elle était comme une amulette porte-bonheur. À trois reprises, le lieutenant Patricia Wong, enquêtrice à la direction de la Brigade financière, lui avait livré la solution d'affaires qui semblaient s'évaporer dans l'innocence du monde.

– J'attends toujours que tu demandes à ton père de m'inviter à manger un autre canard laqué.

– Si tu avais vu ce qu'il a fait hier, commença-t-elle. Elle s'assit, calant avec difficulté ses hanches entre les bras du fauteuil. Elle croisa ses jambes de coureur de fond et le Conde vit que les yeux de Manolo étaient sur le point de se perdre derrière sa cloison nasale. Il a préparé des cailles farcies aux légumes, qu'il a fait cuire dans une sauce au basilic…

– Attends, attends, comment ça se mange ça ? Avec quoi est-ce qu'il les a farcies ?

– Voilà : il a d'abord pilé le basilic avec un tout petit peu d'huile de coco, avant de le mettre à chauffer. À ce moment-là, il y a ajouté les cailles déjà assaisonnées, bien dorées à la graisse de porc, et qu'il avait au préalable farcies avec des amandes, du sésame, à peu près cinq sortes d'herbes, des petits haricots chinois, des oignons, de la poirée, du persil et je ne sais quoi d'autre. À la fin, il les a arrosées avec de la cannelle et de la noix de muscade.

– Et là, c'est prêt, on peut les manger ? s'enquit le Conde au summum de son enthousiasme matinal.

– Mais ça doit être dégueulasse, non ? intervint Manolo. Conde lui jeta un coup d'œil. Il pensa lui lancer quelque grossièreté, mais avant il essaya de se représenter le mélange impossible de ces saveurs enveloppantes et primaires, que seul un homme de la culture du vieux Juan Wong pouvait combiner... Il décida que Manolo avait peut-être raison, mais ne s'avoua pas vaincu.

– Fais pas attention au petit, China, l'absence de culture l'étouffe. En tout cas, vous m'invitez plus jamais.

– Et toi, tu ne m'appelles même pas, Mayo. Regarde un peu, tu as été jusqu'à m'envoyer Manolo pour me demander de venir travailler sur cette affaire !

– Laisse tomber, laisse tomber, ça ne se reproduira plus – il regarda le sergent, qui venait d'allumer une cigarette à cette heure matinale. Et lui, qu'est-ce qu'il a ?

Manolo fit claquer sa langue, pour dire : « Me fais pas chier », mais il avait besoin de parler.

– Rien, foutu merdier avec Vilma hier soir. Tu sais ce qu'elle a dit ? Que j'ai inventé le boulot d'hier pour aller me taper une nana – il se tourna vers Patricia. À cause de celui-là, là !

– Manolo, arrête ces jérémiades, tu veux ! ordonna le Conde en examinant le dossier ouvert sur la table. Faut que tu aies un sacré culot pour aller raconter que je t'oblige à quoi que ce soit... Tu as expliqué à Patricia ce qu'on cherche ?

Manolo acquiesça à peine.

– Ça y est, il me l'a dit, Mayo, coupa Patricia. Écoute, en fait, je ne crois pas vraiment que ces papiers puissent nous révéler quoi que ce soit d'important. Si Rafael Morín est mêlé à une embrouille et qu'il est aussi fortiche qu'on le dit, il doit avoir assuré ses arrières avant de se jeter à l'eau. Enfin, on peut toujours essayer, pas vrai ?

– Tu as déjà ton équipe ?

– Oui, il y a deux spécialistes avec moi. Et vous deux, non ?

Le Conde tourna les yeux vers Patricia, puis vers Manolo. Il s'aperçut que son mal de tête avait disparu, mais se toucha le front en disant :

– Écoute, China, emmène Manolo avec toi, moi, je dois rester ici encore un moment pour faire d'autres choses... Il faut que je voie les rapports qui sont arrivés...

– Y'a rien – fit remarquer le sergent.

– Tu as déjà tout épluché ?

– Rien des gardes frontières, ni de la province. En ce qui concerne Zoilita, ça avance petit à petit. Quant à Maciques, on a prévu d'aller lui parler à l'entreprise.

– Bon, c'est pas grave – le Conde essaya de s'esquiver. Il était fâché avec les chiffres depuis de nombreuses années, et évitait autant que possible ce genre de travail de routine. Je vais pas vous être très utile là-bas, moi, pas vrai ? Et puis je veux voir le Vieux. Je vous rejoindrai vers dix heures, O.K. ?

– O.K., O.K., l'imita Manolo en haussant les épaules. Patricia sourit et ses yeux bridés disparurent dans son visage. Est-ce qu'elle y voit quelque chose quand elle rit ?

– À très vite, dit Patricia en agrippant Manolo par le bras, pour le sortir du box.

– Eh, China, une petite seconde, s'il te plaît, la pria le Conde. Il lui murmura à l'oreille. Ça avait quel goût, la caille d'hier ?

– Comme dit le petit – elle lui rendit son murmure. C'était dégueu. Mais le vieux les a toutes mangées.

– Heureusement – il sourit à Manolo en lui faisant un signe d'adieu de la main.

– Les affaires qui brassent beaucoup d'argent, c'est comme les femmes jalouses : il faut éviter de leur donner des raisons de se plaindre, déclara René Maciques. Le Conde regarda Manolo, on leur servait cette leçon gratuitement. Lui, il s'était trompé… René Maciques avait à peine quarante ans, et pas cinquante comme il se l'était imaginé. Il n'avait pas non plus l'air d'un bibliothécaire, mais plutôt d'un présentateur de télévision, du genre qui voudrait convaincre de la voix et des mains, et qui essaierait de peigner ses sourcils abondants par un incessant mouvement de l'index et du pouce sur le front. Il portait une veste de toile légère, si blanche qu'on aurait dit qu'elle était émaillée, avec des liserés brodés d'un blanc encore plus éclatant. Il souriait avec une facilité immaculée. Dans l'une de ses poches, on apercevait trois stylos dorés et le Conde se dit qu'il n'y avait qu'un trou du cul pour vouloir démontrer ses capacités par la quantité de stylos exhibés.

– Quand on en vient à avoir ce type d'affaire en main, il faut se montrer digne de confiance, paraître aussi satisfait que si on était sur le point de conclure le marché, ne pas être avare de sérénité ni de conviction. C'est bien ce que je dis : exactement comme avec une femme jalouse. Parce qu'il faut à la fois suggérer, mais sans exagérer, qu'il n'est pas vital de signer, et qu'on sait qu'il y a des choses plus intéressantes, même si on voit bien qu'en réalité il n'y a pas mieux. Les affaires, c'est une jungle où tous les animaux sont dangereux et où il ne suffit pas d'avoir le fusil à la main – et le Conde se dit : métaphorique le bonhomme, non ? Et pour réussir tout ça, je ne connais personne de plus habile que le camarade Rafael. Pour ma part, j'ai eu souvent l'occasion de travailler avec lui, ici à Cuba, mais également pour certaines transactions à l'étranger, dans le genre d'affaire qui fout la trouille. Eh bien je peux vous dire que c'était un véritable artiste, il vendait cher et bien, il achetait toujours en dessous du prix proposé au départ ; à la fin, acheteurs et vendeurs étaient satisfaits et convaincus, même s'ils finissaient par se rendre compte que Rafael les avait roulés. Le plus fort, c'est qu'il ne perdait jamais un client !

– Et pourquoi s'occupait-il lui-même de conclure ces marchés alors qu'il avait à sa disposition toute une armée de spécialistes ? questionna Mario Conde, au moment précis où des applaudissements auraient normalement dû retentir pour ce discours d'un Maciques qui, de façon assez inattendue, se révélait un véritable foudre d'éloquence.

– Parce qu'il s'épanouissait en le faisant, et qu'il savait qu'il le faisait mieux. Chaque branche commerciale de l'entreprise travaille dans son domaine, par divisions ou par zones géographiques, vous voyez ce que je veux dire ? Mais si l'affaire était très importante ou menaçait de s'emberlificoter, Rafael donnait des conseils aux spécialistes, battait le rappel des contacts commerciaux pris aux cours des années, et se lançait dans l'arène.

Alors comme ça, il était aussi torero ? brûla de demander le Conde. Il avait deviné que Maciques allait s'avérer plutôt du genre dur à cuire avec son blabla sans répit, obsolète mais irréfutable. Il baissa les yeux sur son bloc, sur lequel il avait écrit : AFFAIRES BRASSANT BEAUCOUP D'ARGENT… Il prit un instant pour réfléchir : Rafael Morín était-il vraiment ce que tous en disaient ? Tout en gardant ses distances, il avait cependant suivi l'ascension sociale et professionnelle de l'homme aujourd'hui porté disparu : c'était le saut d'un acrobate entraîné et génial, de ceux qui s'élancent dans le vide, intrépides, parce qu'ils ont auparavant pris soin de tisser un filet protecteur qui les prévient, en haut : c'est maintenant que tu dois essayer de le faire et gagner, de mon côté je te protège. Un bond dans le plumard adéquat avait résolu une partie du problème : Tamara et avec elle son père et les amis de son père devaient avoir quelque peu déblayé le terrain. Mais pour être honnête, il fallait reconnaître que le reste, il ne le devait qu'à lui-même, sans aucun doute. Quand Rafael Morín discourait au micro du lycée, vingt ans plus tôt, l'idée d'arriver en franchissant toutes les étapes jusqu'au sommet était déjà inscrite dans son esprit, et il s'y préparait. À cette époque-là, les ambitions étaient généralement rudimentaires et abstraites, mais celles de Rafael présentaient déjà un contour. Ce qui explique qu'il ait attaché son wagon au train le plus rapide, qu'il se soit débrouillé pour décrocher tous les diplômes, toutes les reconnaissances, toutes les félicitations, pour être parfait, immaculé, dévoué, remarquable, et s'attirer au passage des amitiés qui, un jour, pourraient lui être utiles. Tout ça sans jamais s'essouffler ni perdre le sourire. Dans son travail, il avait démontré qu'il était capable et prêt à n'importe quel sacrifice pour s'épargner ensuite quelques marches dans l'escalier menant au ciel, tout en distribuant sympathie et confiance, en se créant l'image de quelqu'un de toujours disponible, et en apportant une indispensable dose de volubilité. Autant de choses qui lui valaient d'être considéré comme un homme utile, accommodant, satisfaisant, qui acceptait et menait à son terme n'importe quelle tâche, aussitôt disposé à s'attaquer à la suivante. Le Conde connaissait par cœur les biographies de ces « j'ai-le-vent-en-poupe », il se figurait aisément le sourire inévitable et plein d'assurance avec lequel il devait dire à Fernández-Lorea, le ministre, combien les choses allaient bien se passer, grâce aux dernières orientations qu'il avait déterminées, camarade ministre. Rafael Morín n'aurait jamais discuté avec un supérieur, il devait juste se permettre un échange d'opinions, il n'aurait jamais refusé d'exécuter une directive absurde, il ne faisait que des critiques constructives et en suivant les canaux adéquats ; il n'avait jamais sauté sans s'assurer de la fiabilité du filet qui le recevrait, amoureusement et maternellement, dans le cas d'une chute imprévisible. Alors, où est-ce qu'il avait bien pu se tromper ?

– Et d'où sortait-il l'argent pour les cadeaux qu'il faisait ? demanda le Conde quand il put enfin lire la seule chose qu'il avait notée sur son bloc. Il fut surpris de la rapidité avec laquelle Maciques répondit.

– Je suppose qu'il l'économisait sur ses frais de mission.

– Et ça, ça suffisait pour acheter les équipements audio qu'il avait chez lui, pour offrir du Chanel n° 5 à sa mère, pour les largesses, grandes et petites, qu'il faisait à ses subordonnés ? Et même pour se permettre de dire qu'il s'appelait René Maciques, louer une chambre au Riviera et dîner au Laiglon avec une petite poule de vingt-trois ans ? En êtes-vous sûr, Maciques ? Vous saviez qu'il utilisait votre nom quand il draguait, ou est-ce qu'il ne vous l'a jamais raconté, même lors de confidences ?

René Maciques se leva et se dirigea vers le climatiseur encastré dans le mur. Il tripota les touches de l'appareil puis remit en place un rideau qui s'était froissé, à l'angle du bureau. Peut-être qu'il avait froid. Le soir même, tout en s'interrogeant sur les derniers moments de Rafael Morín, le lieutenant Conde se souviendrait de cette scène comme s'il l'avait déjà vécue dix, voire quinze ans plus tôt, ou comme s'il n'avait jamais voulu la vivre : Maciques était en effet revenu à son fauteuil, avait regardé les policiers et là, il n'avait plus eu l'air d'un présentateur de télévision, mais bien plutôt du timide bibliothécaire que le Conde s'était imaginé, quand il avait rétorqué :

– Je me refuse tout simplement à croire cela, camarades.

– Ça, c'est votre problème Maciques, mais je n'ai aucune raison de vous mentir. Et les cadeaux ?

– Je vous l'ai dit, ça devait venir de ce qu'il économisait sur ses frais de mission.

– C'était si important que ça ?

– Je ne sais pas, camarades, je ne sais pas. Ça, il faudrait le demander à Rafael Morín.

– Écoutez, Maciques, fit le Conde en se levant, est-ce qu'il faudrait aussi demander à Rafael Morín ce que vous êtes venu chercher ici le 31 à midi ?

Mais René Maciques sourit. Il se retrouvait devant les caméras, se caressant les sourcils, lorsqu'il répondit :

– Quelle coïncidence ! Je suis venu exactement pour ça – il désigna le climatiseur. Je me suis souvenu que je l'avais laissé allumé et je suis revenu l'éteindre.

Le Conde sourit également en rangeant son carnet dans sa poche. Il priait pour que Patricia trouve quelque chose qui lui permettrait d'écrabouiller René Maciques.

La seule fois où Mario Conde avait tiré sur quelqu'un, il avait compris à quel point il est facile de tuer : tu vises la poitrine, tu t'arrêtes de penser au moment où tu appuies sur la détente, et la décharge te permet à peine de voir quand le type reçoit la balle, comme un jet de pierre qui le repousse en arrière. Ensuite il se tord par terre, assailli par la douleur, jusqu'à ce qu'il meure – ou pas.

Ce jour-là, le Conde n'était pas en service et pendant des mois il avait essayé, comme pour tout ce qui touchait à sa vie, de trouver l'origine de l'écheveau d'événements qui l'avait conduit devant cet homme, le pistolet à la main, et l'avait obligé à tirer. Cela faisait deux ans qu'on l'avait transféré du département de l'Information générale à celui des Enquêtes, et il avait connu Haydée au cours d'une affaire concernant un vol à main armée qui avait eu lieu dans le bureau où travaillait la jeune fille. Il avait parlé deux fois avec elle et compris que l'avenir de son mariage avec Martiza était dévasté : Haydée était entrée dans sa vie comme une obsession, et le Conde avait bien cru qu'il allait devenir fou. La furie irrépressible de cet amour qui se concrétisait tous les jours dans des petits hôtels, des appartements prêtés ou des buissons propices, avait une violence animale et une variété incommensurable de plaisirs inexplorés. Il était incurablement tombé amoureux, et commit alors les folies sexuelles les plus satisfaisantes et les plus extravagantes de son existence. Ils faisaient l'amour encore et encore, sans même se laisser le temps de sécher… Lorsque le Conde était épuisé et heureux, Haydée pouvait encore en tirer quelque chose : il suffisait qu'il l'entende uriner de ce jet ambré et puissant, ou qu'il sente la pointe aimantée de sa langue cheminer sur ses cuisses jusqu'à s'enrouler autour de son membre, pour se sentir capable de recommencer. Avec Haydée, il se sentait désiré et viril comme avec aucune autre femme avant elle. À chaque rencontre, ils jouaient à l'amour avec les raffinements des explorateurs et la force des cloîtrés.

Si le Conde n'était pas tombé amoureux de cette femme à l'apparence légère et au regard candide qui se métamorphosait quand elle sentait la proximité du sexe, il ne se serait jamais trouvé, anxieux et heureux, au coin de la calle Infanta, juste à un pâté de maisons de distance du bureau où Haydée travaillait jusqu'à dix-sept heures trente. Si l'après-midi en question Haydée, dans la hâte du délire qui l'attendait, ne s'était pas trompée dans son addition, six et huit faisant quatorze et non pas vingt-quatre comme elle l'avait inscrit dans son impossible bilan, elle serait sortie à dix-sept heures trente-et-une, et non pas à quarante-deux, quand le vacarme de la rue et le claquement du coup de feu l'avaient fait se lever de son bureau avec un douloureux pressentiment.

Le Conde avait allumé la troisième cigarette de son attente désespérée et n'avait pas entendu les cris. Il pensait à ce qui se passerait cet après-midi-là dans l'appartement de l'ami d'un ami, qui suivait un cours de deux mois à Moscou, et qui était devenu le refuge transitoire de sa passion encore clandestine. Il imaginait Haydée, nue et couverte de sueur, en train d'agir sur les recoins les plus sacrés de son anatomie tremblante. Ce n'est qu'alors qu'il avait aperçu l'homme ensanglanté qui courait dans sa direction, sa chemise verte s'obscurcissant sur l'abdomen. Il avait l'air sur le point de se jeter par terre pour demander pardon de tous ses péchés. Mais il savait que le pardon ne faisait pas partie des intentions de l'autre homme qui, boitant de la jambe gauche et la bouche fendue, courait aussi vers lui, un couteau à la main. Pendant très longtemps, le Conde s'était dit que s'il avait été en uniforme, il aurait peut-être pu arrêter la course du poursuivant que personne n'osait approcher, mais lorsqu'il avait lâché sa cigarette en criant, « Arrête-toi tout de suite, arrête-toi, putain, je suis policier », l'homme avait accéléré sa course, exhibé le couteau au-dessus de sa tête, reporté sa haine sur l'intrus qui s'interposait et criait après lui. Le plus surprenant, c'est que le Conde avait toujours envisagé la scène à la troisième personne, étranger à la perspective de ses yeux : il avait vu le moment où celui qui criait faisait deux pas en arrière, portait la main à sa ceinture, et, sans plus pouvoir dire un mot, tirait sur l'homme, qui, a moins d'un mètre de lui, brandissait toujours son couteau. Il le vit tomber en arrière en un demi-tour qui semblait répété à l'avance, le couteau lui échappant des mains. C'est à ce moment-là qu'il avait commencé à se tordre de douleur.

La balle l'avait atteint à hauteur de l'épaule et n'avait fait que lui casser la clavicule. Cette unique fois où Mario Conde avait tiré sur un homme, tout s'était terminé par une opération bénigne et un procès où il avait témoigné contre l'agresseur, depuis longtemps guéri et se repentant de la violence que l'alcool déclenchait en lui. Mais le Conde avait vécu plusieurs mois à se demander si c'était l'épaule ou la poitrine de son attaquant qu'il avait visée, et il s'était juré qu'il ne sortirait plus jamais son pistolet du stand de tir, même s'il devait se battre à mains nues contre l'homme au couteau. Pourtant, René Maciques l'aurait fait abjurer sa promesse la plus solennelle. Sur la tête de ma mère, ça oui alors !

– Don Alfonso, on va au Commissariat ! annonça-t-il en remontant la vitre de la voiture. Le chauffeur lui jeta un coup d'œil et comprit qu'il ne devait pas poser de question.

Patricia la China et son équipe étaient noyés sous un océan de feuilles de paie, de contrats, de notes de service, d'ordres d'achat, de transferts, de ventes, de mémorandums, de constats, de chèques vérifiés et d'actes agréés ou refusés, qui tous persistent à assurer que tout va bien, que tout est impeccable, bizarrement correct ; Zaida s'enfonçait quant à elle dans un autre océan, de larmes celui-là : eh bien oui, en réalité, sa relation avec Rafael n'était pas celle d'un chef avec sa secrétaire, elle dépassait le simple cadre de l'entreprise, mais ça ne constituait en aucun cas un délit, parce qu'en plus, Rafael ne lui avait jamais fait d'avances, il ne lui avait jamais rien dit dans ce sens, jamais ! Jamais ! Elle jurait que oui, Rafael l'avait raccompagnée chez elle le 30 et qu'ensuite, elle n'en avait plus entendu parler. Manolo faisait pression et elle pleurait : il aimait beaucoup Alfredito, mon fils, il est même descendu de voiture pour lui souhaiter la bonne année ; Maciques, il y avait des choses qu'il ignorait, c'était un cadre, alors ça, c'est au sous-directeur économique que vous devez le demander, il rentre le 10 du Canada… Mais, encore une fois, elle ne le croyait pas ; et le Vieux, qui regardait la cendre de son Davidoff, savait qu'il lui faudrait discuter avec son gendre parce qu'il en avait par-dessus la tête… Il avait emmené le gamin puis il était revenu vers onze heures, bien éméché. Ça lui avait même donné de la tension. Mais il exigeait pourtant la solution de cette affaire, aujourd'hui même, Mario ! Dans trois jours les acheteurs japonais arrivent. Ils avaient entamé d'importantes négociations avec Rafael Morín pour l'acquisition de produits dérivés de la canne à sucre, ce qui devait rapporter des millions de dollars. Morín avait travaillé plusieurs fois avec eux et le ministre exigeait une réponse. Il lui demandait : Mario, tu as besoin d'aide ? Deux jours étaient passés, et il avait toujours les mains vides.

Le Conde leva les yeux, vit la froide clarté de ce lundi 5 janvier. Il se dit que cette nuit, la température serait idéale pour attendre jusqu'à minuit et déposer, à ce moment-là seulement, dans un coin de la pièce, trois bottes d'herbe grasse, trois seaux d'eau sucrée avec du miel pour les chameaux, et une lettre collective adressée à Melchior, Gaspard et Balthazar. Soudain le téléphone sonna. Il abandonna de mauvaise grâce l'idée de sa lettre aux Rois mages.

– Oui, répondit-il en s'asseyant à demi sur le bureau, les yeux braqués sur la cime des lauriers.

– Mario ? C'est moi, Tamara.

– Ah, c'est toi, comment vas-tu ?

– J'ai attendu ton appel hier soir.

– Oui, j'ai été très occupé. Je suis parti d'ici très tard.

– Je t'avais déjà appelé dans la matinée, vers neuf heures et demie.

– Ah, on ne me l'a pas dit.

– C'est parce que je n'ai pas laissé de message. C'était pour quoi le coup de téléphone d'hier matin ?

– Simple routine. La Zoila en question est une amie de René Maciques et elle ne connaît même pas Rafael personnellement. On avance bien.

– Et donc, rien à propos de Rafael ? Lui, il voudrait percevoir exactement l'intention qui se cache derrière cette question. Il préférerait presque savoir que Tamara est désespérée par ce qui arrive à son mari. Il se dit également que techniquement, elle est toujours la suspecte numéro un, quand elle ajoute : Cette incertitude me tue.

– Moi aussi. Je suis fatigué.

– De quoi ?

Il réfléchit un instant, il veut être sûr de ne pas se tromper.

– D'être le policier particulier de Rafael.

– Ça y est, tu es allé à l'entreprise ?

– J'y étais il y a un instant. J'ai laissé les spécialistes de la Brigade financière sur place.

– La Brigade financière ? Mario, tu crois vraiment que Rafael est impliqué dans quelque chose de ce genre ?

– Qu'est-ce que tu t'imagines, Tamara ? Tu crois que c'est en économisant sur ses frais de mission qu'il pouvait te payer tout ce qu'il te payait ?

À l'autre bout de la ligne, un silence lourd et prolongé s'abat. Elle finit par soupirer :

– Je ne sais pas, Mario, sincèrement je ne sais pas. Mais tout aussi sincèrement je ne vois pas Rafael là-dedans. Il… – elle hésite –, ce n'est pas quelqu'un de mauvais.

– C'est ce qu'on m'a dit – il murmure à peine en se passant la main sur le front pour essuyer une sueur inattendue.

– Qu'est-ce que tu as dit ?

– J'ai dit que moi aussi, c'est ce que je crois.

Et le silence retombe.

– Mario, dit-elle, je me fiche de ce qui s'est passé hier, ça…

– Mais pas moi, Tamara.

– Ah, tu ne me comprends pas, proteste-t-elle, elle se sent contrainte à la confession et il ne lui rend certes pas la tâche facile. Pourquoi crois-tu que je t'appelle ? Mario, je veux te revoir, vraiment.

– Ça n'a pas de sens, Tamara. On va se voir, et après, quoi ?

– Après je ne sais pas. C'est donc bien vrai que tu ne peux pas t'empêcher de réfléchir à tout mille fois ?

– Oui, c'est vrai, je ne peux pas m'en empêcher, admet-il en pressentant que son mal de tête va recommencer.

– Tu ne vas pas venir ?

Mario Conde ferme les yeux : il la revoit, nue et pleine de désir, ouverte et impatiente sur le lit.

– Je crois que si. Quand je saurai ce qui s'est passé avec Rafael, répond-il en raccrochant. Il sent exactement comment la douleur naît derrière ses yeux, c'est comme une tache d'huile qui s'étend sur son front et grandit. Mais avec la douleur vient l'illumination : « quand je saurai ce qui s'est passé avec Rafael », et le lieutenant Mario Conde se réprimande, pauvre crétin, pourquoi est-ce que tu n'as pas commencé par là !

– Tu viens mourir dans mes bras ? lui demanda le capitaine Contreras. Son rire de gros satisfait sans remords retentit contre les murs de la pièce. Avec une rapidité insolite pour son humanité pachydermique, il quitta sa chaise qui grinça, soulagée. Il avança vers le lieutenant pour lui serrer la main. Conde, mon ami. La vie c'est comme ça, mon pote : « à charge de revanche ! », même s'il y a des gens dégoûtés par ce qu'on fait, pas vrai ? Évidemment, personne n'aime tripoter la merde, mais il faut bien que quelqu'un le fasse et on finit par compter sur moi ; pas toi, t'es un copain, bien que tu n'aies pas voulu travailler avec moi, mais tout arrive dans la vie. Et il se remit à rire, laissant son ventre, ses mamelles, son double menton et ses bajoues danser joyeusement. Il riait avec facilité, avec beaucoup de facilité, à tel point que le Conde avait toujours pensé que pour Gordo[1] Contreras, le rire venait peut-être trop facilement, justement. Allez, fais-moi voir.

Le lieutenant lui remit la photographie. Le capitaine Jesús Contreras l'examina quelques minutes. Le Conde essaya d'imaginer le fonctionnement des archives bondées de son cerveau. Ce qui passait une fois sous les yeux du Gordo Contreras demeurait enregistré dans sa mémoire, jusqu'aux poils et autres signes particuliers les plus cachés. Cela représentait son plus grand orgueil, et le deuxième avait toujours été de se savoir utile et presque indispensable : le Gordo s'occupait directement du trafic de devises. Personne en effet ne pourrait jamais dire qu'il manquait de travail... Son équipe, les Gorditos de Contreras, avait fait le pari de devenir le cauchemar quotidien des putes et des revendeurs de dollars de La Havane. Or, ces derniers mois, ils avaient conquis le record enviable du nombre de morues dessalées...

– Il n'appartient pas au milieu, conclut-il, sans cesser de regarder la photographie. Que dit l'ordinateur ?

– Rien, qu'il est aussi propre que le cul d'un enfant qui sort du bain.

– Je le savais. Et qu'est-ce que tu veux exactement ?

– Que tu vérifies pour moi auprès de tes informateurs et des gars que tu as à l'ombre, pour voir s'ils le connaissent comme ayant déjà vendu des dollars. Il manipule beaucoup d'argent cubain et je pense qu'il le tirait de là. Je veux aussi que tu fasses ton enquête sur un autre type, dont je t'envoie tout de suite la photographie.

– Comment ils s'appellent ?

– Celui-là, Rafael Morín et l'autre René Maciques, mais ne te fie pas aux noms, travaille sur les visages.

– Eh mais... Conde, celui-là, c'est pas le zigue qui a disparu ?

– Enchanté, Gordo.

– Dis-moi, t'es pas devenu un peu dingue ? Écoute, tu vas quand même pas essayer de me mêler à tout ça, alors que ce type est protégé des dieux... Il y a même un ministre qui appelle le Vieux et tout. Tu es bien sûr qu'il est impliqué dans cette histoire de merde, au moins ? demanda Contreras en

1. Le Gros (NdT).

posant la photographie sur le bureau, comme s'il s'était soudainement brûlé.

– De rien, voilà de quoi je suis sûr, Gordo. C'est juste un pressentiment, ou plus exactement une migraine. Il tirait beaucoup d'argent de quelque part, Gordo, et pourtant c'était pas un mec sensé faire des magouilles, alors…

– Peut-être, peut-être bien que oui. Mais tu remues la merde, Conde, et la merde ça éclabousse, prévint le Gordo en retournant à sa chaise maltraitée. Bon, tu veux ça pour quand ?

– Il me le faut pour hier. Le Vieux est furax parce que ça fait trois jours que je suis là-dessus. C'est tout juste s'il réclame pas la tête de quelqu'un, et je le soupçonne de vouloir que la tête en question, ce soit précisément la mienne. Aide-moi, Gordo !

Le capitaine Contreras se remit à rire. Le Conde s'étonnait également que tout le fasse rire, parce qu'en réalité le Gordo était le policier le plus dur qu'il ait connu, sans aucun doute le meilleur dans sa spécialité, même si derrière son visage d'obèse heureux il cachait près de trois cents livres de complexes. Son inséparable odeur de poudre brûlée et la rupture précipitée de ses deux tentatives de mariage constituaient un stigmate trop profond pour lui. Mais il se défendait par ce rire, par la conviction qu'il était né pour être policier, et qu'il était concrètement un bon policier.

– D'accord, d'accord, mais c'est bien parce que c'est toi… Envoie-moi l'autre photo et laisse-moi les coordonnées de l'endroit où je peux te joindre si on a quelque chose.

Le Conde tendit la main par-dessus le bureau du capitaine Contreras, prêt à subir sans une plainte la poignée de cette main qui pouvait étrangler un cheval.

– Merci, Gordo.

Il quitta la pièce, poursuivi par les éclats de rire de Contreras et il monta jusqu'au bureau du Vieux. Maruchi était en train de taper quelque chose à la machine. Le Conde s'émerveilla de ce qu'elle pouvait parler, et même le regarder, sans cesser de pianoter sur les touches.

– Tu es en retard, marquis. Je veux dire, Conde[1]. Le major vient juste de partir, lui annonça la jeune femme. Il est allé à une réunion de la direction politique.

– Hum, hum, je crois que ça vaut mieux, dit le lieutenant, qui préférait ne pas avoir à affronter le major Rangel tout de

1. Comte (NdT).

suite. Est-ce que tu peux lui dire de m'attendre jusqu'à cinq heures et demie, parce que je crois pouvoir lui apporter la solution de cette affaire aujourd'hui. D'accord ?

– Pas de problème, lieutenant.

– Eh, arrête-toi une minute, lui demanda-t-il. La secrétaire suspendit son travail et le regarda, résignée. Offre-moi deux Duralgine, s'il te plaît.

– Quoi de neuf ? s'enquit le Conde en souriant. Manolo, Patricia et les spécialistes de la Brigade financière le regardèrent, surpris. Cela faisait à peine une heure qu'il avait quitté l'entreprise en disant qu'il reviendrait dans l'après-midi, et le voilà qui se pointait en demandant s'il y avait du nouveau. Le lieutenant se fit une place sur la table de travail du bureau de la sous-direction économique qu'on leur avait prêté pour leur enquête, et il s'assit, en se reposant à peine sur une demi-fesse.

– On ne trouve rien, Mayo, répondit Patricia en refermant le dossier portant l'étiquette ORDRES DE SERVICE. Je t'avais prévenu que ça n'allait pas être facile.

– Putain, moi, ce que je comprends pas, c'est pourquoi on a besoin d'autant de paperasses, protesta Manolo en écartant les bras, comme s'il essayait d'embrasser l'immensité du bureau occupée par les papiers qui consignaient la mémoire journalière de l'entreprise. Et tout ça, seulement pour 88 ! Un de ces jours, il va falloir créer une entreprise rien que pour les papiers de cette entreprise.

– Et tu te rends compte, Mayo, que malgré tous ces contrôles, ces vérifications de caisse, ces audits… il y a quand même de plus en plus de vols, de malversations et de détournements de fonds ; ça dépasse l'imagination. Sans papiers, personne ne pourrait contrôler tout ça.

– Alors là, c'est tout ce qui a un lien avec les voyages de Rafael à l'étranger et les affaires qu'il faisait ici ? voulut savoir le Conde en renonçant à l'idée d'allumer une cigarette.

– Il y a les contrats, les chèques et les justificatifs. Et, évidemment, des ventilations de frais généraux pour chaque affaire, expliqua Patricia Wong en désignant deux montagnes de papiers. Il fallait bien qu'on commence par le début.

– Et combien de temps il va falloir pour régler tout ça, China ?

La lieutenante rit à nouveau, de ce rire asiatique résigné qui lui fermait les yeux. Elle n'y voit rien, c'est sûr, là non, elle ne peut pas voir !

– Au moins deux jours, Mayo.

– Non ! cria le Conde en regardant Manolo. Le sergent le suppliait des yeux, sors-moi de là, vieux, et il avait l'air plus maigre et plus misérable que jamais.

– Je ne suis pas Chan-Li-Po. C'est comme ça, protesta Patricia en croisant ses jambes monumentales.

– Bon, on va faire deux choses. Premièrement, que quelqu'un se charge de m'obtenir le dossier de Maciques sous n'importe quel prétexte, j'ai besoin d'une photo de lui. Deuxièmement, je veux que tu fasses passer en priorité, j'ai bien dit en priorité, ça y est, voilà que je me mets à parler comme ça ! Bon, que tu mettes la main sur toutes les assignations et liquidations de frais de mission de Rafael, de Maciques et du sous-directeur économique qui se trouve en ce moment au Canada. Cherche aussi des frais de représentation, à Cuba et à l'étranger. Jette un œil aux petits cadeaux déclarés comme résultant des signatures de bons contrats. Je suis sûr qu'il n'en sortira rien d'important, mais j'ai besoin de savoir. Surtout, concentre-toi bien sur ces deux pistes, China : ce que faisait Rafael en Espagne, le pays où il allait le plus souvent, et mets ton nez dans toutes les affaires qu'il a faites avec cette société japonaise, depuis qu'il a commencé à diriger l'entreprise... Il sortit le carnet de la poche arrière de son pantalon et lut : C'est ça... la société Mitachi, ces Chinois-là débarquent à Cuba dans quelques jours, et il se peut que ça ait un rapport avec eux.

– Tout ça c'est très bien, mais ne les appelle pas Chi-nois, veux-tu ? protesta la lieutenante. Le Conde se souvint que ces derniers temps, Patricia subissait un reflux de mélancolie asiatique, et que du fait de sa condition de descendante directe, elle s'était même inscrite à la Société chinoise de Cuba.

– Franchement, Patricia, c'est plus ou moins la même chose !

– Ah, Mayo, sois pas lourd, s'il te plaît ! Si tu dis ça à mon père ça m'étonnerait qu'il recommence à t'inviter à manger.

– Laisse tomber, laisse tomber, ça vaut pas le coup.

– Tu as l'air content, hein ? Je parie que tu as quelque chose de sérieux.

– Si seulement ça pouvait être le cas, Patricia... Mais la seule chose que j'ai, c'est un très vieux préjugé, et ce que tu vas pouvoir me dégoter maintenant. Aide-moi. Écoute, il est onze heures et demie. Ce que je t'ai demandé, est-ce que tu peux me le donner pour deux heures…

– Quatre heures, pas avant.

– On coupe la poire en deux : je suis ici à trois heures. Pour le moment, prête-moi le petit.

Patricia regarda Manolo et lut la supplique dans ses yeux, qui louchèrent immanquablement.

– C'est d'accord, pour ce qu'il s'y connaît en économie et en comptabilité de toute façon…

– Merci pour le compliment, lieutenant, lui dit Manolo qui rajustait déjà son revolver et lissait sa chemise pour rendre moins évidente la présence de l'arme.

– Bon, à trois heures.

– Oui, mais va-t-en, Mayo, parce que si tu restes ici je n'aurai pas fini avant cinq heures. Rebecca, ordonna-t-elle à l'une de ses spécialistes, trouve la photo pour le lieutenant. Amuse-toi bien, Manolo.

Après dix ans dans le métier, Mario Conde avait appris que ce n'est pas par manque d'imagination qu'on suit la routine. Mais Manolo était encore trop jeune, et il préférait tout résoudre avec deux interrogatoires, une piste explorée jusqu'au bout de l'écheveau ou, à la rigueur, prendre un moment pour réfléchir et finir par forcer les situations jusqu'à les faire céder. Il avait connu trop souvent le succès au cours de sa courte carrière et le Conde, sans partager toutes ses théories, respectait ce garçon maigre et dégingandé. Mais le lieutenant imposait fréquemment la routine policière, en essayant de débusquer l'inévitable midi à quatorze heures. Beaucoup de routine, associée à ces idées qui, sans avoir été sollicitées, lui venaient parfois d'un lointain inconscient, voilà en quoi consistaient ses deux armes de travail préférées. La troisième avait toujours été de savoir cerner les gens : si tu arrives à connaître quelqu'un, tu sais ce qu'il peut faire et ce qu'il ne devrait jamais faire, disait-il à Manolo. Parce que parfois, les gens font précisément ce qu'ils ne devraient pas faire. Il lui expliquait aussi : tant que je serai policier, je ne pourrai pas arrêter de fumer, ni cesser de penser qu'un jour j'écrirai un roman très abject, très romantique, très doux, et je continuerai à travailler en suivant les bonnes vieilles méthodes. Quand je ne serai plus policier et que j'écrirai mon roman, j'aimerais travailler avec des fous, parce que j'aime beaucoup les fous.

C'est par simple routine et pour vérifier s'il lui restait encore quelque chose à connaître du caractère de Rafael Morín, que le Conde décida de s'entretenir avec Salvador González, le secrétaire du Parti, un cadre professionnel de l'organisation que la municipalité avait envoyé à l'entreprise à peine trois mois plus tôt.

– Je ne sais pas jusqu'à quel point je pourrai vous être utile, déclara Salvador en refusant la cigarette que lui offrait le lieutenant. En revanche, après avoir bourré une pipe, il accepta l'allumette qu'il avait craquée. C'était un homme qui avait dépassé la cinquantaine. Il avait l'air naïf et accablé. J'ai très peu connu le camarade Morín, et à son propos, que ce soit en tant que militant ou en tant que personne, je n'ai jamais que des impressions, or je n'aime pas être impressionniste.

– Donnez-moi l'une de ces impressions, demanda le lieutenant.

– Eh bien, au cours de l'assemblée pour le bilan annuel, il a été vraiment excellent. Son rapport est sans nul doute l'un des meilleurs que j'aie entendus. Je crois que c'est un homme qui a parfaitement interprété l'esprit de notre temps : il a dit qu'il voulait de l'exigence et de la qualité dans le travail, parce qu'il pensait que son entreprise était importante pour le développement du pays. Et il a fait son autocritique au sujet de sa façon de diriger, qu'il a jugée trop centralisée. Puis il a demandé leur aide aux camarades dans le but d'une nécessaire répartition des responsabilités et des tâches.

– Donnez-m'en une autre.

Le secrétaire général sourit.

– Même si c'est juste une impression ?

– Mmm.

– Bon, puisque vous insistez. Mais notez bien que c'est juste une impression... Vous savez ce que voyager signifie, pour nous autres. Dans cette entreprise exactement comme dans le reste du pays d'ailleurs. Celui qui voyage se sent différent, élu, c'est comme s'il passait le mur du son... Mon impression, c'est que le camarade Morín jouait à s'attirer les sympathies avec cette question des voyages. C'est une impression qui me vient de ce que j'ai vu et de ce dont nous avons parlé ensemble.

– De quoi avez-vous parlé ? Qu'est-ce que vous avez vu ?

– Rien de particulier. Lors de la préparation de l'assemblée pour le bilan annuel, il m'a demandé si j'aimerais voyager.

– Et qu'est-ce qui s'est passé ?

– Je lui ai raconté que quand j'étais petit, j'avais lu un illustré avec Donald, qui s'en allait chercher de l'or en Alaska, accompagné de ses trois neveux. J'ai ajouté que pendant très longtemps, j'avais été terriblement jaloux de ces petits canards qui avaient un oncle qui les emmenait en Alaska. Ensuite, j'ai grandi et je ne suis jamais allé en Alaska ni nulle part ailleurs et, pardonnez-moi l'expression, j'ai finalement décidé que l'Alaska pouvait aller se faire foutre.

– Et vous n'avez pas d'autres impressions ?

– Voyez-vous, je préfère ne pas les livrer.

– Pourquoi ?

– Parce qu'à présent, je ne suis plus un simple ouvrier, ni même un simple militant. Je suis le secrétaire général de cette entreprise et mes impressions peuvent être assimilées à ma position actuelle, et non à ma personne.

– Et si moi je fais la différence ? Et si vous aussi, pendant quelques instants, vous oubliez votre fonction ?

– C'est très difficile pour nous deux, lieutenant, mais comme vous vous montrez si insistant, je vais vous dire quelque chose, et j'espère qu'en le faisant, je ne commets pas d'erreur, répondit-il. Il fit une pause qui se prolongea, tandis qu'il vidait sa pipe dans le cendrier. Il préférerait ne pas avoir à parler, pensa le Conde, mais il ne désespéra pas. On dit qu'un homme averti en vaut deux, et Rafael Morín m'a toujours paru être l'homme averti par excellence. Mais des deux hommes issus d'un homme averti, il y en a toujours un qui l'est moins que l'autre : c'est précisément celui-là qui a disparu aujourd'hui.

– Pourquoi pensez-vous cela ?

– Parce que je suis presque certain que votre camarade, là… la mulâtresse chinoise, va trouver quelque chose. C'est dans l'air, c'est palpable. Bien entendu, il s'agit d'une impression et je peux me tromper, n'est-ce pas ? Moi-même, je me suis déjà trompé sur le compte d'autres camarades. J'espère que je me trompe encore une fois, parce que dans le cas contraire, je ne me serais pas seulement trompé en tant que personne, vous me suivez ?

– Simple routine, hein ?

– J'emmerde la routine, assena Manolo en s'appuyant sur le coffre de la voiture. Il était un peu plus de midi et le soleil rond de la mi-journée tentait de chasser le froid ; c'était agréable de recevoir sa chaleur. On pouvait même enlever sa veste, mettre ses lunettes noires et brûler de proposer : Allez, Conde, on retourne cuisiner Maciques. Mais pas ici, plutôt là-bas, au Commissariat.

Le Conde essuya ses lunettes avec le bord de sa chemise, les inspecta à la lumière avant de les remettre dans sa poche. Il déboutonna ses poignets pour faire deux ou trois tours à ses manches, asymétriques et en boule, à la hauteur des coudes.

– On va attendre. Il n'est que midi. La China m'a dit à trois heures, et le Gordo aura commencé depuis trop peu de temps. Je crois qu'on a bien mérité de déjeuner, non ? Parce qu'aujourd'hui, je ne sais vraiment pas à quelle heure on va finir.

Manolo se caressa l'estomac et se frotta les mains. L'effort du soleil s'avérait insuffisant car une brise montait de la mer, compacte, parfumée et persistante, suffisante pour balayer la timide chaleur de l'atmosphère.

– Tu crois que là, j'ai le temps d'aller chez Vilma ? demanda-t-il sans regarder son compagnon.

– Mais alors finalement, elle t'a viré ou elle t'a pas viré ?

– Non, mon vieux, ce qu'il y a c'est qu'elle est jalouse comme une tigresse.

– Ou comme les affaires qui brassent beaucoup d'argent...

– Plus ou moins.

– Mais elle te plaît, pas vrai ?

Manolo essaya de shooter dans une capsule de bouteille écrasée par les voitures et se frotta de nouveau les mains.

– Je crois que oui, mon pote. Au lit, cette femme, elle me tue !

– Attention, mon garçon, l'avertit le Conde en souriant. Moi j'en ai eu une comme ça, et elle a failli m'achever. Le pire c'est qu'après, il n'y en a plus aucune qui te convienne. Mais celui qui a choisi sa mort... Allez, en route, dépose-moi chez le Flaco et viens me reprendre à deux heures, deux heures et quart. Ça te laisse le temps ?

– Pourquoi est-ce que tu crois que je suis meilleur que Fangio ? plaisanta-t-il en ouvrant déjà la portière de la voiture.

Le Conde préféra ne pas lui parler pendant le trajet. Il trouvait que rouler à quatre-vingts kilomètres à l'heure dans La Havane était un délire lamentable et il décida qu'il valait mieux que Manolo ne se préoccupe que du volant et de son amour frénétique pour Vilma... Peut-être que comme ça ils arriveraient saints et saufs. Le pire de cette chevauchée, c'était que lui non plus ne pouvait pas réfléchir, même si, au bout du compte, il finit par s'en réjouir : il n'y avait plus vraiment matière à réfléchir maintenant, juste à attendre, et ensuite peut-être faudrait-il recommencer à se triturer le cerveau.

– À deux heures, ici, répéta-t-il à Manolo en descendant devant la maison du Flaco. Il manqua se signer quand il vit la façon dont le sergent tournait au coin de la rue. La force d'attraction des nichons, ç'est plus puissant qu'un tracteur, constata-t-il en traversant le tout petit jardin que Josefina tenait aussi soigneusement que tout ce qui passait à portée de sa main et de son pouvoir. Les roses, les tournesols, les touffes d'herbes rouges et un très ancien treillage chinois alliaient leurs couleurs et leurs odeurs sur une terre nette et obscure où jeter un mégot était considéré comme un péché mortel, fût-ce par Carlos le Flaco. La porte de la maison était ouverte, comme toujours, et en entrant il découvrit le parfum d'une sauce essentielle : dans une poêle, le jus d'oranges amères, l'ail épluché, l'oignon, le poivre et l'huile d'olive se débattaient. Ils baigneraient les viandes que Josefina offrirait ce jour-là à son fils, dont elle cultivait les rares plaisirs avec plus d'attention encore que son jardin. Depuis que le Flaco était rentré définitivement invalide, cette femme, sans perdre son sourire candide, s'était consacrée à son fils avec une résignation joyeuse et monacale. Cela durait depuis neuf ans déjà, et l'alimenter chaque jour représentait peut-être le rituel le plus complet au cours duquel s'exprimait sa tendresse douloureuse. Le Flaco avait refusé de suivre les conseils du médecin qui le mettait en garde contre les dangers de sa corpulence ; il avait compris que la mort se profilait et il avait souhaité vivre dans la plénitude qui l'avait toujours caractérisé. Quand on va boire, on boit ; quand on va manger, on mange, disait-il, et Josefina le satisfaisait au-delà de ses possibilités.

– Ajoute un couvert, lui dit le Conde en pénétrant dans la cuisine. Il embrassa le front en sueur de la femme et avança le sien pour recevoir le baiser de retour. Elle ne parvint cependant pas à le lui donner, parce que le lieutenant eut une bouffée d'amour et de tristesse qui le poussa à l'enlacer avec la force d'un étrangleur et à lui déclarer : Qu'est-ce que je t'aime, Jose ! avant de la lâcher. Et, pour éviter la montée de larmes qu'il savait imminente, il se dirigea vers le plateau où se trouvait la Thermos de café.

– Qu'est-ce que tu fabriques ici, mon petit Conde, ça y est, tu as fini ton travail ?

– Si seulement ça pouvait être le cas, Jose, lui répondit-il tout en buvant, mais là, tout de suite, je suis venu pour manger ce manioc en sauce.

– Dis-donc, mon garçon, poursuivit-elle en abandonnant un instant les préparatifs du repas. Dans quelle histoire es-tu allé te fourrer ?

– Tu peux même pas te l'imaginer, ma vieille, un de ces merdiers dont j'ai le secret.

– Avec la fille qui était dans votre classe ?

– Eh, eh, qu'est-ce que ton animal de fils t'a raconté ?

– Ne fais pas l'idiot, hier on entendait vos cris à des kilomètres à la ronde.

Le Conde haussa les épaules en souriant. Au fond, qu'est-ce qu'il avait bien pu révéler de grave ?

– Mais... pourquoi tu es si élégante ? s'enquit-il en l'examinant de la tête aux pieds.

– Moi, élégante ? Écoute-moi bien mon petit, tu n'as pas la moindre idée de ce que ça peut donner, quand je prends la peine d'être élégante... Non, non, j'arrive juste de chez le médecin et je n'ai pas eu le temps de me changer.

– Qu'est-ce que tu as, Jose ? lui demanda-t-il en se penchant pour voir son visage, tourné vers le foyer.

– Je ne sais pas, mon chéri. C'est une vieille douleur, mais qui devient insupportable. Ça commence comme une brûlure ici, sous l'estomac, et il y a des fois où ça me fait mal comme si on m'avait enfoncé un couteau.

– Et que t'a dit le médecin ?

– Pour ça... Rien encore. Il m'a dit de faire des analyses, une radio et cet examen où on avale un tuyau.

– Mais il ne t'a rien dit, rien d'autre ?

– Qu'est-ce que tu veux qu'il m'ait dit, mon petit Conde ?

– Je sais pas. Mais tu ne m'en avais pas parlé. J'en aurais touché un mot à Andrés, le gars qui a fait ses études avec nous. C'est un médecin du tonnerre.

– Ne t'inquiète pas, ce médecin-là aussi, il est bon.

– Comment veux-tu que je ne m'inquiète pas, ma vieille, si tu ne bronches jamais ? Écoute, demain je cause avec Andrés de cette histoire d'examens, et il faut que Flaco appelle...

Josefina posa la casserole et regarda l'ami de son fils.

– Il ne va appeler personne. Ne lui dis rien, tu veux ?

Le Conde eut besoin de se servir une nouvelle dose de café et d'allumer une autre cigarette, pour ne pas prendre Josefina dans ses bras et lui avouer qu'il avait très peur.

– Ne t'inquiète pas. C'est moi qui vais appeler. Il sent bon ce pot-au-feu, hein ? – et il sortit de la cuisine.

Le chemin des souvenirs de Mario Conde s'achevait toujours dans la mélancolie. Quand il avait franchi la barre des trente ans et de sa relation avec Haydée, il s'était fatigué des râles et du déchaînement de ses joutes sexuelles. Il avait découvert qu'il aimait se souvenir, dans l'espoir d'améliorer sa vie ; il traitait son destin comme un être vivant et coupable, auquel on pouvait adresser des reproches, des récriminations, des insatisfactions et des doutes. Son propre travail souffrait de ces jugements, même s'il savait qu'il n'était ni dur ou particulièrement sagace, ni même un modèle de conduite… et même si certains de ses collègues le considéraient comme un bon policier, il pensait qu'il aurait été plus utile dans une autre profession. Mais il convertissait ses regrets en une efficacité étudiée qui lui valait un prestige que lui-même assumait comme une imposture insoluble et jamais expliquée. Le retour de Tamara venait à présent compliquer cette pesante tranquillité conquise après la trahison de Haydée. Tranquillité faite de soirées de base-ball, d'alcool, de musique nostalgique et d'assiettes débordantes, le tout partagé en discutant avec le Flaco. En même temps, il désirait que tout ça ne soit qu'un mensonge, que le Flaco redevienne maigre, qu'il ne meure jamais, et qu'il ne ressemble pas à la boule de chair et de graisse qui, torse nu, tâchait à présent d'absorber le soleil de midi dans la cour de la maison. Le Conde vit les bourrelets qui se superposaient sur son estomac et ces petits points rouges qui lui couvraient le dos, le cou et la poitrine, comme des piqûres d'insectes voraces.

– À quoi tu penses, animal ? dit-il en lui ébouriffant les cheveux.

– À rien, sauvage. J'étais en train de réfléchir à toute cette histoire de Rafael, et d'un seul coup je suis resté comme ça, l'esprit dans le vague, répondit son ami en consultant sa montre. À quelle heure on vient te chercher ?

– Je m'en vais. Manolo doit être sur le point d'arriver. Si je ne pouvais pas venir ce soir, je t'appelle et je te dis ce qu'il en est.

– Mais ne t'échauffe pas trop les neurones, le déjeuner va te rester sur l'estomac.

– Qu'est-ce qu'on y peut, Flaco ?

– Rien, mon pote. Enlève-toi un peu de la merde que tu as dans la tête, parce que de toute façon, ce qui est pourri ne va pas s'arranger parce que tu auras passé toute la journée à y réfléchir. Ça, comme tout le reste, c'est pareil que dans le base-ball : pour gagner, il faut avoir des roubignolles. Et nous, on les a bien accrochées. C'est pour ça que rien qu'à nous deux, on a failli gagner le match contre ces putains de teigneuses maigrichonnes du lycée de La Habana, tu te souviens ?

– Comme si c'était hier, fit-il en prenant la position du batteur ; il exécuta un *swing*. Ils imaginèrent tous les deux comment la balle volait jusqu'à frapper la grille, sous le tableau, au loin, dans l'ultime solitude du *centerfield*.

– *Surprise !* s'exclama le lieutenant Patricia Wong. Comme elle riait, ses yeux disparurent. Elle agitait dans sa main droite les listes reliées, d'où semblait venir toute sa joie. Le Conde sentit que l'effervescence de la China agissait comme une transfusion : elle lui entrait dans le corps par voie directe et commençait à l'inonder, dans une sorte de course folle qui la secouait et faisait battre son cœur.

– On l'a coincé ? demanda-t-il en cherchant une cigarette dans la poche de sa veste. Il faillit crier quand il vit à nouveau le visage sans yeux de sa collègue, qui remuait affirmativement.

– Putain, on a enfin quelque chose, souffla Manolo en interceptant la cigarette que le Conde portait à ses lèvres. Le lieutenant, qui détestait cette blague intermittente mais récurrente de son collègue, oublia les insultes habituelles et préféra tirer une chaise près du lieutenant Patricia Wong.

– Parle, China, c'est quoi ?

– Ce que tu avais dit, Mayo, ce que tu avais dit, mais encore plus compliqué. Voilà, c'est là que doit se trouver l'origine de tout, et encore, il nous reste une tonne de papiers à passer en revue, une tonne, insista-t-elle en commençant à chercher quelque chose dans les listes. Mais ça, c'est de la dynamite, Mayo ! Viens voir. Au cours du dernier semestre de 1988, ce qu'on a épluché pour l'instant, Rafael Morín a fait deux voyages en Espagne et un au Japon. Il a plus d'heures de vol qu'un cosmonaute celui-là… Enfin, regarde, au Japon c'était pour une affaire avec Mitachi, mais j'y reviendrai.

– Alors, alors…, la pressa le Conde.

– Écoute ça, les deux voyages en Espagne ont duré seize ou dix-huit jours, et celui au Japon, neuf jours. Dans chaque cas, il devait conclure quatre contrats, sauf pour le premier voyage en Espagne, là il n'y en avait que trois. En ce qui concerne les frais de représentation, que je ne me serais jamais imaginé si importants, un sacré paquet de dollars, après je te ferai les comptes, eh bien il y a une circulaire qui les attribue en fonction des contacts commerciaux qui vont être réalisés. Et écoute ça… lui, il s'attribuait toujours le double, comme s'il allait travailler plus ou rester plus longtemps. C'est dingue ! Mais ce qu'il y a d'inexplicable ce sont les frais de mission, Mayo. Les imprimés qu'il aurait dû remplir pour ces trois voyages dont je t'ai parlé sont introuvables. Et pourtant, le plus incroyable de tout c'est qu'on a découvert des frais de mission pour un voyage au Panamá annulé et qu'il n'a pas remboursé. Je ne me l'explique pas, parce que n'importe quel contrôleur financier pouvait s'en rendre compte.

– Ouais, c'est bizarre, mais il y a autre chose, hein ? questionna le lieutenant au moment où Patricia déposait les feuilles sur le bureau. Sa joie commençait à s'évanouir. Cette magouille-là ne portait pas la marque de Morín.

– Ah, Mayo, calme-toi. Laisse-moi finir.

– Allez, ma China, montre-moi que tu es meilleure que Chan-Li-Po.

– Ça vient. Écoute, ça, là, c'est la mèche de la véritable bombe : l'entreprise d'Import-Export possède un compte à la Banque Bilbao Vizcaya au nom d'une société anonyme enregistrée sous boîte postale au Panamá, et est censée avoir une filiale à Cuba. C'est une sorte de corporation, ça s'appelle Rosal et apparemment, elle a été créée pour contourner l'embargo américain. On peut intervenir sur le compte de Rosal avec trois signatures : celle du vice-ministre Fernández-Lorea, celle de l'ami Maciques et évidemment, celle de Rafael Morín, mais il faut toujours qu'il y ait au moins deux de ces trois signatures… Tu me suis ?

– Sincèrement, je fais de mon mieux.

– Alors maintenant, accroche-toi, mon vieux Conde : si les papiers qu'il y a ici ne me trompent pas, parce qu'il y en a d'autres qui ne sont pas là où ils devraient être, et je ne veux pas mal interpréter avant de savoir… s'ils ne me trompent pas, donc, en décembre on a fait un gros retrait, qui ne coïncide avec aucune des affaires conclues à ce moment-là.

– Et qui est-ce qui l'a fait ?

– Ne sois pas naïf, Mayo, ça, il n'y a que la Banque qui le sait.

– Je suis naïf… Alors étonne-moi : il est gros comment, Patricia ? demanda-t-il, prêt à entendre le chiffre.

– Plusieurs milliers. Plus de cent, plus de deux cents, plus de..

– Putain ! s'exclama Manolo, qui partit à la recherche d'une autre cigarette. Et pourquoi il voulait tout ça ?

– N'exagère pas, Manolo, si j'étais voyante, je ne serais pas là, à bouffer de la poussière et des papiers.

– Laisse tomber, China, continue s'il te plaît…, supplia le Conde. Dans son esprit il voyait l'image de Tamara, le discours de Rafael le jour de la rentrée, la cloche que le directeur du camp faisait sonner, la maison de Diez de Octubre, le sourire inévitable et plein d'assurance de l'homme qui, aujourd'hui, ne reparaissait plus. Et cette histoire le faisait rire… oui, décidément, ça le faisait bien rigoler !

– Moi, je crois que tout ça a quelque chose à voir avec Mitachi. Mayo, les Japonais ne devaient pas venir d'ici février, et avant il était prévu que Rafael aille à Barcelone pour une vente avec une société anonyme espagnole. De ce côté-là, je n'ai pas encore vérifié, mais je parie qu'elle a un capital japonais. Et si c'est le cas, je parie une deuxième fois que le capital en question vient de Mitachi.

– Attends, attends, parle-moi en cubain.

– Bon sang, Mayo, c'est-y que tu serais devenu stupide ? protesta Patricia, mais son sourire lui avala les yeux. C'est plus clair que de l'eau de roche : Rafael Morín traitait sans doute des affaires avec Mitachi à titre personnel, et il tournait avec l'argent de l'entreprise, ou mieux, avec celui de Rosal. Ça y est, tu as pigé ?

– Au petit poil, dit Manolo au comble de l'étonnement en essayant de sourire.

– Et tu dis qu'il manque des papiers ?

– Il manque des papiers.

– Est-ce qu'il se peut qu'ils soient classés dans d'autres archives ?

– Peut-être, Mayo, mais je ne crois pas. S'il n'y en avait qu'un…

– Alors on les a sortis d'ici ?

– Peut-être, mais le plus bizarre c'est qu'on n'ait pas tout emporté, y compris ceux concernant les frais de mission, que Morín pouvait parfaitement falsifier.

– Donc, il y a des papiers en trop, et d'autres qui manquent ?

– Plus ou moins, Mayo.

– Ma petite, moi je sais pourquoi il y en a en trop, et je crois savoir où se trouvent ceux qui manquent.

Quand le major Rangel m'a annoncé : ici, tu peux venir sans uniforme, tu dois travailler sans uniforme… que je l'ai vu lui, dans cette veste vert olive, avec ses galons brodés sur les épaulettes et sur le col, il avait l'air si impressionnant que je me suis dit c'est une blague… J'ai pensé que je n'avais plus qu'à démissionner sur-le-champ, puisque c'était comme si je cessais d'être policier au moment où j'allais justement en être un pour de vrai. La première fois que je suis descendu dans la rue en uniforme, après ma sortie de l'académie, d'un côté j'ai eu honte, parce que les gens me regardaient, et de l'autre, j'ai eu l'impression d'être quelqu'un. L'uniforme me collait à la peau et je me sentais pleinement moi-même, différent des autres. Je pensais que les gens n'arrêteraient plus jamais de me regarder, même malgré eux, parce que désormais, je n'étais plus comme les autres. Ça me plaisait et ça me déplaisait… c'était bizarre. Quand j'étais petit, je passais mon temps déguisé. Étant très maigre, je ne m'étais jamais mis dans la tête comme d'autres gamins que je serai policier, général ou cosmonaute. Mais, pendant un temps, je me suis déguisé en Zorro, puis en Robin des Bois, et par la suite en pirate, avec un bandeau sur l'œil. Peut-être que j'aurais dû être acteur et pas policier… Mais je suis devenu policier et je crois bien que depuis le début, j'ai vraiment adoré porter l'uniforme. Et c'est le plus sérieusement du monde que je jouais à être policier, jusqu'à ce que, alors que j'étais encore à l'académie, je sois envoyé en patrouille pour faire une descente dans le quartier pouilleux du Moro. Quand on a quitté la voiture, il y avait un sacré peuple. J'avais l'impression que tout le quartier était là, et que tout le monde nous regardait. J'ai bien ajusté ma casquette, qui n'était ni neuve ni à moi, j'ai remonté mon pantalon et j'ai mis mes lunettes noires. J'avais du public et j'étais quelqu'un d'important, pas vrai ? On avait déjà emmené la femme qui avait eu une attaque à l'hôpital, il y avait un putain de silence parce qu'on venait d'arriver, tu vois ce que je veux dire. Un vieux noir aux cheveux blancs, vraiment très vieux, le président du Comité du coin, nous a dit : Par ici, camarades ! On est entrés dans la petite maison : elle avait un toit en zinc et des murs pour certains en briques nues, pour d'autres en contreplaqué, et un autre aussi en zinc. Dès l'entrée, on se sentait comme une boule de pâte à pain sur la pelle du boulanger au moment d'être enfournée. On se demande comment des gens peuvent encore vivre comme ça. Et elle, elle était là, sur un petit lit. J'étais au bord de l'évanouissement, je n'aime pas raconter ça parce que je m'en souviens parfaitement, je vois la scène comme si elle avait lieu aujourd'hui. Je sens même encore cette chaleur de four : les draps étaient couverts de sang, il y en avait aussi par terre et sur le mur. Elle était recroquevillée et immobile parce qu'elle était morte : son beau-père l'avait tuée en essayant de la violer. Ce n'est que plus tard que j'ai appris qu'elle n'avait pas plus de sept ans. Et là, je me suis traité de con d'être entré dans la police, parce que je croyais vraiment que des choses pareilles ne pouvaient pas arriver. Quand on est policier, on apprend que si, ces choses-là arrivent bel et bien, et même d'autres bien pires encore ; ça fait partie du boulot. Alors là, tu commences à te demander si tu dois faire tout ce qu'on t'apprend à l'académie, ou s'il vaut mieux attraper son pistolet et coller tout de suite six balles dans la tête du type qui a pu faire un truc pareil. J'ai été à deux doigts de présenter ma démission. Mais, non, je suis resté et après on m'a envoyé au Commissariat et le major m'a dit ça : tu dois venir sans uniforme, tu vas travailler avec Conde. Et je crois que j'aime de plus en plus être policier. Tu me comprends pas, hein ? Même aujourd'hui, où je ne vais plus dans la rue en uniforme et où les gens ne savent pas qui je suis, je m'en fous et tu m'as aidé à m'en foutre. Mais ce qui m'aide le plus, ce sont les gens comme Rafael Morín. Un drôle d'oiseau celui-là, tu trouves pas ? Comment diable quelqu'un peut-il jouer avec ce qui est à moi, à toi, à ce vieux qui vend des journaux, à cette femme qui s'apprête à traverser la rue et qui mourra peut-être de vieillesse sans savoir ce que c'est que d'avoir une voiture, une jolie maison, se promener à Barcelone ou se mettre un parfum à cent dollars et, qui sait, qui va peut-être maintenant aller se taper trois heures de queue pour ramener un sac de pommes de terre, hein Conde ? Comment diable ?

– Vous ? Comment ça va, Mario ? Entrez, sergent, dit-elle en souriant, mal à l'aise. Le Conde l'embrasse sur la joue comme au bon vieux temps et Manolo lui tend la main, ils lui rendent son salut et se dirigent vers le salon. Il est arrivé quelque chose, Mario ? finit-elle par demander.

– Il se passe des choses, Tamara. Il manque des papiers à l'entreprise et ces papiers pourraient bien accuser Rafael.

Elle oublie la mèche de cheveux imbattable et se frotte les mains. Elle devient soudain petite, elle paraît vulnérable et troublée.

– De quoi ?

– De vol, Tamara. C'est pour ça qu'on est là.

– Mais, de vol de quoi, Mario ?

– D'argent, de beaucoup d'argent.

– Ah, mon Dieu ! s'exclame-t-elle. Ses yeux se remplissent de larmes et le Conde se dit qu'elle peut enfin pleurer. Après tout, il s'agit de son mari, non ? Du père de son fils, non ? De son amoureux du lycée, non ?

– Je veux inspecter le coffre-fort de la bibliothèque, Tamara.

– Le coffre-fort ? – c'est une nouvelle surprise et presque un soulagement pour lui. Elle ne va pas se mettre à pleurer.

– Oui, tu as la combinaison, n'est-ce pas ?

– Mais… il y a longtemps qu'il est vide. Il n'y a pas d'argent ni ce genre de choses, je veux dire. Pour autant que je m'en souvienne, il n'y a guère que les titres de propriété de la maison et les papiers concernant le caveau de famille.

– Mais vous avez bien la combinaison, n'est-ce pas ? – à présent c'est Manolo qui insiste, redevenant le chat écorché, souple et hérissé.

– Oui, il se trouve dans le répertoire téléphonique de Rafael, comme un numéro parmi d'autres.

– Vous pouvez nous l'ouvrir tout de suite, camarade ? presse le sergent. Elle observe le Conde.

– S'il te plaît, Tamara, enjoint-il en se levant.

– Qu'est-ce que c'est que tout ça, Mario ? lui demande-t-elle, même si en réalité c'est à elle qu'elle pose la question. Elle les précède vers la bibliothèque.

Agenouillée devant la fausse cheminée, elle écarte le pare-feu et le Conde se souvient que c'est la veille des Rois, et que les Rois mages ont toujours préféré les cheminées pour entrer avec leur chargement de cadeaux. Il se pourrait que les siens se trouvent là, incroyablement en avance. Tamara lit les six chiffres et commence à tourner la clé du coffre-fort. Le Conde essaye de voir quelque chose par-dessus l'épaule de Manolo qui s'est placé au premier rang. La roue tourne pour la sixième fois, à gauche, elle tire enfin la porte métallique et se relève.

– Espérons que tu te trompes, Mario.

– Espérons, lui répond-il. Tandis qu'elle s'écarte, il avance vers la cheminée, s'agenouille et extrait des froides entrailles de fer une enveloppe blanche. Il se lève et la regarde. Il ne peut s'empêcher de ressentir une pitié tangible pour cette femme qui l'a mis à nu, qui l'a frustré et, il le sent avec de plus en plus de certitude, qu'il aurait préféré ne pas revoir. Mais il ouvre l'enveloppe et en sort une liasse de papiers qu'il se met à lire tandis que Manolo trépigne d'impatience.

– Encore mieux que ce qu'on pensait, constate-t-il. À la fin, il remet les feuilles dans l'enveloppe. Tamara ne cesse de se frotter les mains. Manolo quant à lui ne tient pas en place. Maciques possède un compte à la banque Hispanoamericana et une voiture en Espagne. Voilà les photocopies.

Le major Rangel avait observé l'agonie odorante de son Rey del Mundo comme on regarde la mort d'un chien qui a été son meilleur ami. C'est pour cela qu'en déposant le mégot dans le cendrier, il regrette de ne pas l'avoir mieux traité : il l'avait fumé de manière exécrable alors qu'il écoutait l'explication du lieutenant Mario Conde.

– Il faut le voir pour le croire ! laissai-t-il tomber en s'efforçant de détourner les yeux de l'extinction de son havane, peut-être pour ne pas devoir y croire. Comment peut-on concentrer autant d'énormités ?

– Les énormités sont à la mode, Vieux… N'était-ce pas un cadre de toute confiance ? N'était-ce pas un homme à l'avenir tout tracé ? N'était-il pas plus clair et plus sain que de l'eau bénite ?

– Ne sois pas sarcastique, ça n'explique rien…

– Vieux, je n'arrive pas à comprendre pourquoi ça t'étonne qu'il y ait une telle absence de contrôle dans une entreprise. Les énormités qui dépassent l'entendement, que personne n'arrive à s'expliquer, elles fleurissent de toutes parts chaque fois qu'on fait un véritable audit surprise. On dirait que t'as oublié l'administrateur millionnaire de la Ward, et celui du Pío-Pío, et celui de…

– D'accord, d'accord, Mario, mais permets-moi quand même d'être étonné, O.K. ? On a toujours tendance à penser que les gens ne sont pas aussi corrompus… et comme tu le dis toi-même, Rafael Morín était un cadre de toute confiance. Regarde un peu ce qu'il trafiquait, lui… Mais on en parlera plus tard. Ce que je veux savoir pour le moment, c'est où est passé ce type. Voilà ce qu'il faut que tu me dises, pour apporter l'affaire sur un plateau d'argent au ministre de l'Industrie.

Le Conde examina sa cigarette, desséchée et peu appétissante. L'encre indiquant la marque *Popular* avait coulé, le tabac s'échappait par les deux bouts, une vraie débandade, et le papier était mal collé. Mais c'était la dernière et quand il l'alluma, il savoura la force cachée dans sa fumée.

– Tu n'as pas besoin de plus de renforts ?

– Non, laisse-moi juste finir. Écoute, il paraît probable que Rafael Morín ait eu l'intention de nous faire la surprise pendant son voyage à Barcelone, en janvier, dans ces eaux-là. Il allait disparaître avec tout le fric, sans compter ce qu'il avait déjà mis de côté et investi. Et comme il savait qu'on commencerait par vérifier les papiers, peut-être qu'il a été trop sûr de lui et qu'il s'est mis à faire ses petites magouilles avec les frais de mission et de représentation. Faut bien vivre, hein ? L'un des informateurs du Gordo Contreras… je veux dire, du capitaine Contreras, un certain Yayo el Yuma, dit que la photo lui rappelle quelqu'un, mais qu'il faudrait qu'il le voie en chair et en os pour être certain. Ce qui veut dire qu'il a peut-être aussi vendu des dollars contre des pesos cubains pour ses frais ici, qui, d'après Zoilita, ne devaient pas être minces.

– Et on n'a toujours rien des gardes frontières ?

– Rien de ce côté-là, au moins pour le moment. Et moi, je crois qu'il n'y aura jamais rien. À présent il semble plus logique de penser qu'il ait eu un problème ici et qu'on l'ait envoyé dans l'autre monde… De toute façon, je suis certain que c'est Maciques qui se cache derrière tout ça… Dans le cas contraire, pourquoi Rafael conservait-il les papiers de Maciques dans sa propre maison ? Mais quoi qu'il en soit, tout s'est compliqué quand Rafael a appris que les gens de Mitachi venaient à Cuba plus tôt que prévu. Regarde, voilà le télex arrivé le 30 au matin. Il semble que l'affaire les intéressait bigrement, et quand il y a de bonnes affaires à faire, ces Chinois-là ne respectent ni Noël, ni le nouvel an. Rafael savait que le vice-ministre, peut-être le ministre et des gens d'autres entreprises allaient participer à ces accords. Il avait compris, comme je te disais, qu'il allait se faire pincer, et il a décidé de se cacher. Ou alors on l'a caché, pour ne pas dire pire. C'est pourquoi, en théorie, une sortie illégale du pays devient plus qu'une éventualité ; sauf qu'il n'est probablement pas parti, parce que sinon, on entendrait d'ici les cris de joie de l'autre côté. Tu te rends compte, Vieux, un vrai magnat de l'économie cubaine qui s'est fait la malle… ! Et s'il y a bien une chose dont je suis certain, mais alors vraiment certain, c'est que Rafael n'aurait pas essayé de partir sur deux chambres à air de camion en guise de radeau, en tentant le diable. Lui, il aurait plutôt été du genre à chercher le moyen le plus sûr et il serait donc déjà arrivé à Miami… Rafael Morín est à Cuba !

– Et si ce qu'il essayait de faire, c'était d'éviter le scandale pour qu'on ne gèle pas son compte en Espagne ? – le major Rangel se frotta les yeux et le Conde remarqua qu'il s'agitait avec une inquiétude qui ne lui était pas coutumière.

– Je crois que même s'il ne le voulait pas, à Miami, ils feraient de toute façon éclater le scandale. Mais en plus, le temps jouait pour lui. C'était un cadre de toute confiance, non ?

– Ça, tu l'as déjà dit.

– Bon, il savait que personne n'irait imaginer une chose pareille et qu'à son arrivée, n'importe quelle banque de Miami lui aurait ouvert les bras dans l'heure. Il avait prévu qu'on ne soupçonnerait rien pendant quelques jours, et aussi qu'on n'irait pas penser qu'un homme qui faisait huit ou dix voyages par an pouvait être en train de quitter le pays sur une barque.

– Oui, oui, ça a dû se passer comme ça… Mais il n'a pas emporté les papiers concernant les frais de mission. La China les a trouvés.

– C'est là que ça ne colle plus. Je m'étais dit que Maciques les avait mis là le 31 à midi, mais à ce moment-là, Rafael devait encore avoir ces documents en main.

– Mais à la fin, qu'est-ce que Maciques fabrique dans tout ça ?

– Je voudrais bien le savoir. En tout cas, une chose est sûre, c'est qu'il a de la merde jusque dans les cheveux. Celui-là, il sait tout, ou au moins le plus important parce que le 3 janvier, quand Manolo l'a interrogé, il était plutôt nerveux, il faisait un pas en arrière, deux pas en avant, comme s'il voulait se débarrasser de cette conversation. Et aujourd'hui, c'était plus le même homme. Il était très sûr de lui, comme s'il n'y avait aucune embrouille, en partie parce qu'il était convaincu qu'il n'aurait plus de problèmes. Même si on tombait sur toute cette magouille des frais de mission de Rafael, des indemnités de représentation… Bref, tout ce qu'il savait qu'on allait découvrir. Et pas aujourd'hui, mais hier ou avant-hier. Les jours passant depuis la disparition de son chef semblent lui avoir donné cette tranquillité, parce qu'il n'imaginait pas que Rafael pouvait avoir en sa possession ces documents, dans son coffre-fort.

– Alors c'est l'associé de Rafael Morín ?

– Non, ça doit plutôt être son complice. Figure-toi qu'il avait un peu plus de quatre mille dollars à la banque, quant à Rafael, ça se compte en centaines de milliers. Il y a quelque chose de bizarre là-dedans. Quoi qu'il en soit, tout à l'heure je vais aller l'interroger avec Manolo, pour voir si on peut en tirer quelque chose de nouveau.

Le major se leva et se dirigea vers la grande fenêtre de son bureau. Il était à peine six heures et la nuit commençait déjà à tomber sur La Havane. De cette hauteur, on voyait les lauriers selon une perspective qui n'intéressait pas le Conde. Lui, il préférait la vue immuable qu'il avait de sa petite fenêtre, et il resta dans son fauteuil.

– Il faut que tu retrouves ce fils de pute, même s'il repose à six pieds sous terre, déclara le Vieux, prenant son intonation la plus terrible et la plus viscérale. Il détestait ce genre de situations, il se sentait floué. Ça le gênait de constater que de telles énormités n'arrivaient entre ses mains qu'une fois consommées. Je vais appeler le ministre de l'Industrie pour qu'il s'occupe de l'argent d'Espagne, et pour qu'il réfléchisse un peu à tout ça, parce qu'en définitive, c'est plus leur problème que le nôtre. Mais pour l'instant, je voudrais que tu me dises une chose, Mario : comment un homme comme Rafael Morín a-t-il pu faire une chose pareille ?

– On a de la visite, je crois qu'il vaut mieux recommencer.

– Mais qu'est-ce que vous voulez que je vous dise, sergent ? répondit René Maciques, interrogatif, en regardant le Conde qui entrait et allait s'asseoir sur une chaise près de la fenêtre. Le lieutenant alluma une cigarette et échangea un regard avec le sergent. Vas-y, asticote-le !

– De quoi avez-vous parlé, Morín et vous, le 31 ?

– Je vous l'ai déjà dit, de choses banales concernant le travail, de la qualité du bilan de cette année, des dossiers que nous devions présenter…

– Et vous ne l'avez plus revu ?

– Non, j'ai quitté le réveillon un peu avant lui.

– Et que saviez-vous concernant cette fraude ?

– Je vous l'ai déjà dit, rien, sergent. Je n'imaginais même pas que ça pouvait se passer. Et j'ai encore presque du mal à y croire. Je ne sais pas comment il a pu faire une chose pareille.

– Quel est votre votre degré de responsabilité à ce sujet ?

– Le mien ? Le mien ? Aucun, sergent, moi je ne suis qu'un simple chef de bureau qui ne prend aucune décision !

Le Conde éteignit sa cigarette et se leva. Il se dirigea vers le bureau.

– Votre innocence me touche, Maciques.

– Mais c'est que je…

– Ne vous fatiguez pas. Et ça, ça vous rappelle quelque chose ?

Le Conde sortit les deux photocopies de l'enveloppe et les posa sur la table, devant Maciques. Le chef de bureau regarda les policiers et finit par se pencher sur les papiers. Il resta ainsi un temps infini : c'était comme si soudain il était devenu incapable de lire.

– Le lieutenant vous a posé une question insista Manolo en ramassant les feuilles. Ça vous rappelle quelque chose, ça ?

– Ces papiers, ils étaient où ?

– Encore une fois, vous m'obligez à vous rappeler que les questions, c'est nous qui les posons… Mais je vais satisfaire votre curiosité. Ils étaient bien gardés dans un coffre-fort, au domicile de Rafael Morín. Que signifient ces documents, Maciques ? s'entêta Manolo en se plaçant entre l'homme et le bureau.

René Maciques leva les yeux vers celui qui lui avait posé cette question. C'était un homme mal à l'aise, un bibliothécaire mélancolique et vieilli. Le sergent Manuel Palacios lui laissa tout son temps. Il savait qu'il en était au moment décisif de son interrogatoire, quand le prévenu doit se décider à lâcher la vérité ou à s'accrocher à l'espoir du mensonge. Mais Maciques n'avait pas le choix.

– C'est un coup monté par Rafael, répondit-il cependant. Pour ma part, je ne sais rien à propos de ces papiers. Je ne les avais jamais vus de ma vie. Vous n'avez pas dit vous-même qu'il faisait des choses en mon nom ? Eh bien là, c'est le cas.

– Donc, Rafael Morín voulait vous faire du tort ?

– Apparemment.

– Maciques, à votre avis, qu'est-ce qu'on va trouver chez vous si on fait une perquisition ?

– Chez moi... Rien. Des choses sans importance. On voyage à l'étranger et on fait des achats...

– Avec quel argent, avec les frais de représentation ?

– Je vous ai déjà expliqué qu'on faisait des économies sur les frais de mission.

– Et quand on conclut une grosse affaire, est-ce qu'il n'y a pas des petits cadeaux en nature ? Une voiture, par exemple ?

– Mais moi, je ne concluais pas de grosses affaires, comme vous dites.

– Maciques, est-ce que vous seriez capable de tuer un homme ?

Le chef de bureau leva à nouveau les yeux, mais ils n'avaient plus le moindre éclat désormais.

– Ça veut dire quoi ?

– Vous en êtes capable ou pas ?

– Non, bien sûr que non !

Il continua à secouer la tête : il niait.

– Qu'est-ce que vous êtes allé faire à l'entreprise le 31 ? Et ne me ressortez pas cette histoire d'air conditionné.

– Que... Que voulez-vous que je vous dise ?

Le Conde s'avança encore vers le bureau et s'arrêta près de Maciques.

– Écoutez, Maciques, moi, je n'ai pas la patience du sergent. Maintenant, je vais vous dire ce que je pense de vous et je sais que d'une façon ou d'une autre, vous finirez par en convenir, aujourd'hui, demain, ou après-demain... Vous êtes une merde et vous êtes aussi voleur que votre chef, mais plus prudent et avec moins de pouvoir. On est déjà en train de vérifier la validité de ces papiers en Espagne, et peut-être que la banque ne donnera pas d'informations, mais la piste de la voiture est plus simple que ce que vous croyez. Pour une raison quelconque, que je ne connais pas encore, Rafael a bien conservé ces papiers, peut-être pour se protéger de vous, parce qu'il savait que vous étiez capable de le mouiller dans les dossiers de frais de mission qu'il n'avait pas remboursés, et pour les dépenses multipliées par deux. Or on va retrouver Rafael, je ne sais pas encore si ce sera vivant ou mort, en Espagne ou au Groenland, mais on va le retrouver. Et vous, vous allez parler, mais même si vous ne parlez pas vous êtes dans une merde noire, Maciques. Souvenez-vous de ça ! Et pour que vous puissiez mieux y réfléchir, vous allez rester seul un très long moment. À partir d'aujourd'hui, vous commencez à vivre ici, au Commissariat… Sergent, préparez les papiers et demandez au ministère public une mesure de détention préventive à l'encontre du citoyen René Maciques. Qu'elle puisse être prorogée. On se reverra, Maciques.

Mario Conde contempla d'autres lauriers, ceux qui étaient à l'entrée du Paseo del Prado, tout près de la mer, en se posant une nouvelle fois la question. De l'entrée de la baie, un vent coupant se levait, qui l'obligeait à garder les mains dans les poches de sa veste. Mais il avait besoin de réfléchir et de marcher, de se perdre au milieu des gens, de cacher la joie de cette victoire à la Pyrrhus et sa frustration de policier satisfait de découvrir la méchanceté des autres. Comment Rafael Morín a-t-il pu faire une chose pareille ? Pourquoi en voulait-il plus, toujours plus, beaucoup plus ? Le Conde observa le palais des mariages et la Chrysler '57 d'un noir brillant, décorée avec des ballons et des fleurs, qui attendait la descente nuptiale de ces quadragénaires qui s'y risquaient encore et souriaient pour l'inévitable photo sur l'escalier. Il observa les entêtés qui défiaient le froid en faisant la queue devant la pizzeria du Prado et il vit, accrochées au tronc d'un laurier, les petites annonces de ceux qui cherchaient à déménager : ils faisaient des propositions honnêtes ou malhonnêtes, mais ils avaient besoin de quelques mètres carrés de toit pour vivre. Il observa deux authentiques homosexuels un peu paumés qui passèrent à côté de lui en tremblant de froid. Ils l'examinèrent en retour avec des yeux candides et bien intentionnés. Il observa le mulâtre pacifique, appuyé contre le réverbère, avec sa tronche de rasta désœuvré et ses tresses parfaites sous le béret noir. Il attendait peut-être le passage du premier étranger qui réussirait à se faire comprendre, pour lui proposer un marché désespéré : cinq pesos pour un dollar, allez, six, mister, sept pour un, mon frère, et j'ai de l'herbe, tout ce qu'il faut pour s'ouvrir les portes du monde interdit de l'abondance avec passeport. Il observa le réverbère de l'autre côté de la rue. Une blonde maquillée à la débordante lascivité crevait de froid, malgré ses promesses d'être chaude même en cas de neige et sa bouche de suceuse invétérée ; une blonde pour qui un mortel issu de la production nationale comme Mario Conde valait bien moins qu'un crachat d'ivrogne. Elle espérait les mêmes dollars que son ami le mulâtre rasta et proposerait, elle, du un pour trente : son sexe juvénile, entraîné, parfumé, garanti contre la rage et autres maux, contre ces dollars qui l'obsédaient ; la pipe en sus, *of course*. Il observa le petit garçon qui patinait, sautait sur une caisse en bois, et continuait à patiner vers l'obscurité. Il arriva au Parque Central et eut presque envie de se mêler à l'éternelle dispute base-ballistique qui, quel que soit le temps, renaissait chaque jour pour trouver l'explication d'un nouvel échec de ces salopards d'Industriales : Des couilles ! Des couilles ! Voilà ce qui leur manque à ces mecs-là ! aurait-il crié en l'honneur du Flaco, qui n'était plus maigre ni assez agile pour pouvoir être là et le hurler lui-même. Il observa les lumières de l'hôtel Inglaterra, la pénombre du Théâtre García Lorca, la queue devant le cinéma Payret, la tristesse fétide des porches du Centro Asturiano, la laideur agressive et décrépite de la Manzana de Gómez. Il perçut les battements irrépressibles d'une ville qu'il essayait de rendre meilleure et il se mit à penser à Tamara. Elle l'attendait et il irait chez elle, peut-être pour lui poser cette même question, et rien d'autre.

Plusieurs mois plus tard, alors que l'affaire Rafael Morín serait définitivement menée à son terme et classée, alors que René Maciques purgerait sa peine, alors que Tamara serait toujours aussi belle et qu'elle le regarderait avec la même humidité persévérante dans les yeux, il se poserait toujours la question et s'imaginerait la tristesse de Rafael Morín, petit magnat à Miami où sa fortune de cinq cent mille dollars équivalait à peine à un prix de loterie et ne lui suffirait pas à acheter tout ce qu'il avait acquis grâce à son pouvoir de cadre de toute confiance, brillant et promis à une éternelle ascension. Mais ce soir, il se contenta de s'arrêter près du groupe des fanatiques et d'allumer une cigarette. Ils pensaient tous, et le criaient en guise de thérapie de groupe, que l'entraîneur de l'équipe était un imbécile et le *pitcher* vedette un bleu, que ceux d'avant pour être bons, ça oui ils étaient bons ! Si on avait Chávez et Urbano, La Guagua et Lazo ! se lamentaient-ils… Il mit une épaule imaginaire entre deux énormes noirs furibonds qui allaient le regarder avec méfiance, il sort d'où celui-là, pour beugler vers le centre du groupe :

– Des couilles ! Ce qu'il leur faut c'est des couilles ! – et il abandonnerait à leur perplexité les pinailleurs professionnels. Il traversait déjà la rue et pénétrait dans les vapeurs de gaz, d'urine sèche et de vomis précolombiens du porche du Centro Asturiano, où un couple essayait de consommer ses ardeurs contre une colonne. Il finit par se cogner contre les portes fermées du Floridita, FERMÉ POUR RÉPARATIONS. Il perdit l'espoir d'un double rhum vieux, sans glace, assis dans le recoin réservé au vieil Hemingway, appuyé contre ce bar en bois immortel où Papa et Ava Gardner s'étaient embrassés scandaleusement et où il s'était proposé, de nombreuses années plus tôt, d'écrire un roman sur l'abjection… accoudé au bar, où il se serait à nouveau posé la même question pour encore se faire la même unique réponse qui lui permettait de vivre en paix : parce que ça a toujours été un fils de pute ! Et pour quoi sinon ?

– Je peux mettre de la musique ?

– Non, pas maintenant, répond-elle en appuyant sa tête contre le dossier du confortable fauteuil. Ses yeux se perdent vers le plafond et elle semble avoir très froid de nouveau, elle garde les bras croisés après avoir baissé les manches de son pull-over. Il allume une cigarette et laisse tomber l'allumette dans le cendrier de Murano.

– À quoi tu penses ? finit-il par lui demander en imitant sa position à elle, dans le canapé. Un plafond est un plafond.

– À ce qui arrive, à tout ce que tu m'as dit, à quoi est-ce que tu veux que je pense ?

– Tu ne t'en doutais pas ? Vraiment pas ?

– Sur quel ton faut-il que je te le dise, Mario ?

– Mais tu pourrais avoir vu ou soupçonné quelque chose…

– Qu'est-ce qui était suspect ? Qu'il achète cette chaîne stéréo, qu'il rapporte du whisky, ou une bicyclette pour le petit ? Une robe à cent cinquante dollars, c'est ça qui est suspect ?

Il pense : tout est normal. Pour elle, tout ça a toujours été normal, elle est née dans cette maison, avec cette normalité qui fait envisager la vie d'une autre façon, plus belle et moins compliquée. Il se demande si ça n'a pas été le monde de Tamara qui a rendu Rafael fou. Mais il sait que non.

– Qu'est-ce qui va se passer maintenant, Mario ? – c'est elle qui interroge, elle en a fini avec le plafond et avec le silence. Elle appuie son épaule contre le dossier, croise un pied sous sa cuisse et effraie son imperturbable mèche frisée. Elle veut pouvoir bien le regarder.

– Encore deux choses. Premièrement, Rafael va refaire surface, mort ou vif, à Cuba ou ailleurs. Deuxièmement, Maciques va nous raconter ce qu'il sait. Peut-être que ça va aussi nous aider à découvrir où se trouve Rafael.

– C'est un tremblement de terre.

– Ça ressemble à un tremblement de terre, en effet, admet-il, tout ce qui n'est pas très sûr finit par s'écrouler, et je suppose que c'est comme ça que tu te sens. Mais je crois que le pire est passé. Est-ce que tu peux imaginer Rafael arrivant à Barcelone, retirant son argent et disparaissant ?

– Ça pourrait être sympathique. On irait vivre à Genève, dans une maison avec un toit en tuiles, sur une colline.

Elle dit cela en se levant, et elle disparaît dans la salle à manger. Il n'a jamais pu s'en empêcher, il la regarde comme toujours, sauf que maintenant, il a vu ses fesses, il a dessiné la forme exacte de ce corps inapte pour la danse classique, l'a parcouru de ses mains et de sa bouche. Mais ce souvenir lui fait mal, comme une écharde qu'il vaut mieux ne pas toucher. Une maison à Genève, pourquoi à Genève ? Il se peigne avec les doigts en se disant que c'est vrai, il est bel et bien en train de devenir chauve. J'avais oublié. Lui aussi quitte le canapé, abandonne sa calvitie, la maison à Genève, les fesses de Tamara, et cherche parmi les disques quelque chose qui le fasse aller mieux. Voilà, se dit-il en découvrant le 33 tours de Sarah Vaughan, *Walkman Jazz*. Il le pose sur la platine en laissant le volume très bas, pour que cette merveilleuse noire lui chante *Cheek to cheek*. Elle revient, accompagnée par la voix grave et chaude de Sarah Vaughan, avec deux verres.

– On va donner le coup de grâce à nos existences : le whisky de la réserve de Rafael s'épuise, dit-elle en lui tendant un verre. Elle retourne au canapé et boit une première gorgée, digne d'un marin entraîné.

– Je sais comment tu te sens. C'est pas facile, ni pour toi ni pour personne, mais ce n'est pas ta faute et encore moins la mienne. Ce serait bien si ça n'était jamais arrivé, si Rafael pouvait être ce que tout le monde pensait qu'il était, et si moi, je n'étais pas embarqué dans tout ça…

– Tu regrettes quelque chose ? attaque-t-elle. Elle a moins froid et remonte les manches de son pull jusqu'aux coudes. Elle boit à nouveau.

– Je ne regrette rien, je disais ça pour toi.

– Alors, il vaut mieux que tu ne parles pas pour moi. Si Rafael a volé cet argent, il faut qu'il paye pour ça, personne ne l'y a obligé. Moi, je ne lui ai jamais rien demandé et ça, tu le sais parfaitement, Mario Conde. J'avais cru que tu me connaissais mieux. Je ne me sens coupable de rien, et ce dont j'ai profité je l'ai fait comme l'aurait fait n'importe qui d'autre. N'espère pas que je me confesse et que je fasse acte de contrition.

– Je vois que je te connais plus mal encore…

Sarah Vaughan chante *Lullaby of Birdland :* c'est la meilleure chanson qu'il connaisse pour s'évader vers le monde magique d'Oz. Mais elle, elle semble intarissable et il sait qu'il vaut mieux la laisser parler une fois pour toutes, qu'elle parle, qu'elle parle…

– Je suis sûre que tu penses même que je suis une ingrate et je ne sais quoi d'autre encore, que je devrais te dire que non, que tout ça est faux, que mon mari est incapable d'une chose pareille, et puis éclater en sanglots, n'est-ce pas ? C'est ce qu'on fait d'habitude dans ces cas-là ? Pas vrai ? Mais je n'ai pas la vocation du tragique et je ne suis pas non plus une égocentrique masochiste comme toi. Moi, je n'ai rien à voir avec ça… Je voudrais que rien de cela ne soit arrivé, bien sûr, mais est-ce que tu sais, toi, ce que c'est que d'avoir la conscience tranquille ?

– Je ne m'en souviens plus.

– Eh bien moi si, au cas où tu ne le saurais pas ou au cas où tu te serais imaginé autre chose. Je te l'ai déjà dit l'autre jour : Rafael avait ce qu'on lui laissait avoir ou ce qui lui correspondait, ou que sais-je encore, et tout le monde savait que lorsqu'il voyageait, il rapportait des choses, tout était normal et lui, il était très gentil. Tout le monde le savait et… Je ne veux plus parler de ça, à moins que tu ne veuilles m'interroger. Et si c'est le cas, je ne dirai plus un mot, en tout cas à toi.

Il sourit et retourne finalement vers le canapé. Il s'assoit tout près d'elle et frotte son genou contre celui de la femme. Il y réfléchit un moment puis se lance : lentement, il pose la main sur sa cuisse, craignant qu'elle puisse lui échapper mais la cuisse reste là, sous sa main, et il s'accroche à cette chair compacte et vivante. Il perçoit un léger tremblement, à peine perceptible, sous la peau. Il la regarde dans les yeux et voit l'humidité brillante qui se transforme en une larme qui grossit, se suspend à la paupière et roule sur le nez de Tamara. Il se sait prêt à tout, sauf à la voir pleurer. Elle pose sa tête sur l'épaule de Conde, il sent qu'elle continue à sangloter, des pleurs silencieux et fatigués, quand elle lui dit sans plus de colère :

– En vérité tout ça, je le voyais venir. Ça, ou quelque chose d'approchant, parce que plus rien ne le satisfaisait, il voulait toujours plus et jouait à se sentir un chef puissant. Je crois qu'il s'imaginait être le premier yuppie cubain, ou quelque chose comme ça… Mais moi aussi je me suis habituée à vivre dans la facilité, à ce que tout soit confortable, à ce qu'il intervienne pour que je ne fasse pas le service social à Las Tunas, à ce qu'on passe nos vacances à Varadero… Finalement, j'avais peur de changer de vie, même si je crois que je n'étais plus amoureuse de lui depuis un moment. Quand il partait en voyage, j'aimais rester seule avec le petit ici, à la maison, sans avoir à penser qu'il rentrerait tard, qu'il me dirait qu'il était fatigué et qu'il se coucherait pour dormir, qu'il s'enfermerait dans la bibliothèque pour rédiger ses rapports, ou qu'il m'expliquerait à quel point les choses devenaient difficiles. Je sais aussi que ça fait longtemps qu'il voyait d'autres femmes. Là-dessus… il n'a pas pu me tromper. Mais comme je t'ai dit, j'avais peur de perdre une tranquillité que j'aimais. Et ce que j'ai fait avec toi, je ne l'ai fait avec personne, ne va pas t'imaginer autre chose.

Il ne voit pas ses yeux cachés derrière la mèche impénitente, mais il sait qu'elle a cessé de pleurer. Il la regarde finir son verre de whisky et l'imite. Elle se lève, Mon Dieu, dit-elle, elle retourne à la cuisine et il sent sur la paume de sa main la chaleur qu'il a volée à Tamara. À présent, il sait qu'il est capable de coucher avec cette femme qui lui a tourmenté l'esprit pendant dix-sept ans. Il abandonne son verre sur la table, il oublie sa cigarette qui fume dans le Murano et dépose son pistolet sur le coussin du canapé. Il se sent prêt et se dirige à sa suite vers la cuisine. Elle est de dos, et remplit à nouveau son verre de whisky. Il la prend par la taille et l'oblige à rester contre l'évier. Il commence à caresser ses hanches de danseuse de rumba frustrée, son ventre qu'il connaît déjà, et progresse vers les seins les plus célèbres du lycée de La Víbora. Elle se laisse caresser jusqu'à ce qu'elle n'y tienne plus et se retourne, lui offrant ses lèvres, sa langue, ses dents et sa salive au goût de whisky écossais grand cru. Il fait glisser la fermeture éclair de son pull-over. Aujourd'hui elle ne porte plus de soutien-gorge. Il incline la tête pour mordre ses mamelons bruns, jusqu'à la faire tressaillir de douleur. Il descend jusqu'au pantalon, redevient maladroit en essayant d'enlever sa culotte et s'agenouille comme un pécheur repentant, d'abord pour respirer toute la féminité de Tamara, ensuite pour l'embrasser et enfin pour la manger, avec une faim très ancienne et jamais satisfaite.

Aidé par une force oubliée, il la soulève et la porte jusqu'à la table, il l'assied et ressent ce qu'il n'avait jamais ressenti avec aucune autre femme. Il lui refait l'amour dans le canapé du salon. Et de nouveau quand ils se rendent dans la chambre.

En soulevant le couvercle de la cafetière, il voit les premières gouttes de café, très noir, qui jaillissent des entrailles ardentes de l'appareil. La clarté commence à vaincre les arbres pour s'infiltrer jusqu'aux fenêtres de la cuisine. Il prépare un pot avec quatre cuillères de sucre. La matinée promet d'être ensoleillée, et il pressent qu'à partir de maintenant il fera moins froid. Il remue le café dans le pot jusqu'à ce que le sucre soit complètement dissous puis le remet dans la cafetière, où se forme une écume jaune et compacte. Il se sert alors son demi-verre de café pour réfléchir. Elle, elle dort en haut, encore dix minutes avant qu'elle ne se lève, à sept heures, calcule-t-il tout en allumant sa première cigarette. C'est un rite sans lequel il ne pourrait pas commencer à vivre chaque jour. Il pense à Rufino et à ce qui se passerait s'il tombait amoureux de Tamara. Je ne peux pas me l'imaginer, se dit-il, allant jusqu'à secouer la tête pour écarter cette idée. Je n'y crois pas encore, pense-t-il. Il voit ses vêtements et ceux de Tamara sur la chaise où il les a posés avant de faire le café. Sa vanité d'homme satisfait, aux performances sexuelles mémorables, lui laisse à peine le loisir de réfléchir : il sait qu'il a vaincu Rafael Morín et il regrette de ne pas avoir encore partagé avec le Flaco cette deuxième partie de l'histoire... avec ses démonstrations de conquête excitante et de colonisation. Il sait qu'il ne doit pas, mais qand même, une triplette, il faut absolument que je le lui dise.

– Bonjour, lieutenant, lance-t-elle. Il bondit presque de sa chaise. À cet instant précis, il sait que c'est sûr, que s'il ne fuit pas, il va tomber amoureux, car il aime entendre une voix de femme en commençant la journée, et parce qu'il découvre que Tamara est plus belle comme ça, dans sa robe de chambre à peine boutonnée, ses lèvres sans rouge et le côté du visage marqué par la doublure de l'oreiller, avec toutes les mèches infatigables, impertinentes, infaillibles et imbattables de sa chevelure qui couvrent son front et ses yeux, rougis par le manque de sommeil. Cependant elle lui apparaît totalement empreinte de cet air de femme repue – et mieux que ça encore, de femme tellement comblée qu'elle pourrait fredonner en récurant un chaudron noirci –, elle s'approche de lui pour l'embrasser sur la bouche et après lui demande son café, mais après seulement, si bien que cela achève de le convaincre : ou il fuit, ou il est perdu !

– Dommage qu'il faille travailler en ce bas monde, non ? dit-elle, cachant son sourire dans sa tasse.

– Qu'est-ce qui se passerait si ton mari entrait à l'instant par cette porte ? lui demande le Conde, prêt à entendre une autre confession.

– Je lui offrirais de ce café, et il ne pourrait pas faire autrement que de reconnaître qu'il est excellent, n'est-ce pas ?

Il fit le trajet dans l'autobus bondé sans perdre son sourire ; ensuite, il longea six blocs de maisons en continuant à sourire ; il pénétra dans le Commissariat, et tous voyaient qu'il souriait. Il riait toujours en montant l'escalier et encore lorsqu'il entra dans son bureau où le sergent Manuel Palacios l'attendait, les pieds sur la table et un journal entre les mains.

– Qu'est-ce qui t'arrive, à toi ? lui demanda Manolo. Il se mit lui aussi à rire, pressentant une bonne nouvelle.

– Rien, aujourd'hui c'est le jour des Rois et j'attends mes petites étrennes… Quoi de neuf, mon pote ?

– Ah bon, je croyais que tu apportais quelque chose. De neuf, rien… Qu'est-ce qu'on fait avec Maciques ?

– On recommence. Jusqu'à ce qu'il se fatigue. C'est le seul qui peut se fatiguer. Tu as vu Patricia ?

– Non, mais elle m'a fait dire par le garde en faction qu'elle allait directement à l'entreprise. Hier, elle a fini à vingt heures, et je crois qu'aujourd'hui, elle y était à l'aube.

– Et tu as déjà vu les rapports ?

– Non, pas encore. Je suis arrivé et je me suis mis à lire ce truc sur le Sida, dans le journal. C'est la merde, mon vieux, on peut même plus baiser ici-bas.

Le Conde sourit, il parvenait à continuer à sourire en lui disant :

– Mmm, étudie-moi ça à fond. De mon côté, je vais aller jeter un coup d'œil sur les rapports pour pouvoir mettre la main sur Maciques.

– Merci, cher petit chef. S'il pouvait toujours se réveiller d'aussi bonne humeur, émit le sergent en remettant les pieds sur le bureau.

Il préféra descendre par l'escalier. En chemin, il se trouva en forme et capable d'écrire. Il écrirait un récit très abject sur un triangle amoureux, dans lequel les personnages vivraient une histoire qu'ils avaient déjà vécue en une autre occasion, en échangeant les rôles. Ce serait une histoire d'amour et de nostalgies, sans violences ni haines, avec des personnages ordinaires et des histoires ordinaires comme les vies des personnes qu'il connaissait, parce qu'on doit écrire sur ce qu'on connaît, se dit-il. Il se souvint d'Hemingway qui écrivait sur des choses qu'il connaissait, et aussi de Miki, qui écrivait sur des choses qui lui convenaient.

Dans le vestibule, il bifurqua en direction du département d'Information, d'où sortait justement le capitaine Jorrín. Il semblait épuisé et troublé, comme convalescent de quelque maladie.

– Bonjour, maestro. Qu'est-ce qui vous arrive ? Il lui serra la main.

– Ça y est, on en tient un, Conde.

– Ah, c'est bien.

– Pas si bien que ça. On l'a interrogé hier soir et il prétend qu'il a fait ça tout seul. Je voudrais que tu le voies, il est têtu et costaud ce salopard. Il réagit comme si pour lui rien n'avait d'importance. Et tu sais quel âge il a ? Seize ans, Conde, seize. Moi qui suis dans la police depuis trente ans, ces choses-là m'étonnent encore. J'y peux rien. . Tiens-toi bien, il reconnaît qu'il a bien tabassé le gamin pour lui piquer son vélo, et il raconte ça comme s'il parlait de base-ball. Et c'est avec la même tranquillité qu'il prétend qu'il était tout seul.

– Mais ça, c'est pas un enfant, capitaine. Et comment on l'a attrapé ?

Jorrín sourit et secoua la tête en se passant une main sur le visage, comme s'il essayait de lisser les rides qui le lézardaient.

– Grâce au portrait-robot du témoin, et parce qu'il était sur la bicyclette du gamin qu'on a tué, insouciant et tout content de lui. Tu sais qu'il y a des gens qui font des trucs comme ça juste pour affirmer leur personnalité ?

– J'ai lu ça.

– Mais oublie donc les livres pour une fois ! Si tu veux en être convaincu, va voir celui-là. C'est un cas… Je sais pas,

Conde, mais je crois sincèrement que je dois laisser tomber tout ça. Ça me fait de plus en plus de mal et…

Jorrín leva à peine la main en signe d'adieu et se dirigea vers les ascenseurs. Le Conde le vit s'éloigner en pensant que le vieux loup avait peut-être raison. Trente ans, c'est beaucoup dans cette profession, se dit-il en poussant la porte du département d'Information. Il distribua des saluts et des sourires aux filles et s'installa devant le bureau du sergent Dalia Acosta : c'était l'officier de garde du département, et il se demandait toujours comment il était possible de réunir autant de cheveux sur une seule et même tête de femme.

– Du nouveau du côté des gardes frontières ?

– Pas grand-chose. Avec ce vent du nord, il n'y a pas grand-monde pour essayer de se tailler, mais regarde plutôt ça… ça vient d'arriver de La Havane-Est. Lis donc…

Le Conde prit la feuille d'ordinateur que lui tendait le sergent et n'alla guère plus loint que le début :

Cadavre non identifié. Marques évidentes d'homicide. Traces de lutte. Dossier ouvert. Rapport préliminaire du médecin légiste : entre 72 et 96 heures écoulées depuis la mort. Retrouvé dans une maison, vide, quartier résidentiel Brisas del Mar. 5 Janvier 89, 23h00.

Et il jeta le papier sur le bureau.

– Quand est-ce que c'est arrivé, Dalita ?

– Il y a dix minutes, lieutenant.

– Et pourquoi est-ce que tu ne m'as pas appelé ?

– J'ai appelé dès que c'est tombé, et Manolo m'a dit que vous arriviez.

– Il y a d'autres informations ?

– Cette note des services de la médecine légale.

– Donne-la moi, je te la rends tout de suite. Merci.

Je portais encore l'uniforme, je trimballais toujours une mallette, et je me tapais je ne sais combien d'heures de travail aux archives avec ce vieil ordinateur, Felicia, qui ressemblait à une vitrine mystérieuse et trop efficace. J'avais un pistolet à la ceinture, mais je ne supportais pas la casquette que j'essayais de ne jamais mettre après avoir lu dans une revue que c'était la cause numéro un de la calvitie. Ce jour-là, il était presque neuf heures du soir et la seule chose dont j'avais envie, c'était de me coucher. Je pensais à mon lit tandis que je me dirigeais vers l'arrêt du bus, quand j'ai entendu un klaxon insistant ; je l'ai maudit, comme je maudis toujours ceux qui klaxonnent comme ça, et j'ai regardé pour voir la tronche du type, qui devait avoir deux petites cornes et même une fourche à la main. C'est alors que j'ai vu le bras qui me faisait un geste de salut par la fenêtre de la voiture. À moi ? Oui, à toi ! L'éclat du pare-brise m'empêchait de bien voir, d'autant qu'il était fumé. Je me suis approché dans l'espoir de me faire ramener chez moi. Ça faisait cinq ans que je ne l'avais pas vu, mais même cent ans après, je l'aurais reconnu.

– Putain, mon vieux, un peu plus et je perdais ma main à force de te klaxonner, me dit-il ; il souriait, comme toujours, et je ne sais pas pourquoi, mais j'ai souri moi aussi.

– Eh ben dis-donc, Rafael – je le saluai en passant une main par la fenêtre, qu'il serra fortement –, ça faisait un bout de temps que je t'avais pas vu. Et Tamara, comment ça va ?

– Tu vas chez toi ?

– Oui, ça y est j'ai terminé et j'allais…

– Allez, je t'amène jusqu'à La Víbora – je suis monté dans la Lada, ça sentait le cuir, le produit lustrant et le neuf. Rafael a démarré, cette dernière fois où nous avons discuté ensemble.

– Qu'est-ce que tu deviens ? lui ai-je demandé comme je le fais avec tous les gens que je connais.

– Toujours pareil, au ministère de l'Industrie, on verra bien ce que ça donne…, m'a-t-il répondu comme s'il s'en fichait. Il avait la même voix affable et convaincante qu'il utilisait avec les copains, différente de cette voix dure et plus convaincante encore qu'il employait à la tribune.

– Et ça y est, on t'a filé la voiture, hein ?

– Non, non, pas encore, celle-là m'a été assignée mais bon, je la considère comme si elle était à moi, parce que regarde, par exemple, là, je viens juste de sortir d'une réunion à la chambre de commerce, et je passe ma vie comme ça. Je travaille dur…

– Et Tamara ? – j'ai insisté, et il m'a tout à peine réplique que ça allait bien, qu'elle venait de faire son service social ici même, à Bejucal. Maintenant, elle était dans une nouvelle clinique qu'on venait d'ouvrir à Lawton. Non, non, nous n'avons pas encore d'enfants, mais on ne va pas tarder à en mettre un en route, m'a-t-il dit.

– Et toi, comment ça va ?

J'ai essayé de voir quel film on jouait au Florida quand on a traversé Agua Dulce, et j'ai pensé lui répondre que ça n'allait pas si bien que ça, que je n'étais qu'un bureaucrate qui traitait de l'information, que le mois précédent on avait de nouveau opéré le Flaco, que je ne savais pas pourquoi je m'étais marié avec Martiza… Mais je n'en ai pas eu envie.

– Bien, mon vieux bien.

– Écoute, passe un de ces jours à la maison, on boira un verre, m'a-t-il proposé à la hauteur de Diez de Octubre et de Dolores. Je me suis dit que Rafael ne m'avait jamais rien proposé de pareil, ni au Flaco, au Conejo ou à Andrés, ni à aucun d'entre nous. Quand il s'est arrêté au feu de Santa Catalina pour que je descende, j'ai réussi à lui répondre :

– Pourquoi pas, un de ces jours. Bonjour à Tamara de ma part – nous nous sommes à nouveau serré la main, et je l'ai vu tourner dans Santa Catalina. L'indicateur rouge clignotait. Il a klaxonné deux fois en guise d'adieu puis s'est éloigné dans la voiture qui sentait le neuf. Alors j'ai pensé : espèce de salaud, c'est parce que je suis flic que brusquement ça t'intéresse d'être mon ami, pas vrai ? Et je me suis mis à rire, la dernière fois que j'ai vu Rafael Morín.

Aujourd'hui l'éclat clair de ses yeux et sa voix dramatiquement lancée vers la foule avaient disparu. Il manquait le souffle immaculé de son visage fraîchement réveillé, rasé, baigné. Il manquait aussi son sourire inévitable et plein d'assurance qui dégoulinait de lumière et de sympathie.

Il avait l'air d'avoir grossi, d'une grosseur violacée, maladive, et d'avoir besoin de toute urgence de peigner ses cheveux bruns.

– Mais c'est bien lui, déclara le Conde. Le médecin légiste le recouvrit avec le drap, comme un rideau qui tombe au dernier acte d'une œuvre sans charme ni émotion.

– Ça alors, mais c'est mon ami Conde ! s'exclama-t-il. Le Conde pensa : il est encore plus noir qu'une douleur d'appendicite. Le lieutenant Raúl Booz souriait, et ses dents blanches de jeune cheval éclairaient la masse noirissime de son visage. Personne ne pourrait jurer que cet homme faisait plus de sept pieds ou qu'il pesait trois cents livres, mais rien qu'à le voir, le

Conde devenait nerveux. Comment peut-il être aussi grand et aussi noir, se dit-il au moment où il se levait et serrait la main du lieutenant enquêteur Raúl Booz.

– Tu connais déjà le sergent Manuel Palacios, n'est-ce pas ?

– Oui, oui, affirma Booz. Il sourit également à Manolo et s'installa dans le canapé qui occupait l'un des murs du bureau. Alors comme ça c'était toi qui cherchais ce type ?

Le Conde acquiesça et lui expliqua l'histoire de la disparition de Rafael Morín Rodríguez.

– Eh bien, je te le livre tout cuit, mon vieux. Ça va être l'affaire la plus facile de toute ta vie. Regarde ça – et il remit au Conde un dossier qui se trouvait sur le canapé. Sous un ongle, on a trouvé un cheveu avec du tissu capillaire. Il doit évidemment appartenir à l'homme qui l'a tué.

– Et que dit l'autopsie, lieutenant ?

– C'est plus clair que de l'eau de roche. Il est mort la nuit du 1er janvier ou le deux au matin. Le médecin légiste ne peut pas être catégorique parce qu'il y a eu une certaine conservation avec ce froid. C'est d'ailleurs pour ça que personne n'a su qu'il y avait un cadavre. Il avait une fracture à la deuxième et à la troisième vertèbre cervicale qui lui a écrasé la moelle épinière. C'est ça qui a causé la mort, et aussi une commotion cérébrale importante, bien que non mortelle.

– Mais comment ça a pu se passer, lieutenant... ? Comment la chose a-telle bien pu se produire ? bondit Manolo, sans regarder le rapport que le Conde lui tendait.

Le lieutenant Raúl Booz, chef de l'équipe de la police scientifique de La Havane-Est contempla ses ongles avant de parler.

– Hier, vers dix heures du soir, quelqu'un a téléphoné à l'antenne de Guanabo, pour dire qu'il y avait une odeur bizarre dans une maison vide de Brisas del Mar et que la porte du fond présentait une serrure cassée. C'est un endroit où il n'y a que deux maisons, celle-là, qui reste vide l'hiver, et celle de la femme qui a appelé, située à une vingtaine de mètres. Les gars de Guanabo se sont rendus sur place et ont découvert le cadavre dans la salle de bains. Tout semble indiquer qu'il est mort en tombant contre la baignoire, mais le choc a été si violent qu'on a écarté la possibilité d'une glissade, Palacios. On l'a poussé et avant il y a eu lutte, peut-être très brève, au cours de laquelle il a griffé l'assassin et lui a arraché le cheveu que nous sommes en train d'analyser. Il appartient à un homme blanc, d'à peu près quarante ans, entre cinq pieds quatre et cinq pieds huit de hauteur et bien sûr, avec les cheveux noirs... Voilà pour commencer.

– Ou plutôt pour finir, lieutenant, corrigea le Conde.

– Mais il y a quelque chose qui complique l'histoire. Même si le crime n'a pas été prémédité, il s'est passé ensuite quelque chose de très bizarre. L'assassin a déshabillé sa victime et a emporté ses vêtements. On n'a pas non plus retrouvé la mallette ou le sac en cuir que le mort a dû avoir avec lui peu avant la lutte, parce qu'il présente des restes de cuir sur les deux mains. Ce qui indique que ça devait peser assez lourd, et qu'il la faisait passer d'une main à l'autre.

– Et il y a d'autres empreintes, des traces de pneus ou quelque chose comme ça ?

– Rien. Les empreintes fraîches sont celles du mort, elles se trouvent sur la porte fracturée, dans la cuisine, sur un fauteuil du salon et dans la salle de bain. Il semble qu'il ait attendu quelqu'un là-bas, presque certainement l'assassin. Nous avons passé la zone alentour au peigne fin, et on n'a rien trouvé, ni la mallette ni les vêtements du mort. Mais cette affaire, c'est un vrai cadeau, non ?

– Et qu'est-ce que tu dirais, Booz, si dans deux heures je te passais un coup de fil pour te confirmer que l'assassin s'appelle René Maciques ? demanda le Conde en se levant et en ajustant son pistolet, qui s'acharnait à s'échapper de sa ceinture.

Le Conde eut envie d'allumer une cigarette, mais il se retint. Il préféra sortir son stylo et commença à jouer avec le poussoir. Dans le silence du box, ce son monotone résonnait d'un écho agressif.

– Alors, Maciques ? finit par lui demander Manolo. Maciques releva la tête. C'est un caméléon, pensa le Conde. Il n'avait plus l'air du vif présentateur de télévision de leur première rencontre, ni du bibliothécaire pointilleux de l'enregistrement. À peine un jour sans se raser avait suffi à faire de lui une ébauche de vagabond type, et le tremblement de ses mains faisait penser à un hiver redoutable et dévastateur.

– C'est de sa faute à lui, répondit Maciques en s'efforçant de se redresser sur sa chaise. C'est lui qui a monté toute cette histoire quand il a su qu'on allait le démasquer. Pour le reste, je ne sais pas comment ça s'est passé.

– Moi je crois que si, vous savez, Maciques, insista Manolo.

– C'est une façon de parler. Je veux dire que je ne me l'explique pas bien… Il est venu me voir le 30 au soir pour m'annoncer que les gens de Mitachi avaient avancé leur voyage et que ça allait le mettre dans de sales draps. Moi, je n'ai jamais su de quels draps il s'agissait, même s'il est vrai que j'avais ma petite idée sur la question. Ça devait être un problème d'argent. Il m'a dit qu'il fallait qu'il quitte le pays. Je lui ai expliqué que c'était de la folie, que ce n'était pas si simple, il m'a répondu que si, c'était simple, avec une barque, qu'il avait dix mille pesos cubains, quelque chose comme deux mille et quelques dollars pour payer un passeur, et que je devais lui en trouver un. C'est à ce moment-là qu'il m'a fait du chantage avec mon compte en banque et la voiture. Je ne sais toujours pas comment il a pu photocopier ces papiers, mais toujours est-il qu'il les avait. Non, non, pour la voiture apparemment il y avait déjà pensé : on la lui a offerte et il me l'a offerte à moi. Évidemment, je l'ai immédiatement vendue, c'était trop risqué alors je l'ai vendue… Donc j'ai essayé de le convaincre que c'était de la folie, et je lui ai dit que ce n'était pas joli-joli ce qu'il faisait avec moi. Il m'a répondu que je n'avais qu'à lui trouver le passeur et oublier le reste. Je n'ai même pas pris la peine de chercher le passeur et j'ai pensé qu'il devait y avoir un moyen de récupérer ces papiers.

– En le tuant, Maciques ?

L'homme fit non de la tête. C'était un geste mécanique et véhément, comme le tremblement de ses mains.

– Non, sergent, d'une autre façon… Mais pour gagner du temps, je lui ai dit que j'avais engagé un passeur pour le 1er janvier au matin, après les fêtes du 31… que c'était ce qu'il y avait de mieux pour partir, et que l'homme en question avait un permis de pêche. J'ai ajouté que nous devions être à quatre heures à Guanabo et que je voulais qu'il se montre au réveillon. Il se voyait déjà hors de Cuba et il a été plus arrogant et vaniteux que jamais. Quel pauvre connard ce type, je vous jure ! Vous pouvez vous réjouir de ne pas l'avoir connu… Maintenant que j'y pense, je me dis que j'aurais dû arrêter tout ça dès le début. Mais vous savez ce que c'est que la peur ? La peur de tout perdre, peut-être d'aller en prison, de ne plus jamais être quelqu'un. C'est pour ça que je l'ai fait, que je suis allé le chercher chez lui après avoir quitté la fête et que je l'ai conduit à Guanabo. Je me suis garé là-bas, dans Veneciana, près du fleuve, et je lui ai dit que j'allais voir l'homme en question. Ce que j'ai fait en réalité, c'est marcher jusqu'à la plage. Je suis resté là un moment. Quand je suis revenu sans le passeur, je lui ai dit que ce devait être à cause de l'obscurité, il est devenu fou de rage, je ne l'avais jamais vu comme ça, il m'a insulté, il m'a dit que j'étais un trou du cul et je ne sais combien d'autres choses dans le genre, et que je pouvais être content qu'il s'en aille, parce que sinon il me briserait. Il a dit encore mille autres conneries. Alors je l'ai emmené dans la maison. Je savais qu'en hiver elle était toujours vide, parce qu'un de mes amis la louait en septembre. Nous sommes entrés et je lui ai dit d'attendre là jusqu'à la nuit, qu'il allait bientôt partir d'après ce que m'avait dit le passeur. Et je suis rentré à La Havane.

– À quoi est-ce que vous pensiez à ce moment-là, Maciques ?

– Penser… à rien. À ce que j'avais fait le soir même. À aller le voir pour lui raconter que tout était prêt. Je pensais lui reprendre la mallette où se trouvaient les papiers, et l'envoyer se chercher lui-même un passeur. Et vous savez quelle a été la première chose qu'il m'a dite quand je suis arrivé ? Qu'il allait m'écrire de Miami pour m'indiquer l'endroit où il avait caché les photocopies, qu'elles étaient en lieu sûr et que personne ne pourrait les trouver. Alors c'est moi qui me suis mis en colère, et qui lui ai balancé tout ce que je pensais de lui depuis très longtemps. Il m'a donné un coup de poing, mais un coup de poing de minus, juste un petit de rien du tout comme ça, avec la main ouverte. Il m'a frappé ici, au-dessus de l'oreille. C'est là que je l'ai poussé et qu'il est tombé contre le rebord de la baignoire… Voilà, c'est tout ! soupira Maciques en rentrant la tête dans les épaules.

– Et alors vous avez glissé ses frais de mission du Panamá et tout le reste au milieu des papiers de l'entreprise, c'est ça ?

– Il fallait bien que je me protège, pas vrai ? Parce que je soupçonnais qu'il allait me faire un sale coup et que je devais me protéger. Quel sacré fils de pute ! condamna-t-il avec la dernière vitalité qui lui restait.

– Et vous pensiez que vous alliez vous en tirer comme ça, Maciques ? lui demanda le Conde en se levant. L'espace d'un instant, il s'était dit que cet homme vieilli et vaincu était digne de pitié, mais ça n'avait été qu'une idée fugace. Cette image de l'échec ne pouvait vaincre le sentiment de répugnance que lui inspirait toute cette histoire. Eh bien vous avez mal pensé, et vous avez mal pensé parce que vous êtes exactement comme votre défunt chef. La même merde du même chiotte. Et ne cessez pas d'avoir peur, Maciques, ne cessez surtout pas, parce que cette histoire ne fait que commencer, dit-il. Il regarda le sergent Manuel Palacios et quitta le bureau. Le mal de tête commençait à poindre derrière ses yeux et cheminait dans son front, malin et tenace.

Il manque un moineau, remarqua-t-il. La veille il l'avait vu dans son nid, mais aujourd'hui il ne restait plus que quelques plumes et la paille sèche tressée dans la fourche du laurier. Il ne peut pas déjà voler, s'il est tombé il ne va pas s'en tirer… avec les chats de la cuisine il ne va pas s'en sortir ; il se persuada que le moineau était déjà capable de voler. Le froid avait cédé et un soleil rougeâtre se perdait derrière les immeubles, en direction de la mer. Ce serait une après-midi magnifique pour apprendre à voler.

– Manolo, à combien de jours est-ce que ça vole, les moineaux ?

Le sergent abandonna le dossier dans lequel il agrafait les derniers rapports et les déclarations signées par Maciques, pour observer le lieutenant.

– Mais qu'est-ce que t'as aujourd'hui, Conde ? Comment est-ce que tu veux que je le sache, moi ? J'ai une tête de moineau ?

– Dis-donc, mon garçon – il pointa son index vers lui – pas besoin d'en faire une montagne. Toi aussi il t'arrive de poser des questions à la con. Allez, termine ça pour qu'on puisse aller voir le Vieux.

– Et puisqu'on parle du roi de Rome, tu crois qu'il va nous donner les jours qu'il nous doit ?

Le Conde prit place sur sa chaise derrière le bureau et se frotta les yeux. La migraine n'était plus qu'un souvenir, mais il avait sommeil et commençait à avoir faim. Surtout, il voulait en finir avec Rafael Morín. Ça le gênait d'avoir sous-estimé les potentialités véritables de ce personnage, qui, sans même reprendre son souffle, passait de dirigeant à entrepreneur privé, de type irréprochable à pécheur impénitent et qui mourait d'un seul coup, sans pouvoir répondre à toutes les questions qu'il aurait voulu lui poser.

– On va attendre que Patricia la China en ait terminé avec l'entreprise. Elle m'a dit qu'elle me remettait le bilan demain dans la matinée. Après, toi et moi on rend le rapport complet au Vieux, et je crois qu'il va nous laisser deux jours. Moi, en tout cas, j'en ai bien besoin. Et je crois que toi aussi. Comment ça va, avec Vilma ?

– Bien, bien, elle est plus du tout en rogne.

– Tant mieux, parce que devoir te supporter quand une femme te fait la vie dure, c'est pas facile. Mais bon, maintenant ça n'a plus d'importance, parce que tout ça tire à sa fin et que je vais peut-être passer tout un mois sans voir ta gueule... Dis-donc, et finalement, qui est-ce qui a prévenu la mère de Rafael et Tamara ?

– Le major a appelé le ministre de l'Industrie.

– Ça me fait de la peine pour sa mère.

– Et pour sa femme, ça t'en fait pas ? Tu vas pas la consoler ?

– Va te faire foutre, Manolo, dit-il en souriant malgré tout.

– Eh, Conde, comment est-ce que tu te sens, toi, quand tu boucles une affaire comme celle-là ?

Le lieutenant étendit ses mains sur le bureau. Elle étaient ouvertes, les paumes tournées vers le haut.

– Comme ça, Manolo, les mains vides. Tout le mal était déjà fait.

Le Conde et Manolo se regardèrent. Le lieutenant offrit une cigarette à son collègue. La porte du box s'ouvrit juste à ce moment-là et ils virent entrer un cigare, suivi de très près par un homme.

– Très bon travail avec Maciques, sergent, complimenta le major Rangel en appuyant son dos contre la porte. Et toi, Mario, comme toujours, tu t'es surpassé... Quelle sorte d'homme ce Rafael Morín était-il donc ?

Le Conde regarda à nouveau Manolo. Il ne savait pas si le major Rangel voulait une réponse, ou simplement se poser la question à voix haute. C'était rarissime de voir le Vieux en dehors de son bureau, et, de surcroît, parlant sur ce ton dubitatif. Ils préférèrent garder le silence.

– À quelle heure est-ce que j'aurai le dossier complet demain ?

– Dix heures ?

– Neuf heures. Patricia finit cet après-midi et elle laisse la place à la Brigade financière. On peut encore découvrir des tas de choses. Donc, demain matin à neuf heures. Ensuite, vous disparaissez tous les deux jusqu'à vendredi, à moins que je ne vous rappelle avant. Demain, avec cette histoire de Rafael Morín, je vais mettre un bordel monstre, vous ne pouvez pas imaginer. Maintenant, y en a marre de cette pagaille et de cette corruption, parce qu'après, c'est nous qui devons payer les pots cassés – sa voix ressemblait plutôt à celle d'un homme beaucoup plus grand, plus jeune, habitué à exiger et à protester. Il considéra la cendre intacte de son cigare, puis ses deux subordonnés. Et après, ils parlent des délinquants... Ce sont des enfants de chœur à côté d'un type comme ça ou comme Maciques, et je ne sais pas ce qui va se passer, que ça vienne d'en haut ou d'en bas, mais je veux que ça saigne... Un respectable directeur d'entreprise qui manipule des milliers et des milliers de dollars. Je ne comprends pas, je ne comprends pas, je vous jure que ça me dépasse – il ouvrit la porte et sortit derrière son cigare –, mais demain matin à neuf heures, je pars avec le dossier sous le bras...

– Allez, arrête ton baratin. Il ne fait plus froid maintenant. Demain, il faut qu'on soit ici pour faire notre rapport, et de bonne heure en plus. Alors, non, on peut pas dire que l'affaire soit encore classée..., se plaignit Manolo tandis qu'il faisait démarrer le moteur de la voiture. Le Conde murmura : Quand on se couche avec les poules...

– Qu'est-ce qu'elle t'a fait cette femme, Manolo ? On dirait bien que tu en as une peur bleue !

La voiture quitta le parking du Commissariat et Manolo continua à faire non de la tête.

– Tu vas pas me filer des complexes, laisse tomber. Y'a pas de petit verre qui tienne, moi je vais chez Vilma et toi tu fais ce que tu veux. Demain, je passe te chercher à six heures. Où veux-tu que je te dépose ? En plus, quand je bois deux verres, je peux plus m'arrêter, et on va s'engueuler...

Le Conde sourit en se disant : il est irrécupérable... ! Il baissa sa vitre. Décidément, le froid cédait du terrain et une nuit paisible s'annonçait, propice à tout et à presque n'importe quoi. Lui, il voulait boire deux verres et Manolo voulait Vilma. Deux bonnes options. Après tout, l'affaire Rafael Morín était classée, en tout cas pour la police, et le Conde commençait à se sentir vide. Deux jours de repos l'attendaient, qu'en fait il ne savait pas trop comment employer. Ça faisait longtemps qu'il ne s'aventurait plus à s'asseoir devant sa machine à écrire, probablement ne le ferait-il plus jamais, pour entamer l'un de ces romans qu'il se promettait d'écrire depuis de nombreuses années, et la solitude de sa maison ne représentait qu'une tranquillité hostile qui le désespérait. Il pressentait qu'avec Tamara, c'était peut-être une histoire éphémère qui se heurterait très vite au quotidien de deux vies diamétralement opposées, de deux mondes qui pouvaient coexister mais difficilement s'accoupler. Et dans la bibliothèque du vieux Valdemira, est-ce que je pourrais écrire un roman ?

– On va passer par les pompes funèbres de Santa Catalina. Le cadavre de Rafael Morín doit déjà y être.

– Pourquoi faire, Conde ? bondit Manolo. Il avait toujours détesté les veillées funèbres et ne voulait pas s'en taper une supplémentaire.

– Je ne sais pas pourquoi. Ça n'a pas de sens de vouloir toujours tout expliquer... Je veux passer une minute à cette veillée funèbre.

– D'accord, mon pote, accepta le sergent. Mais c'est pas du boulot, pas vrai ? Alors je te laisse là-bas et je continue ma route. À demain, six heures.

La voiture avança dans la Calzada de Santa Catalina. Le Conde vit la queue pour acheter des sodas ; il vit la maison de rendez-vous, tout juste rouverte, avec sa petite enseigne en forme de deux cœurs rouges traversés d'une flèche verte comme l'espoir, et un couple de tout jeunes gens qui entraient et cherchaient la réception ; il vit l'arrêt du bus bourré de gens, anxieux, pressés ; il vit les affiches du cinéma et le chauffeur qu'il avait doublé par la droite qui le traitait de fils de pute. Il se dit que personne ne pensait à la mort, et que c'est pour ça qu'ils pouvaient continuer à vivre, à aimer, à courir, à travailler, à se fâcher, à manger, et même à tuer ou encore à réfléchir. Il vit la maison des jumelles, sombre au milieu de ses crotons et de ses sculptures, brillante grâce à ses longues étoffes de verre, à ses murs blancs et à son destin momentanément altéré. Rafael Morín aussi était sorti de là, pour tenter le tout pour le tout et finalement perdre, à jamais, jusqu'à son sourire éclatant et plein d'assurance.

– À six heures alors, dit-il quand il aperçut les pompes funèbres. Le porche était vide et il pensa que la morgue n'avait peut-être pas encore amené le cadavre de son ancien condisciple. Et fais gaffe de pas la mettre en cloque !

– Non, non, me parle pas de malheur, j'ai pas envie de me compliquer la vie – Manolo sourit en serrant la main que lui tendait son chef.

– Allez, fais pas le con, reconnais quand même que ta Vilma, elle t'a bien harponné.

– Ben ouais, mon pote, et alors ? – le sergent Manuel Palacios se remit à rire en démarrant en trombe. Le Conde se dit : un jour il va se tuer !

Il monta les quelques marches menant aux pompes funèbres. Sur le tableau, il ne lut qu'un seul nom : Rafael Morín Rodríguez, salle D. Ce n'était pas un bon jour pour mourir et les pompes funèbres étaient peu sollicitées. Il se rendit à la salle D, mais n'osa pas entrer. Le parfum doucereux des fleurs de la mort qui imprégnait les murs de l'édifice le frappa à l'estomac, et il décida de s'asseoir dans l'un des fauteuils du couloir, près du cendrier à pied et du téléphone public. Il alluma une cigarette et ressentit un goût d'herbe mouillée dans la bouche. À l'intérieur, Rafael Morín était mort et prêt pour l'oubli. Ce serait un enterrement très triste : ni ses amis du réveillon, ni les conseillers de la direction, ni ses relations de voyages à l'étranger ne viendraient. Cet homme était un pestiféré à plus d'un titre. Sa femme elle-même n'avait probablement pas envie d'être là. Ses vieux camarades du lycée étaient restés si loin sur le bord du chemin qu'ils apprendraient tout cela des mois plus tard ; peut-être qu'ils douteraient, qu'ils ne le croiraient pas. Il imagina ce que cette veillée funèbre aurait été dans d'autres circonstances : les couronnes de fleurs entassées dans toute la pièce, les lamentations sur la perte que représentait la mort de ce cadre exceptionnel, si jeune, l'éloge funèbre, si émouvant et plein d'adjectifs généreux, douloureux. Il laissa tomber sa cigarette dans le cendrier et se dirigea vers la porte de la salle D. Comme un braconnier, il approcha lentement son visage de la porte vitrée et observa la pièce presque aussi vide qu'il l'avait imaginée : la mère de Rafael pleurait, un mouchoir sur le nez, entourée d'un groupe de voisines. Il y avait les deux femmes qui faisaient la lessive le dimanche matin, l'une tenait une main de la vieille dame et lui parlait à l'oreille : pour elles toutes, l'échec de Rafael était d'une certaine façon leur propre échec, et le dénouement d'un destin tragique que le garçon avait essayé de tromper. Tamara était en face de sa belle-mère, le Conde ne voyait que la moitié de son dos ainsi que les boucles artificielles et indomptables de ses cheveux. Elle avait les épaules immobiles, peut-être laissait-elle couler deux larmes silencieuses. À deux chaises d'elle, tournant également le dos à la porte, il y avait une autre femme que le

Conde essayait d'identifier. Elle paraissait jeune, la coupe de ses cheveux laissait voir sa nuque, elle avait les épaules hautes, la peau du bras visible lisse. Juste à ce moment-là, la femme regarda dans la direction de Tamara et lui offrit son profil : il reconnut Zaida et salua sa fidélité résolue. Sept femmes, une seule collègue de travail. Et, au fond, le cercueil fermé, doublé de toile grise, bizarrement nu tandis qu'il attendait les fleurs qui tardaient à arriver, comme toujours pour une veillée funèbre ordinaire. Ce serait un enterrement triste, se répéta-t-il en sortant dans la rue.

Il prit une cigarette dans la poche de son blouson, il avait grand-soif et alors qu'il cherchait une brèche dans le trafic, il aperçut Miki sur le trottoir d'en face. Il eut envie de savoir pourquoi il venait à la veillée funèbre. Mais il sentit que c'était déjà trop pour lui et pressa le pas pour prendre la rue latérale. Involontairement, il s'était mis à chanter *Strawberry fields, for ever*, la, la, la...

Carlos le Flaco contempla son verre comme s'il ne comprenait pas pourquoi il était vide. À partir du quatrième ou du cinquième, ça lui arrivait souvent et le Conde sourit. Ils avaient déjà descendu une demi-bouteille de rhum, et ils ne parvenaient pas à faire fuir leur tristesse. Le Flaco avait demandé à assister à la veillée funèbre, mais le Conde avait refusé de l'y conduire : qu'est-ce que tu vas chercher là-bas, sois pas morbide, lui avait-il reproché. Son ami lui avait interdit de brancher le magnétophone pour mettre de la musique. Le Flaco ressentait à l'égard de la mort le respect de ceux qui savent qu'ils vont bientôt mourir, et ils décidèrent de noyer dans le rhum leurs mauvais souvenirs, leurs pensées malheureuses et leurs idées funestes. Mais ces sacrées salopes savent nager, pensa le Conde.

– Et qu'est-ce que tu vas faire avec Tamara ? demanda le Flaco quand le verre eut retrouvé son poids idéal.

– Je sais pas, animal, je sais pas. Ça va pas marcher et j'ai peur de tomber amoureux.

– Pourquoi ? Mais enfin pourquoi ?

– Pour ce qui peut se passer après. J'aime pas me faire du mal pour le plaisir, alors je m'en fais un bon coup tout de suite, et après c'est fait.

– Je te l'ai toujours dit, tu aimes souffrir.

– C'est pas si simple, je t'assure, fit-il avant de finir son verre. Il le posa sur la petite table au centre de la pièce. Je dois m'en aller, demain on a le rapport à faire.

– Alors comme ça tu vas me laisser presque un demi-litre ? Et tu ne vas pas manger ? Tu veux que la vieille Josefina se foute en rogne ? Non, sauvage, non, après c'est moi qui dois la supporter quand elle dit que tu manges rien, que tu es trop maigre, que je suis le méchant qui te pousse à boire du rhum, qu'il faut que tu fasses plus attention à toi... Elle me demande quand tu vas te marier avec une gentille fille, t'entends ça, et quand c'est que tu vas avoir un gosse... Et moi aujourd'hui, j'ai pas envie de tout ça, la journée a été assez pourrie comme ça.

Le Conde sourit, mais il avait envie de pleurer. Il regarda par-dessus la tête de son ami, vit le mur et examina l'*affiche** décolorée des Rolling Stones, avec Mick Jagger et ses dents de cheval ; la photo prise pour les quinze ans de la sœur du Conejo, Pancho en train de sourire, le Conejo essayant de ne pas rire et le Flaco coiffé tout spécialement pour la fête, la frange qu'il cachait au lycée ramenée sur les sourcils, les yeux mis-clos, le bras passé autour des épaules d'un Mario Conde au visage apeuré... frères à la vie, à la mort ; les médailles légères en faux métal que le Flaco avait accumulées quand il était très maigre et qu'il jouait au base-ball ; l'étiquette, à présent presque invisible, de Havana Club que quelqu'un, bien des années auparavant, avait collée sur le miroir, au cours d'une soûlerie torrentielle, et que le Flaco avait décidé de toujours garder à cet endroit. Ça aussi, c'était un mur triste.

– Flaco, est-ce que tu t'es déjà demandé pourquoi on est potes toi et moi... ?

– Parce qu'un jour au lycée je t'ai prêté un couteau. Allez, arrête de te poser des questions à la con sur la vie, c'est comme ça, et merde !

– Mais ç'aurait pu être différent.

– Mensonge, sauvage, mensonge. Tout ça c'est du baratin. Arrête de me faire parler, putain... Mais bon, allez, je vais quand même te dire une bonne chose : celui qui est né sous une mauvaise étoile se prend tout sur la gueule, et s'il y a une balle perdue, elle est pour lui. Va pas te mettre dans la tête de changer ce qu'on peut pas changer. Arrête de faire chier ! Donne-moi un peu de rhum, allez.

– Un de ces jours, je vais écrire là-dessus, je te le jure, promit le Conde en servant deux longues rasades dans le verre de son ami.

– Voilà ce qu'il faut que tu fasses : mets-toi à gratter, et arrête de réfléchir. La prochaine fois que tu voudras me parler de ce sujet, tu me le files par écrit, d'accord ?

– Un de ces jours je vais t'envoyer chier, Flaco.

– Tiens donc, et qu'est-ce que ça vient faire là, ça ?

Mario Conde fixa son verre en faisant la même tête que le Flaco devant son verre vide, mais il n'osa pas aller plus loin.

– Rien, fais pas attention à moi, dit-il, car il réalisa qu'un de ces jours il ne pourrait plus discuter avec le Flaco, l'appeler : mon frère, animal, mon pote, ni lui faire remarquer que vivre était le métier le plus difficile du monde.

– Et alors en fait, où est-ce qu'il avait mis la valise de fric, l'autre ?

– Il a eu la trouille et il l'a balancée à la mer.

– Avec tous ces billets ?

– Il prétend que oui, avec tous les billets.

– Quelle connerie, pas vrai ?

– Quelle connerie, ouais. Je me sens vraiment bizarre. Je voulais trouver Rafael, je me fichais presque qu'il soit vivant ou mort, et maintenant qu'on l'a retrouvé, c'est comme si je voulais à nouveau le faire disparaître. Je ne veux pas penser à lui, mais je peux pas me le sortir de la tête, et j'ai peur que ça dure longtemps. Qu'est-ce que Tamara doit ressentir, hein ?

– Allez, mets de la musique, proposa le Flaco, mets de la musique si tu veux.

– Qu'est-ce que tu aimerais écouter ?

– Les Beatles ? Chicago ? Fórmula V ? Los Pasos ? Credence ?

– Hum, hum, Credence – ils tombèrent d'accord pour écouter la voix compacte de Tom Foggerty et les guitares de Credence Clearwater Revival.

– Ça reste la meilleure version de *Proud Mary*.

– Ça se discute même pas !

– Il chante comme un noir, écoute-moi ça.

– Il chante comme un dieu, putain de merde.

– Allez, les garçons, l'homme ne vit pas que de musique. On va manger, lança Josefina depuis la porte en enlevant son tablier. Le Conde se demanda combien de fois dans sa vie il entendrait cet appel de la jungle qui les réunissait tous les trois autour d'une table insolite que Josefina approvisionnait chaque jour de haute lutte. Le monde allait être difficile sans elle, pensa-t-il.

– Qu'y a-t-il au menu, madame ? interrogea le Conde en se plaçant déjà derrière le fauteuil roulant.

– Morue à la biscayenne, riz blanc, soupe polonaise aux champignons améliorée par mes soins avec de la poirée, abattis de poulet à la sauce tomate, bananes frites et salade de cresson, laitue et radis.

– Et d'où ça sort, tout ça, Jose ?

– Il vaut mieux que tu cherches pas trop à le savoir, mon petit Conde. Dis-donc, vous allez me laisser un petit verre de rhum, quand même. Aujourd'hui je me sens comme ça, je ne sais pas, contente.

– Il est tout à vous – le Conde lui offrit un verre en se disant : putain, qu'est-ce que je l'aime !

Ça, c'est une chambre vide, pensa-t-il en respirant l'odeur profonde et consistante de la solitude. Voilà un lit vide. Il vit les formes mystérieuses des draps sens dessus dessous que personne ne se préoccupait de tirer. Il alluma la lumière et sa solitude lui sauta aux yeux. Rufino faisait des tours de manège dans la rondeur de son bocal. Te fatigue pas, Rufino, lui conseilla-t-il en commençant à se déshabiller. Il posa son blouson sur la chaise, lança sa chemise vers le lit, posa son pistolet sur le blouson, et après avoir enlevé ses chaussures en les repoussant avec les pieds, il abandonna son jean par terre.

Il se dirigea vers la cuisine et prépara la cafetière avec les restes de poudre qu'il avait trouvés au fond d'un sachet. Il lava la thermos, après avoir jeté le café blanchi et fétide qu'il avait dû oublier la veille, qui lui semblait décidément bien loin. Il observa le reflet de son visage sur la fenêtre et y retrouva la calvitie annoncée. Puis il ouvrit le volet sur la tranquillité nocturne du quartier, et pensa que ça pourrait aussi être une nuit parfaite pour aller s'asseoir sous le réverbère du coin de la rue et faire quelques parties de dominos avec des gens du quartier, protégés par le refuge solide de l'eau-de-vie. Sauf qu'il y avait belle lurette que plus personne ne se réunissait là, pas même par une nuit comme celle-là, pour jouer aux dominos et s'envoyer de l'alcool bon marché. Nous ne nous ressemblons même plus, parce que nous autres, les types de cette époque-là, on ne sera plus jamais comme avant, se dit-il en se demandant quand il appellerait Tamara. La solitude me tue. Il sucra son café et s'en servit un bol à déjeuner, tout en allumant l'incontournable cigarette.

Il revint dans la chambre et, depuis le lit, il observa Rufino. Le poisson combattant s'était arrêté et semblait lui aussi le regarder.

– Demain, je te donne à manger, lui annonça-t-il.

Il abandonna la tasse vide sur la table de nuit tachée par d'autres tasses abandonnées, et il alla jusqu'à la montagne de livres qui attendaient sur une banquette leur tour de lecture. Il en parcourut le dos avec le doigt, cherchant un titre ou un auteur qui l'enthousiasmerait. Il renonça à mi-chemin. Il tendit la main vers la bibliothèque et choisit le seul livre qui n'avait jamais pris la poussière. « Que ce soit très abject et émouvant », répéta-t-il à voix haute. Il se mit à lire l'histoire de l'homme qui connaît tous les secrets du poisson-banane, et qui, peut-être à cause de cela, finit par se tuer. Il s'endormit en pensant que, du fait du génie paisible de ce suicide, cette histoire était une pure abjection.

Impression réalisée sur CAMERON par

BUSSIÈRE CAMEDAN IMPRIMERIES

GROUPE CPI

à Saint-Amand-Montrond (Cher)
en août 2001

N° d'édition : 1641002. — N° d'impression : 013563/1.
Dépôt légal : janvier 2001.

Imprimé en France